GSNG F&D .

La Belle Otero

DU MÊME AUTEUR

Aux Éditions Albin Michel :

LES CHIENS IVRES, 1973.
LA BALLADE DU DINOSAURE, 1975.
L'AMOUR LUMIÈRE, 1978.
OVER-LOVE, 1982.
LÉA OU L'OPÉRA SAUVAGE, 1984
(prix des Quatre-jurys).
LA DYNASTIE FOUDROYÉE, 1991.

Aux Éditions Grasset :

LES AMANTS DU PARADIS, 1987
(prix Interallié).

Aux Éditions Flammarion :

PÈRE ET MÈRE, 1993
(prix Paul-Léautaud).

Raoul Mille

La Belle Otero

ROMAN

Albin Michel

© Éditions Albin Michel S.A., 1994
22, rue Huyghens, 75014 Paris

ISBN 2-226-06914-3

I

NINA

« CAROLINA... Nina... » Elle entend son nom à travers la montagne, écho ricochant de rocher en rocher. « Maman, maman, c'est elle qui m'appelle mais je ne viendrai pas... oh non ! » Elle court, ses genoux heurtent les pierres, les branches déchirent son front, elle échappe au fouet, à la colère méchante, injuste, de la gitane : « Je suis belle, je suis souple, les hommes me désirent avec des yeux de feu, je danse à faire damner Dieu lui-même au plus haut des cieux... Je serai danseuse et je ferai danser le monde entier... Je serai belle à en mourir. Je serai riche à faire pleurer tous les miséreux d'Espagne et d'ailleurs. Que Dieu me pardonne. » Elle ne veut pas retrouver la cuisine sombre avec le grand poêle de fonte où parfois Carmen, sa mère, l'attache des heures et des heures, et chaque fois qu'elle déplace une casserole elle lui crache dessus, et à chaque fois Nina l'insulte et la maudit... « Traînée du diable... », clame la mère. « Ventre pourri », répond Nina, bras noués à la rambarde qui court le long des fourneaux brûlants.

Carasson Otero le bel officier, Carasson tombé fou en amour pour une gitane indigne, une gitane de malheur et de maléfice, repose au milieu du lit, l'odeur des fleurs trop tôt fanées par la chaleur se mêle à celle de la mort. Les cierges sont allumés autour du lit, où Otero gît avec ce grand trou dans la poitrine, ce trou sur les bords duquel le sang a noirci.

9

Les frères et les sœurs sont à genoux, mains jointes, des gouttes de sueur tombent sur leurs habits noirs d'hiver. Elle, Carmen, elle la coupable elle, la honteuse, lit la Bible, le visage voilé d'une mantille. Trop de fleurs, trop de chaleur, l'air est irrespirable. Carolina s'approche du lit, elle ne s'agenouille pas, elle regarde pour la dernière fois l'homme de sa vie, le premier : « Papa », sanglote-t-elle… Elle se souvient de son beau regard, de ses yeux chavirés de détresse et de chagrin, des soirs, ces terribles soirs où Carmen n'était pas là, plus jamais là, et où il lui disait de sa voix douce et grave :

— Viens ma Nina, viens mon oiseau, viens ma perle.

Elle s'installait sur ses genoux, il la pressait contre lui, fort, terriblement fort, et plus il la serre, plus il pense à celle qui tout à l'heure rentrera parée, parfumée, les paupières perlées de cernes mauves. Il lui demandera ce qu'elle a fait, et elle, elle, indifférente, narquoise, haussera les épaules, ses merveilleuses épaules couleur de pain brun.

Jasmin, bougainvillier, bouffées sirupeuses qui l'envahissent, envie de vomir, de mourir, Otero ne la prendra plus dans ses bras, ne la pressera plus contre sa poitrine si vaste et tendre, si enveloppante, si pleine et lourde d'espoir, d'envie de vivre. Otero est mort, tué en duel par l'amant de sa femme. « L'amant de ma mère… » Brumes, le corps qui flanche, penche et tombe en travers du lit, au-dessus des draps recouvrant le ventre du mort. Évanouie.

Elle court, jamais plus l'infâme maison où se prélasse dans le lit défait cet homme au portefeuille rebondi, cet homme qui a pris la place d'Otero, cet homme au regard de chien vicieux, l'amant de Carmen, l'assassin… « J'ai dix-huit ans, jamais plus tu ne mettras la main sur moi, maman, ni toi, ni lui. J'irai à travers la montagne, je connais les chemins, les ravins, les pentes raides où le pied a tant de mal à trouver appui, les déboulés qui vous poussent et vous entraînent en

10

avant. J'irai dans les cabarets où les hommes frappent du talon assis sur leur chaise en cercle autour de la tache de lumière blanche, où une fille tourne et vole, frémissante sous le tulle vaporeux. Et cette fille ce sera moi, maman, belle, si belle, que ni tes coups ni tes larmes n'y pourront rien. »

Par les montagnes elle a eu si froid, si faim, elle a été si seule, elle a eu si peur des bruissements de la nuit, des cris d'animaux, des silences soudains, bien plus redoutables, des silences qui suspendaient la vie, si peur de la grimace de la lune qui la traquait, même sous les branchages, une grimace jaune constellée de dents noires. Elle a mangé de l'herbe et des racines, elle a bu l'eau glacée des torrents, les cuisses ravagées par les plaies et les estafilades, les pieds ensan-glantés, nue, quasiment nue sous sa chemise déchirée. La ville apparut enfin. Elle n'en connaissait pas le nom, les nuages la dissimulaient puis, à un détour du chemin, elle surgissait à nouveau, blanche et luisante dans la lumière cendrée du ciel. Elle avança, ne croisant que des ânes mouillés, et quelques paysans au visage sombre, martelé par la pluie qui heurtait le bord de leur chapeau avant de dégouliner le long du nez jusqu'aux commissures des lèvres. Stupéfaits, certains s'arrêtaient, esquissaient un signe de croix et repartaient hantés par cette créature qui ne pouvait appartenir qu'à la famille des démons. Elle tremblait de froid, les gouttes glacées rebondissaient sur ses seins et son ventre. Comment trouva-t-elle la force d'avancer, hagarde, hallucinée, dans cette ville boueuse et déserte ? Brusquement il se profila, l'eau collait son pantalon sur ses hanches, bêtement c'est ce qu'elle vit en premier, cet élancement du corps, ce jaillissement des muscles. Elle pensa à un danseur, elle n'avait jamais vu de vrais danseurs, mais c'est ainsi qu'elle se les imaginait, durs et souples à la fois. D'ailleurs, il ne marchait pas comme ces paysans lourds, dont les pieds s'enfoncent dans la terre molle, non, lui glissait à la surface du sol. Il s'approcha, lui sourit, elle le suivit. Quelle chance que ce fût lui ! Si jeune si beau. Un autre aurait fait l'affaire, quelqu'un, juste quelqu'un, un peu de chaleur, une main tendue.

La pièce à peine éclairée sentait le suif et l'alcool, peu de tables, un grand espace vide au milieu, contre les murs gluants, deux torches fumantes. Ils s'installèrent à l'une des tables tailladées à coups de couteau, brûlées par les cigarettes. Une auberge, une auberge misérable, à l'image de ce bourg perdu. Il lui dit s'appeler Pacco.

— Moi c'est Carolina, mais on dit Nina.

— Ça te va bien, Nina. Tu veux du vin ?

— J'ai faim.

Pacco se leva et disparut au fond de la salle. Elle se souvint des rares fois où sa mère l'avait amenée danser dans ce genre d'endroit sans décoration, juste quelques bancs, on servait des bouteilles de mauvais vin, les jeunes se plaçaient au centre, frappaient dans leurs mains, claquaient des talons et les filles en poussant des petits cris effrayés les rejoignaient en ondulant de la croupe. Les vieilles et les vieux s'installaient sur les bancs, les femmes cousaient ou tricotaient, les hommes dodelinaient, yeux mi-clos, perdus entre le sommeil et la vision troublante de cette chair fraîche entr'aperçue entre deux tournis de volants.

Pacco revint avec une tranche de jambon si épaisse qu'on aurait dit de la viande crue, et un morceau de pain dur et noir. Nina se jeta sur la nourriture, ses dents blanches s'enfonçaient, déchiquetaient, mordaient. Recroquevillée, le pain serré entre ses genoux, le jambon saisi à pleines mains, gémissant de plaisir, elle ressemblait à une bête sauvage, un animal des hauteurs, impitoyable et souverain. Les tendons se nouaient et se dénouaient, la chair entière se soulevait au rythme de la nourriture ingurgitée. Le visage s'illuminait, les lèvres brillaient, gorgées de sève, luisantes de gras, mais lorsque enfin rassasiée elle se redressa, il ne vit plus que ses yeux immenses, moirés de lueurs fébriles, impatientes, cruelles aussi, comme l'éclat solaire de l'œil du tigre. Pacco aurait voulu la posséder, là, à même la table, posséder cette enfant, plus femme que toutes les femmes. Belle ? Non, ce n'était pas suffisant pour définir cette sauvageonne venue de la montagne, sensuelle et fière, lisse et brûlante. Malgré son jeune âge, Pacco connaissait les femmes, les femmes des bourgs et des petites villes d'Andalousie, des paysannes, grossières et haletantes, des commerçantes endimanchées, chichiteuses et bigotes. Avec celles-là, pas de problème, il savait quand poser sa pogne sur leur fessier, frôler leur poitrine, les abattre dans un soupir, contre son ventre plat et dur. Mais cette fille qui ne cachait rien de ses formes, qui redemandait du vin et un autre morceau de pain l'intimidait.

Elle mangea, elle but, elle eut sommeil. Elle s'endormit sur la chaise bancale. Pacco contemplait ses seins dénudés, légers et pleins comme deux corolles de fleur ; lorsque le sommeil la faisait se rejeter en arrière, on aurait cru qu'ils allaient s'envoler, se détacher, aériens et fluides, sphères lumineuses dans la pénombre sinistre.

La chambre de l'auberge ne valait pas mieux que la grande salle du bas. Sur le lit aux draps humides, il l'allongea avec une attention nouvelle pour lui et qui ressemblait à de la délicatesse. Il l'enveloppa avec l'unique couverture puis se coula contre elle sans la toucher et attendit le réveil de cette femme trop différente pour n'être qu'une fille.

— J'ai faim !

Pacco se réveilla en sursaut. Carolina avait séché et coiffé ses longs cheveux noirs qu'elle laissait flotter dans son dos. Ne savait-elle dire que ça ? Elle le regardait debout au pied du lit, les pans de la couverture lovés contre elle. Il se leva et partit à la recherche de nourriture. Jamais il n'avait obéi à une femme comme à cette gamine, le plus étrange était que cela ne lui déplaisait pas. Il revint avec du fromage et du pain. Elle dévora. Il ne disait rien. Une fois terminé son festin, elle se laissa choir sur le lit. Alors elle le fixa, comme si soudain il existait autrement qu'en serviteur nourricier, un voile traversa ses prunelles, un voile d'une infinie douceur qui rendait liquide et vaporeux son regard habité d'une sensualité spontanée, venue affleurer sur le visage là où, l'instant d'avant, il n'y avait qu'avidité et indifférence. Elle dénoua la couverture, dessous elle était nue, longue et satinée, déliée et rebondie. Pacco tremblait, incapable de toucher cette peau couleur d'épice dorée, cette peau qui miroitait imperceptiblement comme la mer au plus chaud de l'été quand rien ne bouge, que seules les vagues dressent en un long soupir de jouissance leur dos de mica. Sur d'autres, toutes les autres, il se serait jeté, contre elle il se blottit. Elle l'aida à ôter ses vêtements, lorsqu'il se souleva, elle vit son sexe dressé, toute cette puissance brandie, elle ferma les yeux, se saisit du membre et murmura :

— Prends-moi, prends-moi.

Il savait qu'il était le premier, avant de la pénétrer il embrassa ses paupières, hésitant encore. Dans un cri elle le rabattit sur elle, en elle.

Pacco ! Elle avait voulu que ce soit lui, c'était le moment, il était beau, rugueux, doux à caresser. Un petit salaud pourtant, bien vite remis de ses émotions, fier comme un toréador après la mise à mort de l'avoir dépucelée. Achevé son rut, comme il s'adorait, paon à la parade ! Avait-elle ressenti ce plaisir fou qu'il croyait lui donner ? Peut-être, mais ce fut la fatigue qui l'emporta, elle s'endormit épuisée dans cette chambre sordide, sa première chambre d'amour, son premier lit de plaisir.

UN petit café chantant dans l'Espagne de 1886 : des murs noircis par la fumée, quelques lampions à la lumière vacillante, des chaises en fer, des tables rugueuses entassées devant une minuscule estrade dressée au fond de la salle. Pacco n'avait pas trouvé mieux pour sa nouvelle conquête, les hommes dévoraient des yeux ce bijou sauvage qui marchait derrière lui droite et fière. Sait-elle danser ? avait demandé le patron, et chanter ? « Oui, avait répondu Nina, je sais tout faire... » Apprendre, avait-elle besoin d'apprendre ? La danse était en elle, plus forte et violente que le sang dans ses veines. Le patron, un gros chauve qui chuintait en parlant, lui fit revêtir une robe noire pailletée, constellée de faux brillants que les lueurs des becs de gaz faisaient surgir de la pénombre en mille lamelles étincelantes.

Le soir venu, elle se lança sur l'estrade face au gouffre noir, son ventre et ses cuisses moulés ondulaient, portés par la guitare. Elle claqua les talons et tournoya sur elle-même comme elle l'avait vu faire aux danseuses professionnelles. Alors les mains des hommes frappèrent les unes contre les autres, de plus en plus vite, de plus en plus fort. Et elle, dans son tourbillon, dans son vertige, elle entendit monter cette salve incessante, elle se coula dedans, ses pieds, ses jambes, ses fesses, son buste se drapèrent dans ce claquement rythmé comme un appel. Elle les tenait, elle ouvrait, écartait les

15

jambes juste un peu, suffisamment pourtant, et elle les possédait. Elle se cambrait et la terre ralentissait, les hommes suspendaient leur souffle à ces deux seins offerts, deux fruits juteux de paradis. Ils en auraient pleuré de bonheur et de jouissance, si ce n'était l'honneur, ils préféraient se balancer d'avant en arrière, pour juguler cette envie d'elle qui grimpait le long de leur échine, gonflait leur pantalon de drap grossier. Nina pensait : Je suis une femme, une femme enfin, et cette certitude la faisait s'envoler au-dessus du désir fou. Ils n'avaient pas de fleurs, alors ils lui jetèrent leur mouchoir, leur écharpe, en criant : « Nina, Nina mia... » Elle chercha du regard Pacco, son beau Pacco, elle reconnut sa voix parmi les autres, un velours, il lui disait : « Nina bella, Nina bella, mon oiseau adoré... » Radieuse, elle but le succès et l'amour de Pacco d'une même goulée.

Le patron chauve lui donna son salaire, deux pesetas ! Merveilleux trésor... Pacco se l'appropria immédiatement. Un prêt pour régler une dette urgente. La nuit ils firent l'amour, le lendemain elle dansa et de nouveau les hommes furent en transe, elle reçut ses deux pesetas et Pacco les lui emprunta. Cette nuit-là elle ne le vit pas. Elle l'attendit dans le lit trop grand, trop froid, tout son bonheur enfui. Il avait suffi de bien peu. Nina ne voulait pas penser que Pacco ressemblait aux amants de sa mère : « Tous pareils ! » Pacco valait mieux puisqu'elle l'aimait ! Il y avait les hommes de sa mère, puis ceux comme son père qui n'appartenaient pas à la même race. Peut-être Pacco était-il entre les deux ? Très vite il n'y eut plus de doute, Pacco faisait partie des « Tous pareils ». Pacco jouait aux cartes, aux dés, toujours entre deux dettes, toujours sous la menace d'un couteau, toujours entre la vie et la mort. Il jouait la nuit après le spectacle, et ne rentrait qu'à l'aube, avec sa petite mine de gibier traqué. Elle l'accueillait d'un triste sourire, lui ouvrait les bras, il s'endormait aussitôt, elle le berçait pour passer les longues heures qui restaient avant qu'il ne se réveille et ne lui fasse l'amour, cet amour qu'impatiemment elle attendait. Pacco jouait aussi le jour, Nina s'ennuyait à mourir dans la chambre glaciale. Elle se blottissait sous les draps puis brusquement repoussait tout et d'un bond se retrouvait debout nue devant la glace, pas un millimètre de graisse, un sexe bombé à la toison bouclée et fournie, des jambes et des cuisses minces et élancées, un ventre et des hanches de jeune garçon, des fesses rondes et douces au galbe aérien, belle, si belle qu'elle saisissait ses seins à pleines mains, Dieu, qu'ils étaient fermes avec leurs mamelons à peine granités, moelleux sous les doigts. Le visage, elle y prêtait moins attention, ses yeux ravissaient le voisinage dès sa plus petite enfance, deux grosses perles noires que venaient chamarrer les couleurs du temps. Le reste s'ancrait à cette flamboyance. Les lèvres charnues sans être épaisses évoquaient deux bonbons acidulés, avivées en permanence par une pointe de salive. Il y avait aussi ce cou flexible qui faisait la fierté de papa Otero, habité d'une majesté naturelle, une dignité gracieuse qui lui faisait dominer une assemblée entière sans se donner la peine d'être la plus grande. A la glace, à elle-même, Nina répétait inlassablement qu'elle était trop jolie pour moisir entre un grabat humide et les bras d'un homme absent. Un soir, avant même de danser, elle s'approcha de Pacco installé cartes à la main au plus sombre du café, se pencha à son oreille.

— Oui, ma tourterelle, fit-il.

— Je m'ennuie, Pacco, je veux partir.

— Comment ça ?

— Demain, Pacco, débrouille-toi, je m'ennuie, je m'ennuie tant !

En s'éloignant elle lui effleura la nuque avec son ongle. Il en frissonna jusqu'au bas des reins.

Et le lendemain ils partirent. « Viens, je t'emmène, avait dit Pacco, fais ton paquet, ma tourterelle. » Comment se débrouilla-t-il pour l'argent ? Nina s'en moquait, la seule

17

chose qui importait était ce train monumental soufflant et crachant des nuages d'escarbilles incandescentes dans la nuit opaque. Nina courait, elle devançait Pacco sur la route gelée. Pour la première fois de sa vie, elle allait monter dans cette machine effrayante, dont les sifflements troublaient ses soirées d'enfance, comme un appel plein de promesses, d'ailleurs, de vie différente. Dans le wagon de troisième classe, les yeux émerveillés et le cœur battant, elle embrassa Pacco sur les joues, un baiser de sœur à frère, de fille à père, un baiser de gamine excitée, prête à battre des mains. Une odeur entêtante d'ail et d'oignon crus lui montait aux narines, sur les banquettes de bois des paysans à la trogne violacée par le froid et le vin épais couleur d'encre qu'ils lampaient au goulot avait répandu la cueillette du jour. Nina se serra contre Pacco, il faisait froid et sombre, la flamme des quinquets balayée dans le vent qui pénétrait par les portes grandes ouvertes se couchait et se redressait, hésitant entre vie et mort, lumière et ténèbres. Enfin le train s'ébranla avec un han terrible qui fit basculer en arrière les voyageurs. Nina se pelotonna, mains serrées sur sa bouche, quand le wagon avança et qu'elle vit la gare qui courait derrière eux le long de la vitre, elle poussa un cri de peur et de ravissement. Alors, elle eut l'idée de demander à Pacco où ils allaient : « A Lisbonne », répondit-il avec un grand sourire de ses lèvres rouges dans la pénombre. Oh! comme elle l'aimait à ce moment-là. Elle aurait bien volontiers mordu cette bouche charnue si seulement les paysans détournaient d'elle leurs yeux inertes de bêtes de somme. Elle préféra demander :

— C'est loin, Lisbonne ?

— Au Portugal, mon oiseau, là-bas il y a de l'argent à gagner pour toi et moi.

Elle ferma les yeux de bonheur. Le Portugal ! Elle, Carolina Otero, la fille de la gitane, elle, l'enfant battue, enfin libre, enfin aimée après les rebuffades et les coups. Elle rêvait. Elle ne pouvait que rêver. Le jour se leva, gris, si gris, saigné par des averses de pluie et de grêle, le train s'arrêtait à toutes les gares, des paysans descendaient, d'autres montaient dans un nuage de vapeur, bientôt le plancher ne fut plus qu'un cloaque d'eau noire et boueuse. Les hommes mangeaient du saucisson qu'ils tranchaient à l'aide de couteaux à large lame, ils appliquaient le saucisson sur leur ventre et enfonçaient la lame qu'ils poussaient vers eux, le saucisson se fendait, il ne restait qu'à saisir la tranche du bout des doigts. Des vieux, des plus jeunes en offraient à Nina qui les refusait avec un sourire. Pacco, mâchoires serrées, leur jetait des regards féroces qui ne troublaient en rien ces hommes massifs à la peau tavelée et dure comme de la pierre. Le train, le wagon, le froid, la pluie, les paysans, leur couteau, leur saucisson, pour Nina tout cela avait le goût du bonheur, un bonheur intense. Quand eux aussi eurent faim, Pacco sortit de sa musette du pain, un gros oignon, et un peu de fromage de brebis, Nina dévora. A son tour elle embauma l'oignon comme le reste des passagers. Le train s'enfonça de nouveau dans la nuit, par la fenêtre on ne voyait plus rien, les voyageurs s'endormirent presque aussitôt. Il n'y eut plus que le bruissement du convoi, le martèlement des roues sur les rails. Nina s'allongea, la tête sur les cuisses de Pacco qui s'entraînait, à la lueur d'une bougie famélique, à tricher aux cartes.

Lisbonne ! La ville paraissait avoir été comme brossée à grands jets d'eau, elle étincelait de fraîcheur et de jeunesse. Il faisait doux. Nina ouvrait des yeux immenses : une ville, c'était donc cela une ville, avec ses rames de tramways, ses avenues immenses qui se perdent dans le ciel et l'eau ? Et puis la foule incessante, flot continu, cette multitude de visages entrevus, aussitôt disparus. Il règne une odeur de sel marin, de café et d'ananas. Nina a l'impression que tout cela fait partie d'elle depuis toujours. Ce qui la sidère, ce sont ces terrasses de cafés, peuplées d'hommes en cravate et large chapeau noir qui la regardent. Rougissante, elle ne baisse pas les yeux, comme une fille de la ville qui en a l'habitude et s'en moque bien. De toute façon, ils n'entendent pas son cœur qui bat, bat si fort qu'elle a du mal à suivre Pacco dans le dédale des éventaires et des échoppes. Fourrures, bijoux, soieries, fleurs, il faudrait s'arrêter à chaque instant.

Pacco presse le pas. Nina court derrière comme une petite fille.

L'hôtel choisi par Pacco se trouvait *cais* do Sodré, près du Tage, une pension de famille calme et propre. Dans le salon, trône un piano recouvert d'un châle frangé aux couleurs envolées. Certainement, il devait être doux de vivre ici. Ils étrennèrent le lit en amoureux, puis Pacco prétexta une course urgente et disparut. Nina ne s'en plaignit pas, il lui fallait un moment de solitude pour reprendre pied, s'accoutumer à de tels changements, un si profond bouleversement. Elle passa de longues minutes devant la glace, puis s'assit sur chaque chaise et dans le grand fauteuil de velours grenat. Le soir descendit, projetant des larmes roses et rouges à travers la chambre. Elle ouvrit la fenêtre, là-bas au-dessus du fleuve le ciel saignait, un embrun de sardines grillées et de basilic montait de la rue, de gros oiseaux sombres cherchaient un abri pour la nuit. Soudain Nina sentit sa poitrine se serrer, un sentiment d'étrange mélancolie, une peur sourde, elle eut envie de pleurer, sans raison. Elle referma la fenêtre. Pacco lui avait recommandé de ne pas l'attendre, et de dîner seule. Elle rejoignit la table d'hôte dans la salle à manger, une pièce tellement encombrée de poufs, de tables basses, de tentures, que l'atmosphère en devenait laineuse, étouffante. Nina s'aperçut alors qu'elle n'était pas passée en l'espace d'un voyage de la misère à la richesse, mais du sordide à la pauvreté. Les costumes des pensionnaires, élimés jusqu'à la trame, sentaient la nécessité et le labeur, elle n'eut pas honte de son ensemble, le même avec quoi elle avait effectué tout le trajet, l'unique. En bout de table, elle avala sa soupe sans lever le nez de son assiette. Après la soupe, la vieille serveuse, si noire de peau que Nina se demanda si elle venait d'Afrique, servit une volaille bouillie accompagnée d'un légume indéfinissable.

A la fin du repas, quelqu'un se mit au piano et tout changea, les hommes subrepticement avancèrent d'un cran leur ceinture, les femmes dégrafèrent des attaches invisibles. Peu à peu tous se retrouvèrent au salon et chacun s'installa autour du piano et de la jeune femme brune qui en jouait. Des valses, de la musique sentimentale faisaient pousser des soupirs aux dames. Brusquement un air plus gai, cadencé, donna envie de frapper du pied. Nina, sans réfléchir, d'un bond, sauta sur le piano, bousculant le châle. Les pensionnaires eurent un oh! de surprise. Nina ondoya deux, trois fois, puis taille cambrée projeta le talon de sa chaussure sur le couvercle de l'instrument, tac... tac... demi-tour, et de nouveau la cambrure et le talon qui frappe, frappe encore... Le corps entier, lanière véloce, penché en avant, visage enfoui dans les cheveux défaits. Un coup de reins, un seul, et le buste se redressa, hiératique, la chevelure rejetée, tourbillon de serpents noirs. Sous l'impact des coups, le gaz tremblant plaquait sur la danseuse des torsades de lumière violette, tandis que le salon plongeait dans l'obscurité.

Une voix cria « bravo ! », des gouttes de sueur suintaient le long des arêtes du nez de la jeune pianiste, de temps à autre elle levait les yeux sur Nina, et l'encourageait d'un grognement de gorge.

Le directeur de l'hôtel et son épouse déboulèrent à cet instant, ahuris, médusés, on fracassait le piano, leur piano ! « Arrêtez », hurlèrent-ils. L'assistance les siffla, la pianiste joua plus fort, Nina rebondit comme une chatte en colère. « Maman... », murmura la directrice. Le directeur s'approcha, Nina lui jeta le ruban désormais inutile qui tenait ses cheveux, il l'attrapa, eut envie de le renifler et par prudence le fourra dans sa poche. Nina propulsa une jambe au-dessus de sa tête, il faillit en perdre l'équilibre, les yeux exorbités sur l'horizon de chair sombre qui s'était révélé à lui l'espace d'une sublime seconde. Il y eut encore quelques accords rageurs avant que la pianiste échevelée ne s'écroule épuisée. Nina, à peine essoufflée, sauta du piano sous les applaudissements, on l'admirait, les femmes l'embrassèrent. Elle venait de faire la conquête de l'hôtel, descendue quelques heures plus tôt, anonyme et pauvre de sa chambre, elle la regagna en conquérante. Une fois la porte refermée, elle se déshabilla lentement, savourant sa victoire. Mais cette nuit-là elle dormit seule à nouveau.

Nina ne croyait pas aux miracles, ni même aux rencontres, elle se contentait d'avoir de l'appétit, appétit de vivre, d'aimer, de danser, de manger. Ce qu'elle sentait dans son ventre au profond d'elle-même, elle ne le définissait pas, ne s'interrogeait pas sur ce bouillonnement rageur qui lui faisait haïr tout ce qui pouvait ressembler à son enfance, les odeurs de misère de son enfance, la faim de son enfance, les meubles que l'on vend, les bijoux portés au prêteur, le pain sec, l'eau froide en hiver pour se laver. Elle oubliait, elle voulait oublier, ne plus jamais connaître la honte et l'humiliation du manque d'argent, la honte et l'humiliation du ventre vide, la honte et l'humiliation de demander, la honte et l'humiliation de subir la charité. Nina ne croyait pas aux miracles... Mais ils venaient à elle, comme des offrandes à sa beauté et à son innocence.

Le lendemain de cette soirée si inattendue, si incroyable, la jeune dame au piano, ses cheveux de nouveau domestiqués, attendait au salon cette fille superbe qui les avait bouleversés par l'intensité de cette danse maladroite qui ne devait rien au calcul, diamant barbare issu de ses entrailles, de ses reins, de ses cuisses, de ses pieds, légers comme le duvet d'un aigle. Dès qu'elle la vit en haut des marches de l'escalier, la jeune dame se précipita. Volubile, elle entraîna Nina : son mari voulait la connaître... Son mari, le directeur du théâtre Avenida.

Le théâtre ne payait pas de mine, en plein jour il se confondait avec les bâtisses voisines grises et délabrées. Dans la salle de spectacle, pas de fauteuils mais des bancs, les uns derrière les autres. Une tapisserie effrangée faisait apparaître des coins de muraille badigeonnés de marron. Un théâtre ! Un théâtre tout de même... Le premier dans la vie de Nina. Elle ne montra rien de son émotion. Une des dernières leçons de papa Otero : ne jamais laisser surprendre son étonnement, son chagrin ou sa joie : « Les sentiments que tu manifestes sont des armes que les autres utilisent contre toi. » Il savait ce dont il parlait, le pauvre Otero, Otero le perdant, Otero le cocu.

Le directeur vint au-devant d'elles dans l'allée centrale, grand et bedonnant. Il passa une main moite sur les épaules de Nina.

— Tu veux danser ? Danser sur scène, devant un public ?

Nina ferma les yeux de bonheur. Si elle le voulait !

— Peut-être, fit-elle dans un souffle.

— Combien veux-tu gagner ?

N'importe quoi... Ce qu'il voulait.

— Mille pesetas par mois, fit-elle.

Le directeur sursauta, son sourire protecteur disparut, son épouse tripotait son chapeau.

— C'est le salaire d'une professionnelle, ça, ma petite, et tu n'en es pas une, pas encore.

Nina ne répondit pas, terrorisée par sa propre audace et la peur de devoir refuser son premier engagement si le directeur n'acceptait pas le chiffre qu'elle avait lancé par défi... Il dira oui... Sinon, moi je dirai non...

Il dit oui. La pianiste cessa de maltraiter son chapeau et poussa un cri de victoire.

— D'accord, grogna le directeur, mais je veux quinze jours de répétitions sérieuses... Tu sais jouer des castasgnettes ?

— Ma mère est gitane !

Rêvait-elle ? Non, le théâtre existait bien, avec sa poussière, son odeur de sciure, et son directeur qui disparaissait là-bas, derrière le rideau de scène. Il lui restait à apprendre à jouer des castagnettes.

Nina Otero fit ses débuts dans l'opérette *La Gran Via*. Elle entrait en scène en « danseuse espagnole », chapeau gris et grand châle qui la drapait. Ses épaules nues brillaient dans la lumière laiteuse. Elle avançait, bras tendus, charnelle dans la lumière blanche, elle claquait des doigts, effectuait un pas de côté, faisait vibrer les castagnettes cachées au creux de ses mains fines, un pas en arrière, et le châle tombait, ses longues jambes nerveuses apparaissaient, et le souffle des hommes s'arrêtait. La danse commençait, une guitare, puis deux, venaient soutenir la vibration des castagnettes, les hommes, et il n'y avait que des hommes, des hommes au gros ventre étalé, des hommes minces comme des lames de rasoir, chapeau sur l'œil, des hommes sans âge, ni beaux ni laids, des hommes tout simplement, des ouvriers, des petits-bourgeois, des employés, des fonctionnaires, des militaires, tapaient des mains, sifflaient, poussaient des cris. En quelques secondes, la salle entière, debout, grimpait sur les bancs de bois. La pianiste rugissait, accrochée à son instrument, les guitaristes transpiraient, le directeur dissimulé dans les coulisses écoutait la rumeur, et riait d'un rire gras de contentement. Que criaient-ils tous, tous ces hommes ? Ils criaient leur désir d'elle, leur envie féroce de l'étendre et de la posséder à cru sur les planches pourries de la scène bringuebalante. Ils hurlaient, applaudissaient la femme magique qui les rendait fous en offrant son ventre, indécente, puis tout aussitôt en le refusant... Encore, encore, et elle, elle leur en donnait et en redonnait, et du ventre, et des reins, de la cuisse, mimant l'accouplement premier, celui de l'ange et de la bête, Adam et Ève, la première femme, le premier homme, là, sous les feux de la rampe.

Pour la première fois, Otero reçut des fleurs, de modestes bouquets composés de roses sauvages. Quand elle eut achevé son numéro, les hommes firent la haie, ils la mangeaient des yeux, des yeux qui clamaient : « Je te veux, je te planterai aux étoiles, je te clouerai au sol, je briserai mille lits, je pourfendrai tous les matelas du Portugal. » Nina traversa la haie, bouche en cœur, de la sueur perlant entre ses seins, sur son front, à la commissure des lèvres. Pour lécher cette sueur, ces hommes de peine et de labeur auraient donné toutes leurs économies, toute leur fortune. Nina passait, apparition brûlante, intouchable, pour ces miséreux aux mains calleuses. Nina la charnelle s'offrait à eux, là-bas sur la scène, mais, descendue dans la salle, une crainte religieuse d'enfant devant l'hostie les pétrifiait. Trop lumineuse, trop fière, trop éclatante, ils préféraient le mirage, l'apparition fulgurante devant laquelle s'agenouiller et rêver à la fortune qui les élèverait jusqu'à elle, transformant la Madone évanescente en Salomée, ne dansant, ne s'offrant, ne se donnant qu'à chacun d'eux, en une nuit sans fin de débauche, au son des castagnettes vibrantes et des guitares de velours.

Tous ces hommes, mais pas un seul pour Nina, pas un seul pour la protéger, dormir avec elle, l'aimer jusqu'au matin. Nina rentrait à l'hôtel en compagnie du directeur et de son épouse, elle chantait des airs tristes, dans les rues désertes, des chansons d'amour perdu, d'amour oublié, d'amour trompé. Le directeur tenait serré dans la poche de sa redingote la recette de la soirée. Nina suivait en silence, un peu absente, un peu saoule, après tant de bravos, tant de désirs, et puis brusquement cette solitude le long des trottoirs. A l'aube, Pacco, fourbu, puant le mauvais alcool et les relents rances de la défaite, n'osait poser son regard chaviré et humide sur Nina endormie, peut-être aussi se doutait-il qu'elle ne dormait pas autant qu'elle semblait.

Comment cela arriva-t-il ?

Ils faisaient si peu l'amour ! Sa mère n'avait rien appris à Nina sinon que ne plus voir le rouge du sang signifiait pour une femme douleurs et malédiction. Un mois, deux mois, Nina n'avait rien dit, puis un matin la tête lui tourna, elle eut des nausées, un sentiment de malaise, elle qui ne connaissait de son corps que l'alchimie du plaisir et le sentiment d'émerveillement qu'il suscitait chez les autres. Elle pleura. Un enfant ! Mais elle était elle-même une enfant, une gamine montée en graine, ignorant tout de la vie, ignorant tout des hommes, sinon leur convoitise.

— Il suffit d'une fois ! s'exclama la femme du directeur en prenant Nina dans ses bras.

— Pacco, j'attends un enfant...

Midi. Pacco se réveillait, le visage chiffonné, les yeux striés de rouge, Nina en robe de chambre arpentait la pièce, si frêle avec ses cheveux dénoués dévalant jusqu'au creux de ses reins. Une petite fille, oui, une petite fille qui a peur d'être punie, et se recroqueville de crainte des coups. Pacco se leva, enfila son vieux pantalon de velours avant de répondre :

— On n'a pas le temps pour des enfants, ma tourterelle, toi tu danses, moi j'ai autre chose à faire.

Nina s'assit dans l'unique fauteuil et glissa les pieds sous ses fesses, minuscule ainsi dans sa robe de chambre trop large.

— Mais on ne peut rien faire.

— Si.

— Quoi ?

— Décidément tu ne sais rien, ma cocotte. Ne t'en fais pas, Pacco, ton Pacco s'occupe de tout.

La femme du directeur lui expliqua plus tard dans la journée ce que Pacco envisageait.

— Mais c'est horrible, Pacco ne peut pas penser ça.

Nina face à la glace de l'armoire inspecta son ventre à la lueur de la lune, elle se tourna d'un côté, de l'autre, rien, elle ne vit rien. Peut-être n'y avait-il rien du tout là-dedans ? Un enfant, non, décidément, elle n'arrivait pas à imaginer une boule de vie en elle. Elle se coucha en pleurant, incapable de comprendre ce qui lui arrivait, d'imaginer un bébé s'expulsant d'elle. A la seule idée de son sexe distendu, écartelé, béant pour livrer passage à la chose, elle faillit crier de terreur.

Pacco la pousse devant lui, les marches de l'escalier sont hautes et disjointes, un gamin nu assis à même le sol mange une tomate, le jus coule le long de sa poitrine efflanquée, Nina le contourne, l'enfant ne la regarde pas, avec ses doigts il ramène les pépins et le jus jusqu'à sa bouche. Sur le palier il fait sombre, une nuit épaisse que l'on dirait enduite de l'odeur terrible d'égout qui envahit tout, la rue, l'immeuble et cet appartement en soupente, dont une femme vient ouvrir la porte. Un sourire, plutôt une grimace, tord sa bouche, révélant des gencives grenelées de taches sombres, les cheveux ramenés en chignon sont parsemés de filaments grisâtres. A l'intérieur, l'odeur d'égout se dissout en une autre plus forte que Nina n'arrive pas à définir, quelque chose d'âpre qui étreint la gorge et suffoque les poumons. D'instinct, elle recule devant la main aux ongles noirs que lui tend la vieille sorcière : « Ne me quitte pas », chuchote-t-elle à Pacco resté sur le pas de la porte. « Non... Non... ma tourterelle, ne t'inquiète pas... » La sorcière tire Nina vers elle :

— Venez, ne faites pas d'histoires, ce sera rien.

— Mais je ne veux pas !

— Tais-toi ! Quand on pèche, il faut payer sa dîme au Seigneur.

La sorcière s'empare de Nina, la porte se referme. Pacco a disparu.

— Laissez-moi, supplie Nina.

La vieille l'entraîne au milieu d'un caravansérail sordide de vieux tissus et de coussins, la plupart occupés par des chats, qui les regardent passer d'un œil jaune et indifférent.

— Je veux partir ! hurle Nina.

— Tais-toi, tu vas ameuter la ville entière !

Sur les murs, d'innombrables images de martyrs dégoulinent de larmes et de sang, plongées dans une pénombre que vient troubler un rayon de lumière grise. La sorcière ouvre une porte dérobée derrière une tenture, et d'une ruade oblige Nina à pénétrer dans une pièce occupée par une haute table, plus longue que large. Un réseau de cordes suspendues au plafond vient se balancer au-dessus du tablier de bois.

— Allonge-toi, crache la vieille en se dirigeant vers un autre coin où plusieurs brocs d'eau sont alignés.

Nina effectue un demi-tour et se jette contre la porte, mais de ce côté il n'y a ni poignée ni serrure.

— Allez, déshabille-toi !

La sorcière traîne derrière elle un broc d'eau stagnante.

— Je vais te donner un crucifix, tu prieras pendant que je travaillerai, le Seigneur t'aidera !

La vieille craque une allumette et place le broc à même la flamme du réchaud. Du tiroir d'une commode, enseveli sous un amoncellement de chiffons, elle sort le crucifix. Nina, figée au milieu de la pièce, le regarde avec horreur.

— Tu ne crois pas en Dieu ?

— Si, murmure Nina, au nom du Seigneur, laissez-moi partir, je le veux, moi, cet enfant, j'ai de l'argent, je vous donnerai tout ce que j'ai.

La vieille s'approche de Nina, lui saisit la taille et imperceptiblement la dirige vers la table, pas à pas, comme dans une danse macabre.

— Tais-toi, tu dois expier, le Seigneur n'en veut pas de ton enfant, le Seigneur compte sur moi pour débarrasser la terre des êtres inutiles, ceux conçus dans le péché et l'opprobre, allonge-toi, allonge-toi...

Plaquée sur l'immonde table, Nina se retrouve torse tiré en arrière, joue plaquée contre le bois glacial. Les gestes de la sorcière se précipitent, en un tour de main les jambes de la jeune femme sont suspendues, écartelées, la corde nouée à une poulie, le petit pantalon brodé, acheté quelques jours auparavant, fendu de bas en haut. A même le bois, elle perçoit dans sa chair l'infâme contact, sa chair souillée, maculée, sa chair qui n'est plus que viande à l'étal. La peur de la souffrance la tétanise, la même peur atroce de l'enfant se réveillant seul dans la nuit.

Nina a du mal à suivre les mouvements de l'avorteuse, elle veut s'appuyer sur les coudes, mais la position est trop douloureuse, elle retombe en arrière, sa nuque heurte le bois gluant. La vieille trottine du réchaud à la table, une pile de linge usagé serrée contre sa poitrine.

— Ça va commencer, ma belle, il faut que le Seigneur voie ton crime de près, tiens, serre-le sur ton cœur.

L'horrible vieille plaque le crucifix entre ses seins.

— Tiens-toi tranquille, maintenant.

Au contact du métal, Nina tressaille comme sous l'effet d'une brûlure à travers le fin tissu de la chemise. Alors, comme on repousse un objet monstrueux, elle se saisit du crucifix et le lance au visage de la faiseuse d'anges. La sorcière bondit, s'empare des poignets de la jeune femme, les noue solidement et les accroche à l'un des nœuds coulants suspendus au-dessus de la table. A cet instant Nina voudrait être morte, n'avoir jamais été mise au monde par cette mère qui ne la désirait pas, ne l'aimait pas. Un chiffon sale s'approche de ses narines, imprégné d'un liquide dont brusquement Nina reconnaît l'odeur, celle qui empeste l'appartement, celle qui se mêle jusqu'à la nausée aux relents d'égout : l'odeur de l'éther qui lui coupe le souffle, lui assèche la gorge et le nez, solidifie sa salive en une pâte visqueuse lourde, si lourde à déglutir, comme du papier, du vieux papier détrempé.

Une spirale avec au fond un sommeil qui n'efface ni le souvenir ni la douleur, une zone de cauchemar indistincte de l'état de veille. Soudain un éclair, l'éclair d'un tonnerre infiniment lointain, roule sa brûlure à l'intérieur de son ventre, lentement, lentement. Le corps entier se cabre, un grondement dans la poitrine, charroi de cris, de larmes, qu'aucune force n'arrive à expulser, une immense détresse qui la submerge et l'emporte. Elle croit mourir, déraper dans le vide, mais à chaque fois une douleur lancinante la retient. Tout a duré quelques minutes, le temps de cet éclair brutal, mais à son réveil, plus de soleil, une nuit noire, épaisse. Elle repose de son long, les membres dénoués, une bougie se consume sur une chaise. De son ventre à sa gorge, un incendie la tenaille, elle soulève la tête, la pièce est vide, des serviettes tachées de sang s'égouttent au-dessus des brocs. Elle a froid, elle a mal. Trop faible pour bouger, elle referme les yeux, le sommeil revient, le mauvais sommeil de la petite mort.

— Tu es délivrée du mal, pécheresse, j'ai jeté le fruit de tes entrailles, Dieu me préserve, une créature du diable en moins.

Dehors il fait grand jour, une onde de chaleur se faufile à travers les volets, et vient virevolter au-dessus du visage de Nina. Les serviettes ont disparu, les brocs sont à nouveau pleins d'une eau nauséabonde. La sorcière, bras croisés, attend. A la clarté du jour son visage apparaît encore plus blême, ses cheveux plus gris.

— Quelle heure est-il ? murmure Nina.

— L'heure que tu partes, grogne la sorcière, ça fait deux jours et deux nuits que tu m'encombres. J'en ai d'autres des comme toi, qui attendent mon intervention divine.

— Deux jours ! sursaute Nina.

Elle a l'impression que l'éclair l'a traversée quelques minutes auparavant...

— J'ai été malade ?

La sorcière hausse les épaules, s'empare d'un chiffon et nettoie le crucifix rédempteur de pécheresses.

— Malade ? Perdu un peu de sang, c'est tout, mais va, il t'en reste suffisamment. Seulement je te préviens, tu ne pourras plus jamais avoir d'enfant. Dieu a rendu sa justice, ce n'est pas moi, je le jure, c'est la main pleine de grâce du Seigneur. Ainsi soit-il.

Plus d'enfant ! Jamais... La tête lui tourne, vite, sortir, fuir, Nina s'arrache de la table, franchit la porte du salon où les chats la suivent d'un regard impassible. Courir, mais elle ne peut que marcher, à chaque fois qu'elle pose le talon sur le sol, une tenaille lui cisaille le bas-ventre. L'escalier, les marches une à une, les marches disjointes qui la font vaciller, et toujours la même odeur, comme le souffle en avant-garde des entrailles putrides de la ville.

L'air lui paraît doux, le soleil, même à moitié dissimulé par l'étroitesse de la ruelle, brûlant. Les rues s'élargissent, puis ce sont des boulevards, des avenues, avec des terrasses et des élégantes, ombrelles à la main, des mondains en canotiers blancs, cannes à pommeau. L'air sucré s'insinue dans sa gorge, descend comme un miel dans sa poitrine. Nina marche au milieu du trottoir, avec sa robe déchirée, sans sac à main, cheveux défaits. Une misérable, une gitane pieds nus, une enfant meurtrie dans sa chair, abîmée, désillusionnée.

SAIT-ELLE ce qu'elle veut, dans la grande ville où bientôt les ombres du soir mangent les trottoirs et les devantures, laissant seulement au faîte des arbres une lumière dorée et vaporeuse ? En quelques heures, elle avait quitté l'innocence. A jamais. La douleur de son ventre lui rappelait à chaque mouvement que les hommes peuvent faire mal, très mal, qu'ils sont menteurs et lâches.

Sur les trottoirs de Lisbonne, encore chauds du soleil de l'après-midi, Nina découvrait la cruauté de l'amour trahi. Cette leçon, elle n'était pas près de l'oublier, elle la retiendrait et s'en servirait contre les hommes, tous les hommes. Pour cette enfant sauvage devenue femme à coups d'éclairs dans les entrailles, il n'y aurait plus de différence.

Scintillant dans le soir, éclairés uniquement par la lumière naturelle de la fin du jour, apparaissent les bracelets, les bagues, les colliers, les boucles d'oreilles, les aiguillettes fines, tels des cheveux d'ange. Nina n'a jamais rien vu d'aussi beau, d'aussi lumineux : une bijouterie. Figée devant la vitrine, elle oublie tout, la souffrance, Pacco enfui et même l'enfant perdu. Les opales, les perles, les diamants agissent sur elle comme un baume miraculeux. Ce n'est pas la valeur des objets qui l'émeut mais leur poudroiement irisé, leur cœur qu'elle croit voir battre comme les étoiles dans le ciel.

Elle n'a pas vu l'homme près d'elle, si près qu'il pourrait la toucher. Il porte des lunettes cerclées d'or, des lunettes rondes, rondes comme son visage, sa chevelure aux mèches longues, toute sa personne rondelette d'étudiant attardé. Il sourit, un bon sourire de prélat rêveur policé par l'étude des grimoires.

— Choisissez ce qui vous fait envie. N'hésitez pas.

Une voix satinée qui module chaque mot avec une précision délicate. Hier, peut-être se serait-elle sauvée, aujourd'hui elle pénètre dans la boutique sans même regarder l'homme. Subjuguée par les trésors. La voilà au cœur du cœur pour la première fois, et à l'intérieur elle découvre la réelle teneur de son âme : l'émerveillement de l'or, l'émerveillement avide et naïf de l'or.

Nina ne voit pas les employés, elle n'a d'yeux que pour les bijoux dans leurs douillets nids de velours, une reine dans son palais, du doigt elle désigne un collier de brillants, la pièce la plus somptueuse, la plus chère, l'homme aux lunettes d'or fait un geste d'acquiescement. Le bijoutier se précipite, caresse l'objet, le fait étinceler entre ses doigts onctueux.

— Mademoiselle a bon goût, la plus belle de nos pièces. Une merveille...

Droite, plantée au milieu de la boutique, Nina n'écoute pas, elle suit du regard l'éclat fascinant des pierres, leur voyage depuis les mains du bijoutier jusqu'au coffret armorié où elles s'engloutissent. Le bijoutier accompagne l'étrange couple, la gitane et le prélat aux lunettes d'or.

Nina tient sur sa poitrine le coffret, talisman de bonheur, sésame d'un monde insoupçonné quelques minutes plus tôt.

Sans prononcer un mot, l'homme aux lunettes décida d'un ensemble de taffetas, choisit plusieurs paires de chaussures, un chapeau pour l'après-midi et un autre pour le soir, des gants blancs, des noirs et des beurre frais. Les emplettes achevées, Nina ne se reconnut pas dans le reflet nocturne des vitrines. Habillée de la sorte, un peu dame, un peu jeune fille déguisée, tenant toujours son coffret religieusement, elle allait par la ville, étrange et fière.

L'homme aux lunettes héla un fiacre et jeta une adresse au cocher.

— Tu me plais, chuchota-t-il.

Nina serra son coffre. Des odeurs de mer et de sel montaient du Tage le long de la rue en pente où le fiacre s'arrêta. Une grosse femme s'inclina avec obséquiosité devant l'homme aux lunettes, la maison meublée ressemblait à toutes celles du quartier triste et propre. La grosse femme devança le couple, elle ondulait comme un tonneau, tanguant d'un divan à l'autre, se faufilant à travers une multitude de chaises hautes et sombres. Un feu de bois éclairait le grand lit et les battants torsadés d'une immense armoire.

— Tu es chez toi, fit l'homme aux lunettes d'or.

Nina posa le coffret au pied du lit, dénoua ses cheveux et s'allongea. Il faisait trop chaud dans la pièce aux tentures épaisses. L'homme prit place dans un fauteuil, face au lit, croisa les jambes, le visage apaisé. Il ressemble à un curé, se dit Nina, mais son esprit s'envola immédiatement vers son trésor, tout près, à portée de main, sans effort elle pouvait en recréer dans sa tête le moindre détail, la plus subtile finesse, le plus imperceptible miroitement.

Entretenue ! Sa mère prononçait souvent ce mot, avec rage, avec envie peut-être. Dès qu'une fille changeait de robe, s'offrait des souliers à talons, on savait bien ce que cela voulait dire. Entretenue ! Nina se laissait glisser dans la torpeur du bien-être des draps blancs, du feu dans la cheminée, des repas que lui confectionnait la grosse femme... Entretenue ! Elle n'avait pas même le temps d'exprimer un désir, son vœu se réalisait avec une promptitude qui tenait de la magie. M. Porazzo, tel était son nom, venait tous les matins et tous les soirs... Son grand plaisir : regarder Nina s'habiller puis se déshabiller. Il se calait dans le fauteuil face à la glace de l'armoire et le jeu pouvait commencer. Jamais il ne tentait de toucher la jeune femme. D'une tendre inflexion de la voix, il lui indiquait la marche à suivre, plus vite, plus lentement, et plutôt cette blouse que celle-ci, la transparente, l'écrue, une seule fois il se permit de lacer un corset du bout des doigts. Chaque jour il lui faisait livrer des tenues nouvelles dont il s'empressait de venir constater l'effet sur ses hanches et ses épaules. Une poupée qu'il se plaisait à parer et à dévêtir pour le contentement du regard. Nina et son reflet dans la glace, cette multiplication des mouvements, des formes et des grâces le submergeait d'une jouissance joyeuse, bercée par l'imperceptible bruissement des tissus froissés. Une fois nue, complètement nue, il l'immobilisait devant lui : « Ne bouge plus, comme ça... » Il se caressait furtivement à travers le tissu du pantalon, fixant Nina avec de grands yeux emplis d'une jubilation honteuse, puis vers la fin, après avoir laissé fuser un cri de souris, toute tension relâchée, il demandait : « Tu m'aimes un peu, Nina ? Dis-moi que tu m'aimes un peu ! » Elle répondait ce que les filles répondent aux garçons gentils qui ne leur plaisent pas : « Je vous aime bien. » C'était déjà trop, Nina ne pensait rien de l'homme aux lunettes d'or. Elle appréciait qu'il ne la touchât pas, bien qu'elle ressentît du plaisir à se livrer nue à son regard, mais dans ces instants précieux où le feu de la cheminée la léchait, mettant en évidence la perfection et l'harmonie de son corps, l'enivrement venait d'elle-même, de sa chair qu'on adorait avec extase. Orgueilleuse de la rondeur ferme de ses seins, de la luxuriance de sa croupe, du fuselé de ses jambes, de l'ourlet du sexe sous la toison noire comme la plus profonde des nuits.

M. Porazzo n'oubliait jamais en la quittant de glisser dans les fanfreluches éparses sur le tapis une grosse somme d'argent. Nina riait comme une gamine de découvrir à l'intérieur du corset ou dans la jambe d'une culotte les billets soigneusement pliés. Par sa logeuse elle avait appris que son bienfaiteur, c'était le terme employé par la grosse femme, travaillait dans une banque. Nina rangeait les billets dans le coffre à bijoux dont la clé ne la quittait jamais.

Entre deux visites du banquier, elle s'ennuyait. Des journées interminables, malgré les achats chez le couturier, le modiste, la lingère, le parfumeur, partout où l'homme aux lunettes d'or lui avait ouvert des crédits. Le soir, elle rentrait dans le triste logement qui sentait le sel, les bras chargés de paquets d'emplettes inutiles, elle achetait tout, n'importe quoi, l'émerveillement avait disparu mais pas l'avidité, ce vertige rageur qui la saisissait devant les étalages, cette soif de posséder sans besoin ni goût réels, juste par le simple effet d'une vanité vengeresse.

Au crépuscule, quand les devantures s'illuminaient, que des femmes et des hommes en tenue de soirée couraient derrière un fiacre pour se rendre au théâtre ou à quelque fête, ce qui manquait le plus à Nina c'était la danse, cette fièvre qui précède le spectacle, l'âcre parfum des coulisses, les mots sans importance que l'on jette aux uns, aux autres. M. Porazzo s'était chargé de rompre son engagement dans *La Gran Via*. Le banquier voulait peu, mais dans ce peu il y avait l'obligation de cesser la danse, de ne plus livrer son corps à d'autres regards que le sien. La femme du directeur avait pleuré, le directeur empoché une belle somme de dédommagement. Devant les robes entassées sur le lit, les babioles répandues un peu partout dans la chambre nimbée par la lumière rougeâtre des flammes, Nina esquissait quelques pas devant la glace, éventail d'une main, dans l'autre les castagnettes. Elle virevoltait seins nus, s'inclinait sous les applaudissements d'une foule d'hommes en habit de gala, redingote et chemise empesée. On lui jetait des camélias, des brassées de jasmin, des fleurs rares dissimulant des lettres d'amour fou. Puis, épuisée, elle se laissait tomber sur le lit en murmurant : « Nina, tu t'ennuies, tu t'ennuies à

37

mourir... » Il lui arrivait dans ces moments-là d'évoquer Pacco, de regretter son sourire de séducteur bellâtre. Pacco qu'elle n'avait plus revu depuis le jour... Elle se redressait, appelait la logeuse, commandait une tasse de thé, cette chose-là, la chose de ce jour-là, il ne fallait plus y penser... Jamais... Pour se désennuyer, elle exigea du banquier la présence d'un chien : « C'est très chic pour une dame de se promener avec un chien en laisse. » Le lendemain M. Porazzo arriva plus tôt que d'habitude, accompagné d'un danois noir que Nina baptisa immédiatement Black. Il avait de bons yeux quémandeurs d'amour. Nina sentit qu'elle allait l'aimer. L'après-midi, ils se promenèrent sur la grande avenue, elle dans une robe de soie un peu trop légère pour la saison, une simple aigrette de plumes dans les cheveux, lui, digne et majestueux, comme un amant promenant sa nouvelle conquête. Les gandins esquissaient des sourires pour elle, émettaient des compliments pour lui. Ils n'en avaient cure, ils passaient, si fiers qu'ils semblaient ne pas toucher le sol.

Une semaine, deux semaines, tout un mois ! Nina n'en pouvait plus de la chambre aux relents de morue séchée, de la cheminée devenue inutile, de la grosse femme aux yeux vicieux, des manières du banquier, de ses jeux de vieux gamin. Encore qu'un changement semblât se profiler dans son comportement, glissant progressivement de l'état de contemplatif immobile et bienheureux à celui d'amoureux agité. Un matin il voulut l'embrasser.

Le soir même, elle éloigna la grosse bonne femme en l'envoyant chercher à l'autre bout de Lisbonne un chapeau fleuri soudain indispensable, entassa quelques affaires dans une valise, compta ses billets, les cacha en compagnie du collier de diamants dans son linge intime, boucla valises et sacs et, suivie de Black, dévala les escaliers. Il pleuvait, une pluie douce d'avril, en courant elle fit le chemin jusqu'à la gare, le chien jappait à ses côtés, elle était riche, ou presque, elle était libre, elle était belle. Elle prit le train de trois heures du matin pour Porto. La déception, le chagrin de l'homme aux lunettes d'or, elle n'y pensait pas. Le train roulait, Black dormait. Tu as plu à Lisbonne, se disait-elle, tu plairas bien à Porto.

MANUEL DOMINGO, à trente ans, n'attendait plus grand-chose de l'existence. La richesse de ses parents, les plus gros exportateurs de vin de la région de Porto, lui avait permis de voyager, de goûter les femmes de France, les Italiennes, les Grecques et même, malgré les dangers encourus, quelques Turques. A Porto, les distractions étaient rares, la société restreinte, le renouvellement des conquêtes féminines limité. Sans le théâtre et la présence des comédiennes et des danseuses de passage, Manuelo pensait assez souvent qu'il se serait déjà suicidé ou enfui pour les colonies d'Afrique. La loge où il se rendait chaque soir surplombait la scène, les amis venaient y faire un tour, déguster un vintage ambré et baigné d'or, grignoter un peu de fromage anglais, fumer un cigare, et plus rarement prêter attention au spectacle. On parlait haut, on riait fort, il en était de même dans toutes les loges tendues de velours grenat. A quoi bon s'intéresser à ces petites comédies chantées lorsqu'on avait déjà fait la conquête de la jeune première, que tous les amis en avaient profité et qu'il ne restait plus que les soubrettes à se partager ? Ce soir-là d'avril, une chanteuse nouvelle venue d'Espagne était annoncée pour meubler les entractes d'une opérette insipide. Elle s'avança, si mince qu'elle en paraissait fluide dans son costume de gitane, le visage dissimulé par un chapeau noir à large bord, sur son corsage, à la commissure des seins, une rose jaune. Elle chanta sur l'air de *La Malagueña*. En quelques secondes les conversations cessèrent, il n'y eut plus que cette présence noire à la voix rocailleuse. Les yeux des hommes s'illuminèrent. Chantait-elle si bien ? Personne n'aurait su répondre, ce n'était pas la beauté du chant qui étreignait mais la présence de cette femme, ce qui sourdait d'elle, vague profonde, bouleversante, alliance de la beauté dans toute sa brutalité et d'une émotion innocente, presque naïve.

Deux bons baisers je me rappelle :
Celui de ma maîtresse est parti,
Celui de ma mère est resté.

Premier baiser de maîtresse, on en a tant.
Dernier baiser de mère, on n'en a qu'un.
Un seul baiser je me rappelle.

Manuelo sut immédiatement que, pour la première fois, il aimait. Celle-là, il ne l'achèterait pas, il la séduirait. Elle dansa, les mouvements déplacèrent la rose jaune, il aperçut la chair, la naissance des seins, la respiration courte qui les soulevait et les gonflait, il eut l'irrésistible envie d'ensevelir ses lèvres entre ces deux globes et de gober toutes les perles de sueur vaporeuse qui les voilaient. Manuelo convoqua M. Floro, le directeur.

— D'où vient-elle ?

— De la rue, monsieur. Elle arrivait du train de Lisbonne, elle errait, elle a vu un théâtre, elle est entrée, comme ça, au hasard, je l'ai trouvée ravissante.

— Oui, et alors ? s'impatienta Manuelo.

— Alors je lui ai demandé de danser et de chanter et voilà le résultat. Pas mal, n'est-ce pas ?

— Elle a quelqu'un ?

— Je ne sais pas, monsieur, elle n'est pas comme les autres, c'est bien simple, moi elle m'intimide.

— Elles se ressemblent toutes, Florio, simplement celle-ci a plus de... enfin je ne sais quoi.

— Voulez-vous que je lui parle ?

— Pas cette fois, Florio, pas cette fois.

Chaque soir, une corbeille de fleurs attendait Nina dans sa loge, des roses jaunes et blanches.

— Celui-là il vous aime, soupirait Conchita qui avait laissé à Séville un mari qui la trompait et la battait et dont elle était follement amoureuse.

Conchita faisait partie de la petite troupe des ballets. Boulotte, elle s'accrochait à cette compatriote resplendissante. Avec elle, Nina apprenait les rudiments de l'amitié entre filles, les confidences, les fous rires, sans se livrer pour autant.

— Aimer, aimer... c'est toujours ce que l'on dit.

— Ça existe pourtant.

— Pas pour moi.

Nina n'avait pas envie de poursuivre la conversation, elle ramassa les fleurs et y trouva comme à chaque fois un bristol avec écrit dessus à l'encre noire : « Je vous aime », signé : Manuelo. Elle le posa sur la pile. Manuelo, fils d'un riche négociant en vin, lui avait-on dit, elle l'avait remarqué dans la loge installée au-dessus de la scène. Agréable, distingué, peut-être un peu fade... Mais après tout ! Ce qui ravissait Nina depuis son arrivée à Porto et ses débuts au théâtre, ce n'était pas le regard éperdu d'un beau jeune homme mais cette houle de bravos qui l'atteignait en plein cœur à la fin de son numéro, cet enthousiasme des hommes debout qui l'applaudissaient en criant son nom : « Nina ! Nina ! » Elle avait l'impression de conquérir beaucoup plus que le cœur d'un homme, de posséder une ville, le monde entier. Attendait-il qu'elle vienne à lui fascinée, séduite, haletante ?

Il pouvait se morfondre et acheter un magasin de fleurs ! Il finirait bien par franchir un palier, celui des bijoux, par exemple. Alors peut-être lèverait-elle le regard sur la loge du dessus, celle du caviste, comme elle disait parfois à Conchita, ce qui les faisait beaucoup rire.

Les deux jeunes femmes logeaient chez M. Florio, elles avaient pris l'habitude de rentrer après le spectacle, préférant faire la dînette plutôt que de suivre les autres à l'auberge, où inlassablement on servait de la morue rôtie nageant dans l'huile. Conchita tardait, la rue embaumait le lilas des jardins situés en contrebas, Nina avançait doucement dans la pénombre tiède. Elle ne fit pas attention aux pas des chevaux. La voiture s'immobilisa à sa hauteur, un homme peut-être deux, la soulevèrent, la hissèrent, la poussèrent à l'intérieur, le cocher claqua son fouet, les chevaux s'envolèrent. Nina voulut appeler au secours, une grosse patte puant l'oignon s'abattit sur sa bouche.

— Tais-toi, ma belle, fit une voix grasse. On te veut pas de mal, au contraire.

L ORSQU'IL la vit au milieu du salon de la villa des collines, hurlant et mordant, Manuelo se jeta à ses pieds :

— Mademoiselle, si je ne vous aimais pas, je vous aurais invité à passer la soirée avec mes amis et moi-même. Mais voilà, je vous adore, vous avoir enlevée est ma façon de vous déclarer ma passion.

Dieu, qu'elle est émouvante dans son brocart froissé !

Pour l'occasion, Manuelo a convoqué une cuisinière française chargée de préparer le poisson avec raffinement et légèreté, à l'opposé des sauces lourdes et épicées habituelles.

Nina, calmée, honore les desserts avec voracité, Manuelo admire la façon dont sa bouche délicieuse s'engloutit dans le chocolat, le café, la vanille. Repue, elle se laisse choir, chemise dégrafée, une goutte de crème à la commissure de la lèvre inférieure.

Tiens, elle reprendrait bien un peu de café, elle a le temps... Quelle complication, l'avoir enlevée ! Pourquoi ne pas avoir demandé ? Elle n'aurait pas dit non, après tout il est joli ce Manuelo, un monsieur, on le voit à ses manières. Il n'a rien mangé, grignoté à la pointe de la fourchette, du bout des lèvres. L'éducation ! N'empêche, il en meurt d'envie... Elle bâille, ferme les yeux. Il va la croire fatiguée... le pauvre. Il mérite de souffrir. Il l'aura, sa récompense. N'en a-t-elle pas le désir, elle aussi ?

Le lendemain matin, Manuelo essaie de se remémorer dans les détails sa nuit d'amour. Après tant de jubilation, comment expliquer cette sensation de dépossession ? Plus il l'avait écrasée, pénétrée, chevauchée, fait gémir et moins il s'était senti la posséder. Comment définir la volupté de ce corps de lave et de glace, volcan et banquise à la fois ? Mime-t-elle l'amour ou laisse-t-elle dans ces moments-là son corps seul se livrer et parler à sa place ? A l'aube de ce matin de printemps si léger, si effervescent, Manuelo le débauché ressent l'étrange sensation d'avoir aimé une nuit entière une femme offerte sans se donner.

Il installa Nina à l'Hôtel de France, le plus cossu de Porto. Il la rejoignait chaque jour en fin d'après-midi, découvrant par la même occasion la rage d'acheter de la jeune femme. Il adorait la voir s'ébattre dans la fanfreluche, essayer mille robes avant d'en retenir une. La promenade se terminait invariablement chez un bijoutier.

Après le spectacle, ils soupaient en tête à tête. Le plus souvent, Manuelo passait la nuit à l'hôtel. Il n'était pourtant pas sans connaître la rumeur qui bruissait dans la petite ville. Mais il était trop fasciné pour y prendre garde. Le tenaillait tout autrement le mystère de Nina. A ses questions elle répondait par un grand rire, dévoilant des dents extrêmement blanches, sous la blessure grande ouverte de la bouche. Elle riait sans répondre. Savait-elle seulement la réponse, cette sorcière ? Si jeune, pourtant si fière quand elle secouait d'un mouvement de toute la tête sa chevelure d'amazone.

La rumeur, la mauvaise rumeur, ne tarda pas à parvenir aux oreilles de M. Domingo père, dans ses caves creusées à même la roche, en bordure de l'estuaire, là où le vin sommeille, vieillit et prend toute sa saveur à l'intérieur d'immenses cuves en chêne de Russie. Depuis sa plus tendre enfance, avec ses souterrains peuplés de barils, l'endroit impressionnait Manuelo. Ici dormait l'or de Porto, l'or du Portugal, une richesse que rien au monde, pas même l'amour, ne devait entacher.

« Ça suffit », souffla le vieux Domingo à l'oreille de son fils, coureur, gandin, passe, mais qu'il s'affiche avec une gitane qui dévore la fortune de la famille, halte-là ! Après tout, les Domingo ne sont que des négociants et de simples négociants doivent rester décents.

Manuelo promit tout ce que son père voulut. Mais pour une fois qu'il était amoureux, passionné, fiévreux, il n'allait certainement pas mettre fin à une relation qui le comblait.

Il fit un été superbe ! Les amants goûtèrent la mer et les fruits rouges des collines, ils nagèrent et mangèrent au bord de l'eau. Nina apprit le français. Elle comprenait vite, mais Manuelo s'aperçut qu'elle n'aimait guère s'attarder sur le pourquoi des choses. Il la convainquit que le français serait indispensable lorsqu'elle voudrait briller en société. Cette perspective la décida. Nina se plia aux ordres et désirs de son professeur-amant. Moduler des mots hier inconnus et les accoler aux êtres, aux choses l'amusait. L'histoire, la géographie, la littérature, oui, même la littérature, Manuelo se découvrait des talents de formateur, il ne voulait laisser aucun domaine dans l'ombre.

Apprendre ! Certes oui, mais Nina s'ennuyait. Elle ne dansait plus, ne chantait plus, le théâtre avait fermé ses portes pour la saison chaude. Le soir, les amis de Manuelo venaient jouer aux cartes. La villa se remplissait de ces hommes un peu balourds, arrogants et fiers. Avec elle, délicieux évidemment, ce qui rendait morose Manuelo, qui découvrait la jalousie. Parfois après la partie de cartes, elle dansait un air de fado sur la terrasse, à la lueur des bougies, tandis que des lucioles ivres de couleurs virevoltaient le long de ses bras. Un instant cela l'amusait. Mais le reste de la journée, malgré la mer et les leçons de français, Nina s'ennuyait de plus en plus.

Au début de l'automne, une tournée d'opéra s'arrêta à Porto. On y chantait *Rigoletto*. Un *Rigoletto* dans des décors défraîchis, sous les ordres d'un chef grandiloquent. Nina pensa y tromper son ennui. Il y avait, paraît-il, un baryton italien, un certain Guilelmo, dont toutes les femmes étaient folles. Nina lui trouva de la prestance. A la fin du spectacle, elle exigea que Manuelo l'accompagne dans la loge du chanteur. Vu de près, le baryton affichait une quarantaine légèrement bedonnante, le bellâtre savait y faire, œil de braise et timbre de voix en bronze. Sur l'insistance de Nina, Manuelo, l'âme, le cœur et l'esprit en berne, fut contraint de l'inviter à dîner.

Tout en pérorant, Guilelmo avalait de grosses crevettes qu'il dédaignait d'éplucher, les gobant et les faisant craquer sous la dent, avec un bruit sinistre de cartilage brisé. Il noyait les carapaces sous des torrents de vin blanc. Nina fut charmée. Aux crevettes succéda une soupière de tripes, les fameuses tripes à la mode de Porto, accompagnées de poulet, de saucisses au piment et de haricots blancs. Nina touchait à peine à la nourriture tellement elle était occupée à rire, de ce rire qui la faisait onduler sur la banquette, mettant en avantage les déliés, les creux, les monts, les vallées de son jeune corps. Jamais sa chair n'avait paru si pleine, si ferme, si satinée aux yeux de Manuelo dans la lumière voilée de fumée de la grande salle.

Le baryton alluma un cigare de La Havane, tout en câlinant Nina du regard. Son corps massif s'alourdissait au-dessus de la table, aspirant à lui la proie assise de l'autre côté. Il l'aimantait, la gobait, peut-être allait-il l'avaler telle une crevette, corset et harnachement compris ? Manuelo n'existait plus, pas même une ombre. Soudain ce fut comme un dégoût, plus fort que sa volonté. Il quitta ce couple étrange sans un mot, prenant juste la précaution, avant de disparaître, de régler l'addition. A cet instant, Nina aurait pu le rejoindre, l'appeler, elle n'en fit rien. Peut-être ne s'était-elle même pas aperçue de son départ ?

Cette nuit-là, Nina rentra tard ; les nuits qui suivirent, elle ne rentra plus.

— Nina m'a quitté ! confia Manuelo à un ami. Pour un imbécile, qui plus est ! Cette fille est une enfant capricieuse et perverse, son bon vouloir passe avant tout.

Quelques jours plus tard, le jeune homme demanda à son père la permission de partir en Afrique. Soulagé, le négociant ne dit pas non. Dans sa pensée, mieux valait les nègres que les femmes de mauvaise vie.

Une fin d'après-midi d'automne, Nina revint à l'hôtel faire ses malles. Manuelo l'attendait sur le perron.

Un châle de laine douce la protégeant de la fraîcheur du soir, elle le regarda droit dans les yeux, comme le font les chats, sans ciller.

— Merci, dit-elle, de sa voix rauque. Qu'allez-vous faire maintenant ?

— Partir en Angola.

— Bonne chance, alors...

Son parfum était encore vivace que déjà la voiture, l'emportant elle, son chien et ses malles, disparaissait derrière le môle du port.

Manuelo pensa que bientôt ce serait son tour de quitter Porto pour commencer une vie nouvelle. Sans Elle.

ELLE avait abandonné sans même y penser l'homme aux lunettes d'or. Pour Manuelo, elle ressentait une sorte de pincement au cœur, un peu comme lorsque l'on quitte un grand frère. Le baryton lui proposait la France, les voyages, la gloire ! Elle décida de le suivre. La France ! Papa Otero, certains soirs, évoquait son périple parisien, les grands boulevards, le verre de vin qu'il avait bu dans un café, les femmes délurées, leurs sourires moqueurs, les hommes avec leur moustache conquérante, cette façon qu'ils avaient d'arpenter les trottoirs comme si chacun d'eux possédait le monde.

Dans le tourbillon de vagues qui cognent les flancs du paquebot, Nina s'obstine sur Paris, Paris bals, Paris salons, Paris restaurants, Paris célébrités. Le flot des images l'aide à chasser le mal de mer et l'idée que Manuelo avait raison lorsqu'il lui avait dit : « Un fat, ton baryton. » L'expression l'avait fait rire. Guilelmo passait son temps sur le pont, joli cœur paradant auprès des femmes, jolies de préférence, mais ce n'était pas indispensable.

Un fat ! N'empêche, elle ne regrette rien, Guilelmo la fait frissonner dès qu'elle le voit et lorsqu'elle ne le voit pas il lui manque. Ce doit être cela, l'amour ?

D'ailleurs, s'il plaît tant il doit y avoir des raisons, fat d'accord, mais séducteur.

— Est-ce ma faute, ma Ninette, si je plais ? se rengorge-t-il.

— Non, mais maintenant tu es à moi, ne l'oublie pas.

Il l'embrassait derrière l'oreille, gros oiseau picoreur.

Si simplement ce bateau maudit bougeait un peu moins, elle pourrait le rejoindre, le prendre par le bras, et parader sur les coursives, l'embrasser et lui chuchoter des mots d'amour de façon que tout le monde les remarque, qu'elle apporte ainsi la preuve que c'est elle qu'il a distinguée, elle qui l'accompagne en France, à Marseille, où l'attend une fortune venue de Rome, elle qui va le suivre à travers le monde, de scènes lyriques en théâtres, elle la petite gitane aux pieds nus, elle l'orpheline, elle dont cependant les malles sont bien pleines et le coffre à bijoux miroitant de pièces d'or et de perles.

Sortant des nuages, blanche et rocheuse apparaît la France. Une noria d'embarcations, un gigantesque amoncellement de voiles, de cheminées, de mâts, le soleil se lève sur la ville encore tout empennée de nuit. Marseille, Marseille vibrante, tourbillonnante, là, à portée de voix. Nina écoute la rumeur, comme le souffle qui précède l'orage, un grondement épais de charrois, de cris, de cloches, de sirènes d'usine. La ville, Marseille, la France, elle lève les yeux, là-haut tranchant sur le bleu sans rature du ciel, écrasant la cité de sa masse étincelante dans la lumière crue, Notre-Dame-de-la-Garde. Nina qui pleure si peu essuie une larme puis à toute vitesse, sans desserrer les lèvres, débite la prière que lui a apprise sa mère, une des rares dont elle se souvienne : « Marie pleine de grâce... »

Guilelmo fait bien les choses, l'Hôtel de Noailles les attend, les tapis sont épais, les glaces biseautées, les meubles de style, les lampadaires tamisés. Attenante à leur chambre, une salle de bains équipée d'eau courante et même d'un bidet... Nina contemple avec étonnement cet œil blanc fixé sur les méandres et les labyrinthes des gouffres intimes : « Étrennons-le », suggère le baryton. Langoureux, il entraîne Nina, la renverse sur l'immense lit capitonné. Docile, elle s'offre à son regard d'où disparaît toute douceur remplacée par l'âpreté du désir, une avidité impatiente. Nu, il se dresse au-dessus d'elle, passe les doigts dans la toison de son torse, les descend le long du plexus jusqu'à son sexe qu'il brandit quelques instants avant de l'enfoncer en elle. Nina gémit, elle aime l'épaisseur de ce corps, les épaules massives, le léger rebondi de la panse, ce sexe dur comme du marbre, qui la pénètre jusqu'au tréfonds, là où naît ce cri qui explose dans sa poitrine et vient mourir sur ses lèvres.

Guilelmo ne perd jamais son temps, quelques brèves saccades rageuses et il tombe sur le côté, bois mort, essoufflé, ravi, confiant. Nina rouvre les yeux ; à travers les persiennes le grand soleil de midi nimbe la pièce d'une poussière irisée, elle ramène ses jambes sous elle et demande :

— Quand vas-tu chercher ton argent ?

— Quel argent, ma Ninette ? s'exclame le baryton déjà debout.

— Celui que tu attends d'Italie.

Guilelmo choisit soigneusement une chemise propre avant de répondre :

— Il n'est pas encore arrivé, j'ai demandé au concierge, ne t'inquiète pas, c'est normal.

— Je ne m'inquiète pas, mais comment allons-nous vivre jusque-là ?

Nina refuse la chemise de nuit que lui tend le baryton, elle préfère rester nue, profiter des rayons du soleil qui coulent de ses seins jusqu'à son pubis.

— Mais avec vos économies, mon adorée, c'est une question de jours, d'heures. Tu me fais confiance ?

Guilelmo allume un cigare, cligne de l'œil, vole un baiser à Nina sur le coin de la bouche et dans une grande envolée se dirige vers la porte.

— Ninette, nous nous retrouverons pour le thé, je suis attendu au Gymnase, un rôle en or...

Manuelo avait grogné quelque chose : fat et quoi donc ?... Ah oui, elle se souvient maintenant : escroc !

L'ARGENT ? Il arrive, il va arriver, il n'arrivera jamais.
Nina n'entretient plus aucune illusion sur le pactole
promis, Guilelmino n'a pas plus de sous que d'engagements,
Guilelmino est un cabot sans emploi. Le voilà maintenant
qui exige de quoi baguenauder, jouer à l'artiste, bref, le voilà
à sa charge, et avec quelle morgue ! Son dû, c'est ainsi qu'il
désigne le fait d'être entretenu par une jeune femme de vingt
ans plus jeune que lui. Guilelmo croit aux vertus de ses
charmes, à la fascination de sa voix, au magnétisme de son
regard ensorcelant. Un tel prodige mérite quelques attentions d'intendance... « Tu regretteras plus tard de m'avoir
fait des reproches. »

Nina a trouvé une pension de famille près du port, pas de
baignoire, encore moins de bidet, il faut descendre à la
fontaine chercher l'eau au broc et la remonter sans la
renverser quatre étages plus haut. De la fenêtre, au-dessus
d'un haut mur gris, on aperçoit un bout de corniche, le lit est
pour une personne, il faudra s'en contenter, la pluie pénètre
par les interstices de la toiture, mais il pleut si peu. Ce
paradis est le domaine de Mme Lermina, une petite bonne
femme trop maquillée, trop prévenante, trop volubile. Le
soir même, le couple dîne à la table commune, étrangement
déserte à part la présence de l'ami d'Irma. « Mon fiancé
Roger, dit-elle en le présentant. Il connaît tout son monde à

Marseille. » Au cours du repas, Roger se présente : journaliste, directeur du *Bavard*, une feuille d'impertinence qui va secouer le landerneau marseillais. Irma acquiesce, en admiration devant son Roger, pâlot et menu, tenu serré par un gilet cintré entièrement boutonné. Effondré, Guilelmo goûte à peine au potage, encore moins au hachis qui le suit, devant le flan il croit mourir. Nina, elle, avale consciencieusement le festin, préparé, Irma tient à le préciser, « de ses propres mains ».

Une fois dans leur chambre éclairée par un quinquet fumeux, le baryton explose :

— Je ne pourrai jamais dormir dans un tel taudis, c'est déshonorant !

Nina avec colère défait une des valises. robes du soir, chemises de nuit en soie.

— Et pour moi vous croyez que c'est facile, éclate-t-elle brusquement. A Porto, j'avais un homme à mes pieds, riche, gentil, que j'ai abandonné pour un margoulin de votre espèce, un moins-que-rien, incapable de choyer une femme... Me retrouver ici avec vous, Dieu me punit.

— Taisez-vous ou je pars, grogne Guilelmo.

— Partez, mais sans un sou, je vous préviens.

Le baryton se redresse, ajuste sa redingote, remet son chapeau, saisit sa canne.

— Vous êtes une fille de rien.

— Certainement vous avez raison, par la faute d'hommes dans votre genre, mais, je le jure, ça ne durera pas.

— Vous me regretterez.

— Pauvre imbécile ! Des hommes, je peux en avoir autant que je veux, les plus riches seront bientôt à mes pieds.

Guilelmo hausse les épaules. En se refermant violemment sur lui, la porte ébranle le quinquet qui chute, emportant un reste de flamme souffreteuse.

Mme Lermina est désolée, mais n'est-ce pas, comme dit le proverbe, un de perdu, dix de retrouvés :

— Nina mia, je vais m'occuper de vous, vous apprendre à parler français, vous sortir dans le monde, Marseille est une ville pleine de ressources pour une fille comme vous.

Les deux femmes sont dans le salon-salle à manger, Nina défroisse ses toilettes devant la tenancière ébahie. Chaque malle, chaque valise est une mine aux trésors : velours, satin broché, soie pure, taffetas, des merveilles de couleurs, de formes, de légèreté. Irma hocha la tête à chaque apparition comme dans un numéro de magie.

— Dieu me pardonne, chantonne-t-elle à la fin du déballage, il me semble que vous avez déjà compris beaucoup de choses !

Nina éclate de rire puis, virevoltant sur elle-même :

— Si peu, madame Lermina, si peu.

— Appelez-moi Irma !

— Si peu, Irma.

Les deux femmes sortent tous les après-midi, emplumées, chapeautées. Nina prête ses robes à Irma. Elles sont de bleu, de rose, élégantes de la tête aux pieds. Elles vont au Café Riche, histoire de se mettre en train, siroter une orangeade, le silence qui les accueille est celui de l'étonnement qui fait vite place au ravissement. Au Café Glacier, sur l'immense terrasse, elles cherchent une table, pas trop au soleil, mais pas tout à fait à l'ombre. Les messieurs de la bonne société se lèvent à leur passage, proposent des fauteuils, du champagne, des rendez-vous, de la conversation, elles ne s'arrêtent jamais et comme deux dames boivent seules un chocolat chaud.

La bonne société marseillaise ne parle plus que de cette jeune femme, parée comme une déesse, accompagnée de sa gouvernante. Dans les salons, au cercle des Étrangers, au restaurant La Réserve, les armes s'affûtent, des paris se prennent, qui parmi les gandins, les négociants, les armateurs, les fabricants de savon, les boursiers, les directeurs de compagnie maritime, qui enfin va décrocher cette nouvelle débarquée à Marseille par on ne sait quel hasard, ou plutôt miracle. Les jeunes mettent leur fougue dans le panier de la conquête, les plus vieux leur fortune. Les pessimistes annoncent que la possédera celui qui réunira les deux. Ce qui restreint considérablement le nombre des candidats.

Le comte Savin de Pont-Maxence appartient encore au bel âge, sa fortune vient des huiles et des savons. Mais c'est en devenant le propriétaire d'une immense colline couverte d'oliviers que Savin, marchand en gros, s'est emparé du nom du lieu : Pont-Maxence. Le titre a suivi plus tard, tout naturellement. Comme les autres, tous les autres, il a vu Nina, il l'a suivie sur la Canebière, comme les autres il en est fou, un peu plus que les autres peut-être. Savin de Pont-Maxence n'a rien d'un blasé, jusqu'à ce jour il a consacré sa vie à gagner de l'argent sans jamais imaginer pouvoir le dépenser. Mais avec cette femme, dont il a croisé le regard, le moment lui semble venu.

Quand on pénètre le matin dans le salon-salle à manger de Mme Lermina, on se croirait dans une serre, les bouquets, les gerbes s'amoncellent.

— Décidément, grogne Irma, les hommes ont peu d'imagination : « à celle dont les yeux me font mourir », « à la belle gitane », « à l'étincelante de la Canebière », « à la reine de Marseille ».

La plupart mettent leur vie aux pieds de la belle inconnue, d'autres n'oublient pas d'y ajouter leur fortune. Les plus présomptueux se contentent d'un « je vous aime » lapidaire.

— Comment font-ils tous pour avoir notre adresse ? s'inquiète Nina.

— Ils nous suivent, ma chère, enfin ils vous suivent, répond Irma en souriant.

— Et nous attendons quoi au juste, le prince de Galles ?

Irma s'immobilise, allume une cigarette, plisse les yeux.

— Nous faisons monter les enchères, ma chère, il y en a bien un qui finira par faire mieux et plus que les autres. Patience.

Nina laisse Irma prendre son destin en main, bien sûr elle pourrait solliciter du travail dans les nombreuses salles de spectacle de la ville, ces petits théâtres où l'on chante et danse pour quelques francs. Elle n'en a plus le courage, danseuse oui, mais en vedette, avec de grandes affiches sur lesquelles brillera le nom d'Otero. Il existe un raccourci sur la route du succès, et ce raccourci ce sont les hommes, plusieurs ou un seul. Elle ne recommencera plus l'erreur de s'enticher de séducteurs marrons dans le genre de Guilelmo, ne cédera plus aux coups de cœur, ces pincements ridicules qui vous font commettre des bêtises. Les prochains seront riches, arrivés, des hommes de pouvoir, amoureux d'elle évidemment, et si possible pas trop désagréables physiquement.

Irma le soir, en sirotant une liqueur, s'enthousiasme. Avec un corps comme celui de Nina, des yeux à faire damner n'importe quel homme normalement constitué, un sourire enjôleur, la fortune les attend : elle, l'entremetteuse, « l'appareilleuse », comme on dit à Marseille, elle n'ose pas dire l'intelligence, mais c'est sous-entendu, et Nina le physique, le monde leur appartient. Le monde... Nina rêve un instant de voyages, de bateaux en partance, de bateaux sans tempête ni baryton faisant le beau dans l'entrepont, mais de paquebots glissant sur une mer d'huile, pour des contrées chaudes et luxuriantes.

— En attendant, dit-elle en s'extirpant de ses songes de mers lointaines, il faut en choisir un. J'ai sérieusement écorné mes économies, j'en veux un dès demain !

« Très touchée par vos fleurs, mademoiselle Carolina Otero serait heureuse de vous rencontrer ce jour à La Réserve pour le thé ». Signature illisible.

Les termes du billet trottent au rythme du cheval tirant le fiacre d'une ornière à l'autre, sur le chemin de la corniche, dans la tête de Savin de Pont-Maxence. Pourvu que ce ne soit pas une plaisanterie de la part d'un de ces godelureaux qui fréquentent le Cercle ! Nul n'ignore son engouement ; d'ailleurs, qui parmi ses amis n'a pas ces derniers temps proclamé sa flamme pour la « Belle de Marseille » ? Il se trouve en bonne compagnie, si bonne qu'il s'étonne du choix de la gitane. Ne serait-ce pas un piège ? Sans se mésestimer, Savin n'appartient pas à cette catégorie d'hommes qui pensent que toute expression d'un vœu doit être suivie de son exécution. Le marchand de savon possède la modestie de ceux qui travaillent pour hisser leur existence à hauteur de leurs rêves.

A l'heure creuse d'un après-midi étouffant, La Réserve est quasiment déserte, la grande salle blanche se déploie comme une voile sur une mer translucide. Par les baies grandes ouvertes, parviennent les cris des enfants enfoncés dans l'eau jusqu'aux genoux, s'interpellant et s'aspergeant.

Il la remarque immédiatement, tout au fond, le coude appuyé sur la rambarde. Le soleil derrière elle la métamorphose en une fleur au cœur sombre, presque noir, immergé à l'intérieur d'une vaste corolle, que le vent déplace à peine. Elle n'a pas de chapeau, juste une aigrette de quelques plumes bleues, légères comme des pistils, elle sourit, il voit ce sourire se dessiner, il en devine les contours de chair, l'éclat rouge sang de la bouche. A mesure qu'il s'approche, elle surgit, flamme pâle dans la lumière. Elle sourit et il semble que ce soit tout son être qui écarte les lèvres. Elle lui demande d'une voix chantante, où les sons se chevauchent imperceptiblement, d'avancer. Il obéit. Le soleil l'éblouit, il est obligé de fermer à moitié les yeux. Il la regarde sans la voir, silencieux, immobile. Un vieux maître d'hôtel traînant la jambe s'incline devant lui.

— Un thé, un thé froid...

Il ne reconnaît pas son propre timbre de voix, métallique, tremblotant, comme s'il prenait sa source dans une forêt de rivets.

Ils demeurent ainsi de longues minutes, elle toujours souriante, lui figé. Le soleil a le temps de se déplacer, là-bas, au-dessus des calanques, faisant miroiter les falaises d'une blancheur immatérielle. La léthargie les engourdit, deux statues oubliées sur une terrasse.

Nina la première s'enhardit :

— J'ai été flatté... Vos compliments...

— Ce n'est rien...

— Que comptez-vous faire ?

— Mademoiselle, vous aimer, si vous le permettez.

— Alors, commençons tout de suite...

Elle pose sa main sur la sienne glacée. Ils se lèvent, marchent côte à côte, les cris des enfants ont cessé, la mer se voile d'une brume grise.

A VEC Savin, Nina découvrit qu'on pouvait faire l'amour sans y penser. Le comte s'appliquait pourtant deux ou trois fois par nuit, mais rien n'y faisait, Nina demeurait parfaitement étrangère, comme si tout cela se passait loin d'elle. Avec Pacco il y avait eu la découverte, avec Manuelo la fougue, avec Guilelmo la force, avec Savin, rien, ou plutôt si, la gentillesse. Son corps se livrait sans retenue, toujours aussi subtil pour le plaisir de l'autre, ardent par instants, comme une flambée de bois sec, ardeur trompeuse que le comte prenait pour l'effet de la passion. Nina sortait de ces ébats le cœur tranquille, vaguement essoufflée ; plus par mimétisme que par nécessité. Sans aucun doute, le comte vivait l'amour de sa vie, un amour si intense qu'il ne savait comment exprimer sa reconnaissance. Il loua un hôtel particulier au Prado, entouré de grands arbres ; depuis les terrasses on dominait la mer et toute la côte. De peur que Nina ne trouve le temps long, durant ses absences, il dédommagea Irma qui vint s'installer au Prado, abandonnant sans l'ombre d'un regret sa pension de famille.

Chaque soir, il amenait Nina souper au Cercle, à La Réserve, au Noailles. Marseille, le Marseille qui compte, ne pouvait plus ignorer sa liaison avec cette étrangère au drôle d'accent, extraordinairement belle, bien trop belle pour Savin, si riche qu'il soit. Le couple suscitait la stupeur, éveillait la jalousie. Promener Nina sous les lustres et les dorures des endroits chics ravissait le comte. Il aurait pu s'en contenter, mais qu'en plus, une fois les lumières éteintes, loin des smokings et des redingotes, loin des falbalas et des éventails, il se glisse dans le lit de l'objet de tant de convoitises le rendait tout simplement fou de bonheur.

Nina très vite se lassa des grands arbres du domaine, du chant des oiseaux, des couchers de soleil qui embrasaient la corniche d'une étrange lumière violette. Elle aimait la foule, les rires et les cris de la foule, elle aimait surtout le regard des hommes, le regard d'un seul, fût-il le plus amoureux du monde, ne lui suffisait pas. Les après-midi, suivie de Black, elle se fondait dans la cohue de la Canebière. Le vieux port l'attirait irrésistiblement, elle humait avec délectation les odeurs d'épices, les remugles d'huile sur les quais, toutes ces senteurs fortes qui se mêlaient à la vision des affiches et des maquettes dans les vitrines des compagnies de navigation, des bureaux de change, des assureurs maritimes, autant d'invites aux quatre coins du monde, à des voyages imaginaires sur quelques centaines de mètres de trottoirs gris. Tant de noms inconnus, de destinations à l'autre bout de la planète, de savanes, de jungles, de forêts plus grandes que la France entière : Lourenço Marques, Colombo, Zanzibar, Bahia, Valparaiso, Veracruz, Macao, Vancouver... Les noms des compagnies à eux seuls suffisaient à lui enflammer l'esprit : la Nationale de navigation, la British India, la Blue Funnel Line, la P&O, Peninsular and Oriental... Envie de fuir, de partir, de s'envoler, envie de... Surtout, il y avait cet incroyable tohu-bohu, cette odeur de parfums et de poussière mêlés. Les terrasses de café étaient de véritables théâtres vivants à même la chaussée, amoncellements de canotiers, de panamas, de hauts-de-forme, constellations de plumes, de fleurs de soie, de fruits artificiels posés sur la tête des femmes comme autant de jardins suspendus. On buvait des bocks, de la limonade, de l'absinthe, des cafés d'Afrique, des thés de Chine.

Nina s'emplissait les poumons de cet air qui la brûlait, tel le feu jamais éteint d'un enfer, si présent, si tentaculaire qu'on pourrait le toucher, semblait-il, du bout des doigts. De la Canebière au port, du port à la place de la Bourse, en passant par le Grand Théâtre, la luxure, la luxure débridée s'emparait d'elle, la luxure dans le regard des hommes, non plus la débauche rêvée des Espagnols ou des Portugais, mais la luxure animale prête à exploser, à fondre sur sa proie, la luxure qui déshabille, qui culbute, qui transperce, qui éjacule. Tous ces hommes efflanqués dans leur pantalon trop large, tous ces hommes à la peau sombre, à la virilité affichée, déployée, telle une unique oriflamme. Ces yeux qui la suivaient par centaines, par milliers, qui la dépouillaient de ses vêtements, la renversaient nue dans le caniveau étaient autant de pics s'enfonçant en elle, la transperçant dans un meuglement aussi intense et annonciateur de tempête que le rugissement des sirènes colporté dans toute la ville jour et nuit, cri lancinant de désir et de mort.

On la frôlait, on l'interpellait, on la voulait, on l'exigeait, on lui présentait des respects qui n'en étaient pas : « Viens, ma zézette... », « Pitchounette, dix sous la demi-heure... », « Cocotte, je pars pour l'Afrique, ma fortune pour la nuit... », « Mademoiselle, un regard ou je meurs... »

Elle ne répondait pas, elle traçait son sillon dans la mer des désirs, elle voguait, goélette légère, objet de toutes les furies, ballottée d'homme à homme parmi les effluves épais de sueur, les relents d'ail et d'oignon, les volutes de cacahuètes que grillaient de vieux Arabes accroupis à même le trottoir. Nina sentait ses hanches, sa poitrine, ses cuisses emportées par la marée humaine, proies dociles entre les mains des mâles. Son cœur battait, le feu brûlait dans son ventre, son intérieur devenait grotte humaine, fleuve souterrain. Elle rentrait au Prado enfiévrée, pleine du plaisir, du désir provoqué, de cette rage sur ses pas, cette fumée magique de la sensualité s'évaporant en mille et mille gouttes du plus soyeux, du plus secret d'elle-même.

Irma avait choisi le comte Savin pour sa richesse parmi les riches, son célibat attardé, sa réputation de garçon sérieux en affaires et dans sa vie privée. Pas de mauvaises surprises à craindre avec cet homme-là. La preuve : elle se prélassait sous les cyprès et les oliviers centenaires, femmes de ménage et cuisinières assurant le quotidien, le bonheur en somme. Fallait-il encore que rien ne vienne le troubler, or Nina se morfondait, ce qui ne présageait rien de bon. Dès les premiers instants, elle avait compris que Nina serait de bon rapport, exceptionnel même, à condition de ne pas contrarier son caractère. Or un tourbillon emportait la jeune femme, une onde de désir qu'elle refoulait avec de moins en moins de certitudes et de plus en plus de regrets. Céder, elle finirait par céder, sur un coup de tête, mieux valait prendre les devants. Après avoir « appareillé » pour ce qu'elle espérait être un long voyage, Irma décida de ménager, en contrepartie, des récréations de courte durée. Elle recruta parmi la faune dorée phocéenne quelques spécimens de jeunes hommes non seulement vigoureux et bien de leur personne, mais suffisamment riches pour rémunérer à leur juste valeur des rendez-vous secrets avec celle qui les faisait se pâmer d'envie.

Nina ne descendait plus en ville, la ville montait à elle. D'abord réticente aux propositions d'Irma, puis les acceptant à l'essai, elle découvrit très vite que ce tournis d'hommes différents, loin de l'amoindrir, de l'avilir, lui apportait une énergie nouvelle, la confirmation de sa beauté, du pouvoir de ses charmes. Elle finit par attendre avec impatience l'heure où se présenterait le candidat inconnu avec lequel elle pourrait explorer ses dons pour l'amour. Serait-il grand, blond (elle préférait les bruns), mince, enrobé, dans le fond ça n'avait aucune importance, ces hommes de l'après-midi ne comptaient pas, elle oubliait leur visage sitôt qu'ils avaient franchi le seuil de la porte de la chambre. Ce qui lui plaisait, c'était le jeu, cette façon de prendre en faisant semblant de donner, cet abandon fallacieux qui les laissait tous hagards, éperdus de désir, de passion, d'amour, prêts à se vendre, à sacrifier femme, enfants, fortune, pourvu qu'elle parte avec eux, accepte de partager un mois, une semaine, un jour, un seul jour de leur existence. Quelle jouissance de leur dire, alors qu'encore nus, affalés sur le lit, ils croyaient avoir fait sa conquête, qu'elle ne les reverrait plus : « Pas même une fois ? — Non, jamais... »

Bien qu'Irma ait pris soin de ne jamais convier au Prado un proche de Savin, un murmure parcourait le monde de l'argent, un monde restreint où la rumeur constitue une sorte de pain quotidien. La rumeur tournoyait autour du comte sans l'aborder directement, mais en cercles de plus en plus circonscrits. On laissait entendre sans jamais rien formuler, comme une vapeur d'orage pesant sur la ville et n'explosant jamais. Le comte, avec la ferme volonté de ne pas y croire, se trouvait hanté par le soupçon. Il aimait cette femme étrange qui l'avait convoqué, comme un négociant l'aurait fait pour traiter une affaire. Il l'aimait sans la comprendre, Nina demeurait un mystère complet, même après des semaines de relations. Qui était-elle ? Comment l'aimer ? Comment la retenir ? Le comte ne s'illusionnait guère sur ses sentiments à son égard, il tentait de lui faire plaisir, ou plus exactement de deviner ce qui pourrait lui faire plaisir, mais il se heurtait à un monde incompréhensible, où la logique commune, celle des relations convenues, n'existait pas. Le soir, en rentrant au Prado, il ressentait la pénible impression d'être soudainement devenu aveugle, tâtonnant parmi ses propres meubles, sans les reconnaître. Il ne savait jamais comment il allait la retrouver : charmante, boudeuse, capricieuse, silencieuse ? Il n'était même pas sûr de la retrouver, tellement Nina, sa maîtresse officielle, installée à demeure, lui semblait de passage. Incompréhensible, imprévisible, fascinante, mais surtout absente jusque dans ses cris d'amour, jusque dans sa nudité provocante, jusque et surtout dans cette façon qui le terrifiait de le regarder sans le voir. Face à elle, Savin se sentait bien moins anonyme que transparent. Il avait cessé de lui demander si elle l'aimait un peu, bien, beaucoup et comment, le silence pesant qui succédait à ses questions l'en avait dissuadé. Parfois, après quelques minutes, elle se contentait de répondre par un laconique : « Je suis là... » Le trahissait-elle ? Autant il l'en sentait capable, tout autant il était persuadé au plus intime de lui-même qu'il ne le supporterait pas. Il voyait arriver l'après-midi avec angoisse, doutant chaque jour de pouvoir résister à la mortelle envie d'en avoir le cœur net. Prendre un fiacre, cinq minutes de trajet, s'arrêter au portail de la villa du Prado, franchir le seuil, se dissimuler sous les arbres, remonter jusqu'au perron, pénétrer dans la chambre et enfin savoir !

Un après-midi, il ne résista plus, l'absence de rendez-vous, la pluie battante, l'immersion de la ville sous un manteau de brouillard gris le décidèrent. Ses bottines, ses bas de pantalon trempaient dans les flaques lorsqu'il dénicha enfin une voiture libre. Le fiacre se glissa dans un épais coton détrempé, actionnant sa trompe comme un perdu. Une couche épaisse de brume engluait la réflexion de Savin, l'enlisait dans un univers vide, sans repères, une immensité uniformément automnale.

Ses pieds s'enfoncèrent dans le gazon du jardin, l'eau ruissela entre le col de la chemise et son cou, il escalada les marches du perron, voulut pousser la porte-fenêtre et la trouva fermée. Fermée ! Il tambourina contre la vitre, fit retentir la cloche, il fracasserait la porte, plutôt que de rester là, enfermé dehors. La colère se substituait au vide, il se préparait à défoncer le chambranle lorsque Irma apparut, emmitouflée d'un châle, l'œil endormi. Que se passait-il ?

Un malheur ? Elle fermait toujours quand Monsieur n'était pas là, à cause des rôdeurs, elle avait dû sommeiller quelques minutes. Savin la bouscula, jeta son chapeau. Les cheveux trempés, le visage défait, dégoulinant, ressemblant à un fou dans la chiche lumière du salon. D'un pas décidé, il se dirigea vers l'escalier, Irma se précipita au-devant de lui.

— Madame dort, Monsieur...

— Et alors ?

— Elle a horreur qu'on la réveille en sursaut, ça la rend d'une humeur massacrante, laissez-moi faire...

Il devait monter, la surprendre, là, dans le lit, entre les bras d'un autre ! Il savait qu'il fallait qu'il grimpe à toute vitesse les quelques marches, qu'il repousse cette gourgandine d'Irma, cette femme vulgaire que tout à coup, il le réalisait, il haïssait. Il n'en fit rien, il s'immobilisa, un pied sur la première marche, s'il montait il la perdait, qu'elle fût avec quelqu'un ou seule, la peur immonde de l'existence sans elle le retint, il essuya la pluie et la sueur sur ses paupières. Irma ouvrait la porte là-haut : « Madame, devinez qui est là ? » Un raffut de meubles tirés, de chaises poussés, Savin s'effondra sur l'un des sofas : « Le comte, quelle surprise ! » Sa voix, sa voix adorée, il se redressa, brossa machinalement ses cheveux. Elle apparut, rayonnante, dans une longue robe d'intérieur sans fioritures, descendit l'escalier, le tissu léger moulant ses cuisses. Il soupira et sourit comme un enfant pris en faute. Elle lui frôla la joue avec la paume de la main :

— Je suis contente de vous voir, le temps me semble si long parfois.

— Je sais, mon aimée, nous allons y remédier.

Si elle occupait son temps, elle le tromperait moins, peut-être plus du tout ! Savin fit engager Nina comme danseuse espagnole au Palais de Cristal.

Au Palais de Cristal, on trouvait des pauvres et des riches, des Marseillais mais aussi des Grecs, des Portugais, des

Italiens, des gens de nulle part, des marins et des luronnes que l'on pouvait acheter pour quelques sous, on criait, on sifflait, on applaudissait, on y venait l'après-midi ou en soirée, en semaine comme le dimanche, ce jour-là plus spécialement les petits-bourgeois et leurs dames, cul serré et joliment contentes d'être là, au risque de se faire pincer les fesses par inadvertance. Le Palais de Cristal irriguait Marseille de ses chansons, de ses danses, de ses prestidigitateurs, de ses acrobates, de ses punchs au rhum et au kirsch, on pouvait y boire, y manger, y faire l'amour entre les travées, à même la poussière.

Pour les artistes, le Palais c'était le cimetière ou le paradis, il fallait plaire ou disparaître, le public se moquait pas mal de la politesse, il rageait ou s'ébaudissait, pointait le pouce en direction de l'enfer ou en redemandait, gorge déployée, yeux au ciel. Impossible de se cacher, il y avait trop de glaces. Une constellation de lustres en verroterie jouaient avec les miroirs biseautés, bimbeloteries étincelant de mille feux, caracolant jour et nuit. Un aquarium géant où les chagrins, les joies, les émerveillements livraient une danse effrénée au son du piano déglingué et des orchestres bringuebalants.

Nina était coincée entre le comique troupier et la diseuse à voix, une place de choix, lui avait indiqué le directeur. La salle, chauffée par le comique, ne demandait qu'à grimper aux rideaux, à condition de ne pas laisser tomber le soufflet : « Vas-y du cul et de la fesse, ma belle, mais attention, ici, ça suffit pas, en plus il faut chanter et danser... » Frémissante, Nina se lança sur la scène. La salle ressemblait à un vaste vaisseau rouge écarlate, parsemé de taches sombres, qui étaient autant de casquettes, de bérets tire-bouchonnés, avec dessous une tête, un visage, masse informe, compacte, mouvante jusqu'à la nausée. Elle dansa, chanta, faisant vibrer les castagnettes. « Olé ! » scandait la salle à chaque claquement des escarpins sur le plancher vermoulu. La frénésie qui l'habitait, la passion ardente qu'elle mettait à s'offrir en

pâture aux spectateurs déclenchèrent un tonnerre d'applaudissements. Une poussière jaune s'éleva jusque sur la scène.
« C'est gagné, pitchoune, fit le directeur en remontant ses
bretelles. Au Palais, faut que ça saigne. » Étourdie, Nina se
retrouva derrière le rideau, saoulée par les cris, ces expressions populaires dont elle ne comprenait pas la moitié. Folle
de bonheur d'avoir gagné, gagné ici, à Marseille ! A cet
instant, elle décida qu'il n'y aurait plus de rendez-vous
secrets les après-midi dans la villa du Prado.

Danser, chanter, se griser des applaudissements, Nina
ressentait une jouissance particulière, de soir en soir elle
découvrait que ce contact avec le public prenait une place
essentielle. Elle se mit à guetter dans les yeux de ses
camarades s'ils la reconnaissaient comme l'une des leurs.
Assentiment qui tarda à venir : pour les vedettes du Palais de
Cristal, ne devenait pas artiste qui voulait, et nul n'aurait su
dire quel concours, quelle timbale il fallait décrocher, sinon
que cet examen inconnu existait. La première qui s'intéressa
à Nina autrement que pour lui jeter un regard partagé entre
jalousie et commisération fut Thérésa. Elle pesait cent kilos,
ses gestes brusques impressionnaient, son allure de paysanne, toujours vêtue de longues robes austères, tranchait
sur le froufrou. Dès qu'elle s'avançait sur la scène, accompagnée par son pianiste, un Italien taciturne, la salle était
parcourue d'un frisson électrique, le silence si rare à obtenir
au Palais s'établissait immédiatement. De sa voix rude de
basse, Thérésa empoignait le public. Ce qu'elle chantait lui
ressemblait : filles-mères abandonnées, amants séparés par la
guerre ou, pire encore, par des parents sans cœur. Thérésa,
dans un torrent charriant de la rocaille, chantait la détresse
d'une société enchaînée par ses principes et soumise à l'ordre
de l'argent. Une société sans pitié pour les exclus, les
pauvres, les dérangeurs de toutes sortes. Thérésa se gaussait,
ventre en avant, elle pourfendait le bourgeois sans jamais
l'attaquer de front, préférant faire pleurer le petit peuple à

l'évocation de ses crimes. Et pour pleurer, l'ouvrier pleurait, et la cousette, le portefaix, l'employé de commerce, le marin, la putain, surtout la putain.

La chanteuse se mêlait peu aux autres, tout comme Nina, mais pour des raisons inverses, elle n'attendait plus rien de personne, elle chantait et buvait sa bouteille de vin blanc coupée de quelques gouttes de limonade. Le pianiste était chargé du ravitaillement, sitôt une boutanche terminée, il filait à la brasserie en chercher une autre. Il lui en fallait trois ou quatre par soirée.

— Le vin blanc, c'est mon gigolo à moi, disait-elle aux jeunes catins qui ricanaient dans son dos.

Un dimanche en matinée, alors que la chaleur brûlait la ville, que l'assistance clairsemée s'endormait au son des castagnettes, Thérésa s'empara du bras de Nina en nage.

— C'est les jours comme aujourd'hui qu'il faut tenir, ma fille.

Nina n'en croyait pas ses yeux ni ses oreilles : Thérésa lui adressait la parole.

— T'es bonne, toi, si tu continues, tu réussiras une carrière, une vraie...

— Je vous remercie, c'est extraordinaire que ce soit vous qui disiez ça, je vous admire tant.

Thérésa se reversa un verre, trois quarts vin blanc, un nuage de limonade, mais avant de lamper son breuvage, elle fixa Nina de son regard voilé par l'alcool.

— Pas de velours, j'aime pas. Méfie-toi d'une chose, ma fille, méfie-toi de ton cul, celui-là il va te jouer de sales tours.

— Pourquoi ? demanda Nina, mal à l'aise.

— Il est beau et tu le sais.

Nina se tut, Thérésa détourna la tête, l'entretien était terminé, le verre vide.

Le lendemain au premier rang, gominé, tiré à quatre épingles, Guilelmo applaudissait debout, sourire suffisant, heureux de vivre, comme si le soleil ne brillait que pour lui. Nina l'aperçut au détour d'une pirouette, et bêtement le charme opéra, décidément il lui plaisait, et puis il était si joyeux, si plein de vie. Après le spectacle, Irma qui tenait aussi le rôle d'habilleuse lui tendit une carte, le baryton attendait derrière la porte, suppliant qu'on le reçoive.

— Ça, jamais, fit Irma.

— Ouvre, ordonna Nina.

— Mais enfin, après ce qu'il t'a fait, c'est un maquereau, il vient piquer ton pognon, je te préviens.

— Ça fera un peu moins pour toi. Ouvre.

Scandalisée, Irma entrouvrit la porte, Guilelmo s'engouffra, l'envoyant dinguer dans la penderie.

— Ninette, ma petite Ninette, je demande pardon, pardon à genoux.

Le baryton se jeta sur le plancher, au milieu des corsets et des culottes en dentelle.

— Je t'aime comme un chien, gémit-il. Ouah... Ouah... Ouah...

Nina le fit taire en l'embrassant sur la bouche.

C'en était trop, Irma, accablée, préféra sortir.

L A belle vie ! La grande vie... Chaque soir, le spectacle terminé, le couple se rendait au cercle des Étrangers sur la Canebière. Le Cercle faisait partie des centaines de tripots, maisons de jeu, cercles, qui peuplaient Marseille. Le jeu ! La ville s'y livrait avec frénésie ; qui avait cent francs en poche voulait en gagner mille, qui en avait mille rêvait de dix mille... Les pauvres, les riches, chacun son rêve, chacun son tripot, dans la sueur, sous les dorures, l'argent était toujours le même, il fallait qu'il circule, se perde, se retrouve, fasse trembler les cœurs et les âmes, secoue les poitrines.

Guilelmo expédiait son repas en quelques minutes, puis se précipitait à une table de baccara où un groom avait marqué sa place. Nina demeurait seule devant son assiette encore pleine, mais entourée, peu à peu les hommes approchaient comme des corbeaux au-dessus de leur proie, en redingote, en smoking, lentement, doucement, par vols entiers, monocle à l'œil, moustaches frémissantes. Sereine et coquette, Nina attendait l'assaut. Un, puis deux volatiles se détachaient du groupe ; arrivés devant la table de la belle, ils se lançaient dans une danse de séduction, entrecoupée de propos fleuris. Elle remerciait d'un sourire, d'un discret clignement des yeux et on passait au suivant. Une sarabande qui pouvait durer plusieurs heures, le temps que le baryton perde tout son argent. Elle ne se fatiguait jamais du jeu puéril de la conquête, il lui semblait naturel que les hommes tentent de la gagner. Ne pas recevoir cet hommage aurait constitué un affront. Aux petites heures du matin, le couple sortait dignement, elle le cœur ravi, lui les poches vides.

Dans la ville frileuse de l'aube, comment, ombre parmi les ombres, auraient-ils deviné la présence du comte Savin ? Il avait passé la nuit là, sur le trottoir. Il attendait sans raison, tête vide, chien abandonné. Elle lui avait dit : « C'est un vieil ami ! » Il avait insisté pour en connaître davantage alors, dans un mouvement d'humeur : « Vous voulez vraiment savoir, eh bien c'est mon mari, voilà ! » Bien sûr, elle mentait... le baryton : un joueur, chanteur d'occasion, collectionneur de femmes riches ! Le comte apprit ainsi l'existence de Félicia, la maîtresse en titre du baryton, une héritière de la meilleure société marseillaise qui prenait très mal la liaison du bellâtre avec l'Espagnole. Savin espérait l'intervention de Félicia, c'était son seul espoir et malheureusement son unique courage.

Les sifflets et les cris d'animaux descendirent de la partie ténébreuse du second balcon, on aurait pu croire que c'était l'ombre elle-même qui vociférait. Le charivari rebondit du second au premier balcon, se gonfla de quelques cris de plus, enfin dégringola sur le parterre en longues stridences qui vrillèrent la poitrine de Nina. Elle s'immobilisa, le bras levé, le buste penché en arrière, les paroles de la première chanson coincées dans sa gorge. Les sifflets redoublèrent, les huées, les insultes, puis ce furent des bravos en réponse, comme deux armées faisant se succéder les assauts. Nina baissa les bras : « Pourquoi ? » hurla-t-elle en direction du public, mais sa voix fut couverte. Elle ne comprenait pas. Une erreur, ou plutôt un cauchemar, dans un instant elle se réveillerait, se traiterait d'imbécile... Mais non, elle ne dormait pas, on lui jetait des fleurs, mais aussi des tomates. L'une vint s'écrabouiller sur son corsage noir, avec un bruit effroyable de baiser mou. On échangeait des coups entre les travées, un escogriffe voulut monter sur scène, le directeur depuis les coulisses fit baisser le rideau. Nina vit devant ses yeux le lourd tissu rouge descendre, la séparer de la salle, de son public. Elle tenait toujours serrée dans sa main droite la paire de castagnettes, sur ses épaules en équilibre la mantille de lumière, mais, entre ses seins, dégoulinait l'ignoble blessure de la tomate écrasée.

— Une cabale, rugit le directeur en frottant la tomate avec un chiffon sale. C'est Félicia...

— Félicia?

Affolée, Nina était au bord des larmes.

— Une salope, pardi, fit le directeur.

Félicia! Félicia! La rumeur s'était amplifiée avec le vacarme venant de la salle... Félicia!

— Mais pourquoi?

De retour dans la loge, Nina tomba entre les bras d'Irma qui la serra contre elle.

— Tu sais, toi? demanda Nina.

— Oui, mais je ne dirai rien!

— Je t'en prie...

Irma en mourait d'envie. Roger, son amant, l'homme aux ragots, lui avait raconté comment Félicia la terrible, séduite par le baryton et abandonnée quelques jours plus tard au profit de la danseuse, proclamait partout dans la ville qu'elle se vengerait! On n'abandonnait pas l'un des plus beaux partis de la cité au profit d'une gourgandine joueuse de castagnettes... Aucun doute, Félicia mettait ses menaces à exécution.

— Je t'avais prévenue, persifla Irma. Il n'y a rien à attendre de ce coco!

Nina n'écoutait plus. Ils allaient voir si on pouvait faire taire Otero.

— Coiffe-moi! ordonna-t-elle à Irma.

Elle choisit une nouvelle robe jaune soleil plus échancrée

que la première, plus collante. Le directeur vint au-devant d'elle.

— Bravo, ma belle, danse, n'essaie pas de chanter, mets-leur ton cul sur la figure, on verra bien s'ils ont envie d'aboyer, ces salauds.

Le rideau se leva, la salle bruissait encore de l'émeute. Quand on la vit, un oh ! de stupéfaction parcourut le public, c'était l'impératrice du Pérou qui s'avançait, la prêtresse des Indes. Elle dansa comme le directeur le lui avait conseillé, en accomplissant des arabesques, des circon-volutions, louvoyant au-dessus des premiers rangs, chatte en équilibre sur le fil du désir des hommes. Elle dansa comme jamais, se donna, se livra, bacchante impudique, parvenue au paroxysme du délire. Au silence succédèrent de nouveau les lazzis, les exclamations outragées, le déferle-ment des sifflets ; des chapeaux voltigèrent, puis ce furent des cannes, des ombrelles, d'une travée à l'autre, une bataille rangée, une pluie de horions, les femmes hurlaient, les hommes s'alpaguaient au collet, des mères de famille venues là avec leur nichée prenaient parti pour la cabale, menaçant la danseuse de lui geler la zézette, de la tondre, de l'escagasser... Dans la furie générale, une femme du port souleva son caraco et montra ses fesses énormes et roses comme deux jambons de montagne : « Té, si le cœur vous en dit, mes beaux... » La police arriva juste avant que le Palais de Cristal ne fût réduit en miettes. Bâtons bien en main, elle rétablit l'ordre en quelques minutes. Après son passage, on releva les amochés. Réfugiée derrière le rideau de fer, Nina se mit à parcourir à grandes enjambées les coulisses, hantée par l'idée de tuer.

Guilelmo n'osa apparaître de plusieurs jours. Lorsqu'il revint, comme si de rien n'était, sourire aux lèvres, la colère de Nina était tombée, sa colère, mais pas la volonté de se venger. Elle saisit au col de son costume beurre frais le baryton, et doucement, en espagnol, lui susurra :

— Dis-moi où elle est, ta putasse, ou c'est à toi que je coupe les couilles...

Sifflets, applaudissements, pendant quinze jours ce fut le même chahut, les mères de famille et la police en moins. Tout Marseille se passionnait, les journaux de la « petite presse » prirent parti, il y avait les féroces qui caricaturaient l'Espagnole en : « Carolina Castagnetta », et les fervents, dont Roger, guidé par la poigne d'Irma, qui dans son *Bavard* dressait des couronnes ampoulées à la reine des danseuses. La chance servit Nina au moment où elle désespérait, prête à admettre que décidément la puissance de Félicia était plus forte que sa volonté et son talent déployés.

Le soir, l'arrivée du couple au cercle des Étrangers suscitait des commentaires. On riait de ce pauvre baryton, objet navré et dépassé d'une bataille de dames sans pitié. Guilelmo cependant n'était pas peu fier que deux jolies femmes, l'une riche, l'autre d'une beauté et d'une sensualité rares, se battent pour le posséder. Si sa vanité se voyait flattée, il n'en était pas de même pour sa tranquillité ; en vérité il craignait les deux furies, Félicia pour sa duplicité et son pouvoir, Nina pour sa violence et son esprit de revanche. Il se demandait quand la catastrophe finirait par lui tomber sur le poil. Lorsque le maître d'hôtel du Cercle lui chuchota à l'oreille tout en l'aidant à ôter son manteau : « Madame Félicia est là ! », il sut qu'il n'aurait plus longtemps à se poser la question. Nina devina, plutôt qu'elle n'entendit ; un sourire crispa sa mâchoire, d'un geste brusque elle enleva la voilette qui retenait son chapeau noué à son cou, et d'un bond elle fut dans le salon, elle n'avait jamais vu Félicia, mais elle la sentit, telle une tigresse sa victime : la grande blonde entourée d'une cour de gommeux, là-bas, près de la cheminée, elle fonça droit sur sa proie. A cet instant, Nina était plus brune, plus noire, plus charnelle, plus cruelle, plus intensément animale que jamais. Félicia se figea, de pâle elle devint blême. Le salon était suspendu à ces deux jeunes femmes dressées l'une contre l'autre, superbes, l'une de rage et de passion déployées, l'autre de dignité offusquée. L'échange verbal fut court.

— Pourquoi me fais-tu siffler, salope ? souffla Nina d'une voix hachée par la difficulté qu'elle avait à maîtriser son français.

— Parce que je ne vous aime pas comme chanteuse, ni comme danseuse, parce que je vous trouve vulgaire, répondit Félicia d'un ton un peu trop pompeux pour cacher tout à fait sa crainte.

Nina sauta par-dessus la table et attrapa le long cou élégant de Félicia, un voile s'abattit devant ses yeux, un voile terrible au travers duquel ne subsistait que la surface rose de cette chair offerte. Elle la harponna des deux mains et commença à serrer, à serrer encore plus, le modelé racé du coup de Félicia qui s'effondra comme une tulipe sabrée par la tempête. Un râle s'éleva, un glouglou d'étranglement. Otero tuait Félicia, là, devant toute la bonne société marseillaise. Elle serrait pour tuer, ce voile terrible, toujours tendu entre elle et les autres, elle et le reste du monde, ce voilà où toute réalité s'annihilait dans un gouffre noir, tout sauf le souffle de l'autre, le sang de l'autre, la vie de l'autre. Félicia se débattait, ses longs cheveux blonds vinrent rouler sous les doigts de Nina qui les repoussa. Relâchant une seconde la pression, ce fut suffisant pour que Félicia se dégage et brandisse devant elle une épingle à cheveux à la pointe effilée. Alors, sans hésiter, l'Espagnole se saisit d'une chaise de jardin en fer et la fit tournoyer au-dessus de sa tête, Félicia se fendit, épingle à cheveux en avant. Ses compagnons, le personnel du Cercle, sortant enfin de la torpeur fascinée qui les clouait sur place, se précipitèrent.

— Elles vont se tuer !

Félicia leva le bras, Nina à toute volée abattit la chaise, l'épaule craqua avec un bruit de noix, la blonde poussa un hurlement avant de s'écrouler au milieu des verres et des bouteilles renversés.

— Arrêtez-la, s'insurgèrent les amis de Félicia en direction du baryton qui, prudemment, s'avança et retira la chaise des mains de la danseuse.

On se pressait autour de la victime qui gémissait comme un chiot à qui on vient de broyer une patte.

— Vous êtes folle, s'exclama l'un des gommeux en direction de Nina.

— Elle voulait me piquer, la garce ! répondit Nina.

— Ce n'est pas une raison pour lui fracasser l'épaule.

— Tiens, pardi ! C'était moi ou elle.

On souleva Félicia précautionneusement, chaque mouvement lui arrachait un hurlement de douleur.

— Vite, un fiacre, il faut l'amener chez un médecin !

Une petite foule accompagnait la blessée, portée à bras d'homme vers la sortie. En passant devant Nina, d'une voix blanche Félicia jeta :

— Disparaissez, que je ne vous voie plus jamais à Marseille, ou je vous tue.

Nina éclata de rire.

— Je pars, mais je reviendrai en reine.

Pendue au bras de Guilelmo, sur une pirouette elle tourna le dos au groupe où Félicia, reprise par la souffrance, geignait.

Deux jours plus tard, le comte Savin de Pont-Maxence, en se rendant à la villa du Prado, trouva portes et volets clos. Il pénétra avec son trousseau de clés. Dans le vestibule, sur une table de marbre, il vit une lettre à son nom, libellée d'une écriture maladroite. Dedans, sur une petite feuille de papier blanc, un mot de Nina. Elle lui disait adieu, elle partait en compagnie du baryton pour Monte-Carlo où, paraît-il, se retrouvait la gentry internationale, elle le remerciait pour toutes les attentions qu'il avait eues pour sa personne. Savin plia la lettre dans sa poche, referma la porte derrière lui et prit la route de la corniche. A La Réserve, il s'installa à la table où, pour la première fois, il l'avait vue, dos au soleil, constellée de lumière. Aujourd'hui il faisait froid et gris, il commanda une bouteille de champagne, la but entièrement, alluma un cigare, écrivit plusieurs lettres, demanda de quoi les affranchir, les confia au maître d'hôtel, se leva et d'un pas lent gagna la corniche. On ne le revit jamais, on ne retrouva jamais son corps. Dans les lettres, il réglait ses affaires et parlait d'un long voyage, sans plus de précisions.

L E thé ! Lorsqu'on pénètre dans le grand hall de l'Hôtel de Paris, doré et scintillant, bois sombre et marbre à l'infini, un brouhaha vous tombe dessus, une variété de langues du monde entier, susurrées, gazouillées, piaillées par des femmes du monde entier, les jeunes toutes voiles dehors, les mûres emperlées traversant les salons comme des figures de proue revenues de voyages glorieux, les vieilles assises, calfeutrées de fourrures, quel que soit le temps. Elles sont là, plus de cent, sorties des mains de leurs femmes de chambre, lustrées, recrépites, repeintes, prêtes pour la grande parade de la journée, ployant sous les perles, étalant leurs luxueuses broderies, leurs chaînes diamantées, leurs émaux translucides. Elles parlent sans s'écouter, se répondent sans se comprendre, s'interpellent de loin, sémaphores dans la tempête, leurs yeux brillants dardent sous leur chapeau empenné de fleurs, vraies et fausses mêlées, comme dans un jardin édénique. Elles sont l'Europe, elles sont l'univers, les trusts de New York, les industries du Massachusetts, la banque de Londres, elles ont épousé les magnats de la fortune, elles représentent les plus anciennes familles du Vieux Monde, les couronnes d'Allemagne, les duchés de Bavière, les principautés d'Italie, ce qui reste de noblesse française. Monte-Carlo est devenu leur cour de récréation, et l'Hôtel de Paris l'immense salon mondain d'un nabab qui

79

aurait les moyens de s'offrir le gotha international pour son quatre-heures.

Les hommes ? Ils sont la fortune, ils ont le pouvoir, ils passent, pressés, importants, entre deux bancos, deux numéros gagnants, deux tirs au pigeon, vont, viennent, se penchent sur leur aimée, lui baisent la main. Ils sont époux, et leur regard part à la recherche de la prochaine aventure. Ils sont amants, et leur œil jaloux veille. Ils sont célibataires, et leur terrain de chasse est infini. Une pavane effrénée où l'on se cherche, se repère, se remarque, se trouve, s'égare, se retrouve, se cache, s'enlace, se jure et se conjure, puis se perd et s'oublie. Personne ne se regarde, mais tous s'observent, se condamnent et s'absolvent dans une ronde de petits pas orchestrés par le cliquetis lancinant de la roulette.

Les biches ! Certains de ces hommes s'y frottent, d'autres s'y piquent, elles sont les fruits les plus étincelants, les plus acidulés, les plus convoités, les plus dangereux, les plus immoraux. A la fois courtisanes, comédiennes et dames du monde, les biches vivent des hommes. Elles ont du ramage, le luxe est leur emblème, leur arme, leur piège, plus élégantes que les aristocrates, plus harnachées de bijoux, de perles, d'émeraudes, que les grandes bourgeoises, quand elles choisissent un homme, c'est une grâce qu'elles lui octroient, un passeport pour la renommée, être vu en leur compagnie vous rehausse de quelques milliers de francs-or, l'argent que vous dépensez pour elles vous rapporte un placement sur l'avenir et la gloire. Elles sont les fleurons des boudoirs, les vestales des hôtels particuliers, leur champ d'action n'est pas le salon mais la chambre à coucher. Elles ont leur cour, leurs admirateurs, leur cénacle d'artistes, elles entretiennent des amants de cœur et de corps, elles sont les reines du demi-monde, de la demi-pénombre, du petit jour, des nuits longues, des heures interminables, elles sont le nectar favori et secret d'une société, la clé de voûte d'un édifice voué aux bénéfices. Elles sont à Paris, à Baden-Baden à Vichy... Elles suivent l'argent, vont aux bains l'été, l'hiver, ombrelle légère entre les doigts, elles arpentent les jardins de Monte-Carlo, et dorment dans les nouvelles villas surplombant la mer, là où elles ont vue sur l'Italie la sombre et l'Estérel le rose, là où le ciel revêt la couleur de la porcelaine. Mais l'après-midi, comme tout le monde, flanquées d'une gouvernante, dame à tout faire, elles prennent le thé à l'Hôtel de Paris.

Nina à peine assise du bout des fesses dans l'un des profonds fauteuils du hall réalisa qu'elle n'était qu'une perruche déguisée en bourgeoise marseillaise. Elle rougit de honte, en quelques minutes, elle sut que ce qu'elle avait pris pour la richesse, jusqu'à cet après-midi-là, n'était que poussière d'aisance laborieuse. Dans les miroirs elle se vit, belle certes, mais fruste tendron attendant le coup de baguette magique. Du raffinement, elle ne possédait que la caricature, de l'élégance, l'épate d'une poule entretenue. Elle manquait de mystère, de sortilège, de profondeur dans le regard, ses mains n'étaient que des mains, de pauvres mains bagousées, et non ces oiseaux blancs et vaporeux qu'elle voyait gréés de perles fines, scintillant dans la lumière des lustres. Décidément, elle avait tout à apprendre. La tête enfouie dans l'oreiller de plumes de sa chambre, elle se jura d'y parvenir. Et vite !

De l'Hôtel de Paris, pour se rendre au casino, il suffisait de quelques pas, les plus impatients, ou les moins riches, s'y rendaient à pied, protégés par d'immenses parapluies lorsqu'il pleuvait, mais la plupart effectuaient le trajet en calèche ou en berline attelée de chevaux flamboyants, démangés par l'envie de courir, alors qu'ils devaient se contenter de cette promenade apéritive.

En entrant dans l'immense salle avec ses colonnes de marbre, ses ors et ses lustres, lorsqu'elle entendit la rumeur qui montait vers elle, chaude, ondoyante, moelleuse, Nina se sentit irradiée d'un charme qu'elle n'avait encore jamais éprouvé. Elle s'approcha des tables, s'enfonça dans cette masse d'hommes et de femmes, cette multitude envoûtée par une seule obsession : la boule qui tourne, tourne, la carte retournée et ramassée, indifférente au reste du monde, à ses plus proches voisins comme aux aborigènes d'Australie, n'obéissant qu'aux ordres des servants : « Faites vos jeux... Les jeux sont faits... Rien ne va plus. » Antienne hypnotique, sans cesse recommencée, dans ce temps aboli qui est celui des salles de jeu, sans horloge ni soleil, soumises à une unique clarté artificielle jaune doré, couleur de l'or. Tout cet or échangé, perdu, gagné, cet or transmué en jetons aveugles inlassablement brassés, empilés, jetés, serrés au creux des mains moites, baisés par des lèvres superstitieuses, caressés du doigt, oracles mythiques, signes cabalistiques des dieux, derniers espoirs d'une tragédie muette.

Nina erra parmi ces visages tendus, énigmatiques, ces bouches grimaçantes, ces sourires crispés, elle vit des hommes se parler à eux seuls, grognant, pleurant, sans que personne ne les remarque, princes ou marchands, qu'importe, ici la société s'abolissait, celui qui gagnait était roi, l'autre, qui perdait, moins que rien. Ici, seul le bon numéro accordait quelques faveurs à celui qui l'avait choisi par hasard. On flattait le gagnant, on le serrait de près, on touchait par une inadvertance calculée cet élu de la chance, espérant en recueillir quelques ondes bénéfiques. Tout était signe, symbole, talisman, sésame invisible pour la séduire : elle, la chance, la capter, la faire sienne, l'amadouer, oh ! quelques minutes, pas plus ! La chance ! Elle l'implorait en priant, cette vieille femme, chapelet enroulé autour de l'avant-bras, qui à chaque lancement de la boule en égrenait quelques grains, à une vitesse folle, puis fermait les yeux, attendant la sentence... Le numéro sorti, elle les rouvrait, immenses et las, puis de nouveau glissait un jeton, et l'espoir renaissait, et ses doigts s'accrochaient à l'ivoire grisâtre à force d'être manipulé.

Des jours entiers, des nuits entières, Nina croisa ces

épaves blêmes à la recherche d'un jeton, le dernier, celui qui leur permettrait de se refaire, elle les vit supplier, voler, accepter n'importe quelle corvée en échange d'une piécette, puis courir la jeter sur la table et tout recommencer. Le jeu unifiait les individus, les amalgamait dans un mouvement perpétuel qui leur faisait occuper successivement toutes les places, sans tenir compte de leur personnalité ni de leur condition.

Guilelmo jouait, Guilelmo perdait, Nina se laissait emporter, n'ayant plus pour la première fois conscience du désir qu'elle éveillait, s'octroyant l'oubli d'elle-même. Son regard se posait sur les autres en spectatrice curieuse, comme si une glace sans tain la séparait d'eux. Puis peu à peu, des joueurs elle passa à ceux qui, comme elle, ne jouaient jamais, mais étaient toujours là, rôdant autour des tables, endormis dans des canapés dérobés, êtres misérables, gris à force d'absence de lumière, costumes rapiécés, chemises dont on cachait les taches à l'aide de cravates et d'écharpes informes. Quel miracle, quelle aubaine espéraient-ils ? Le grand salon avec ses plantes vertes, ses canapés discrets à l'abri des regards, était-il leur dernier refuge ? Venaient-ils là revivre la déchéance d'avoir tout perdu dans la secrète illusion de se réveiller de leur cauchemar, fortune faite ?

Nina les avait remarquées dès les premières heures, sur leurs talons trop hauts, avec leur maquillage appuyé, leur teint de fille de gare, leur piteux manchon de fourrure mitée, certaines jeunes encore, l'œil avide et dur, le sourire forcé, la bouche fendue en cœur rouge vermillon. Assises autour de tables basses, elles ressemblaient à ces oiseaux des îles, bavards et chamarrés, l'œil aux aguets, le bec pointu, prêts à s'envoler au moindre bruit. Il fallait les voir repérer de loin le gagnant ; à l'expression d'un visage, au son d'un rire, elles reconnaisaient celui sur qui venait de s'abattre la manne. Le papotage cessait immédiatement et, comme s'il existait un tour de rôle, deux bestioles s'extrayaient de la volière et, accomplissant un large détour, s'approchaient de l'élu, s'asseyaient de chaque côté, silencieuses, activant inlassablement leur éventail. De temps à autre elles faisaient entendre un rire de gorge perlé qui durait longtemps, comme un appel dans la jungle. Si l'élu perdait, elles s'en éloignaient d'un coup d'aile, mais si sa chance redoublait, elles s'arrimaient au fauteuil et rien au monde ne pouvait les en faire bouger. Il arrivait que le gagnant parte avec l'une d'entre elles et parfois les deux. Nina n'aimait pas rester trop longtemps près d'elles, de peur qu'inconsidérément on ne puisse les confondre. Lorsqu'elle les croisait, elle s'en éloignait le cœur au bord des lèvres, quitte à se cacher derrière une colonne pour les observer. Ces filles cupides et rapaces lui faisaient étrangement peur, elle restait pourtant parfois des heures, fascinée, à suivre leurs va-et-vient, leurs conciliabules de bouche à oreille, les fous rires qu'elles étouffaient derrière leurs mains comme des gamines prises en faute.

Les jours passaient, tous confondus, tous semblables. Guilelmo perdait toujours, les réserves fondaient. Nina voyait approcher la débâcle, cette misère qu'elle redoutait comme une mort plus terrible que la vraie, parce qu'elle laissait subsister la souffrance.

— Partons! disait-elle.

— Non, encore un jour, la chance va tourner, répondait Guilelmo.

Ce que craignait Nina arriva, elle vendit ses bijoux l'un après l'autre, la belle parure de l'homme aux lunettes d'or, les perles de Manuelo, les bagues de Savin. Tout.

Guilelmo perdait, mais elle, la gitane? Sans même s'asseoir, elle jeta dix louis sur le rouge, le râteau fulgurant ramassa la mise. Déjà? Elle avait perdu sans même avoir eu le temps d'espérer... Découragée, elle se laissa choir dans un des canapés alignés contre le mur. Brusquement, elle se sentit étrangère à toute cette comédie de l'argent. Fuir, une fois de plus, une fois encore. Elle se leva, une rumeur lui parvint de la table où elle avait jeté les dix louis, les joueurs se tournaient dans sa direction, on l'appelait, un petit homme replet se précipita vers elle.

— Vous êtes folle, ma petite, ramassez tout ça !

Elle ne comprenait pas, elle traversa le cercle, arriva devant le tapis, sur le rouge, là où elle avait mis ses dix louis, s'amoncelait une montagne de plaques soigneusement posées les unes sur les autres.

— C'est à vous, madame. Vous les prenez ou vous continuez ? demanda le croupier, désignant la masse de son râteau.

Un concert de protestations s'éleva : « Non, non. » On suppliait Nina : « Prenez, prenez. »

— Le rouge est sorti vingt-trois fois, expliqua le petit bonhomme, je n'ai jamais vu une chose pareille, vingt-trois fois, vous avez gagné une fortune, mademoiselle.

Elle saisit les plaques, leur contact la brûla, elle les soupesait, sidérée... Elle était riche... Le petit bonhomme lui expliqua : tout à l'heure, le croupier avait seulement ramassé ses dix louis pour les remplacer par des jetons.

— Vous êtes partie trop vite.

Il réfléchit un instant, puis ajouta :

— Ce fut peut-être votre chance ?

Un louis d'or, plus brillant que le soleil, des dizaines de louis d'or, autant d'astres étincelants que le caissier alignait, flegmatique, devant la jeune femme.

— Voilà, mademoiselle, lui dit-il quand il eut compté toutes les pièces. A bientôt.

— Il n'y aura pas de bientôt, monsieur.

— Oh ! mademoiselle, il ne faut jamais jurer de rien.

— Adieu, monsieur.

— A un de ces jours, mademoiselle.

Elle serra son sac sous le bras. Riche ! Riche en quelques minutes ! Elle rentra à l'hôtel. Dans le hall, elle toisa les biches et les épouses, désormais elle ne craignait plus personne... Sur le lit, elle répandit les pièces d'or, elles tombèrent en cascade, un ruissellement d'or sans fin :

— Moi, Carolina Otero, orpheline, je suis riche à l'égal d'une dame, moi, Carolina...

Elle se berçait de cette complainte improvisée. La porte s'ouvrit avec fracas, laissant apparaître un Guilelmo verdâtre, décomposé par la rage.

— Donne, fit-il en tendant la main.

C'en était fini du charmant, du fantasque baryton. Guilelmo apparaissait tel qu'en lui-même, il se précipita, se roula dans l'or, attrapant les pièces des deux mains et des dents pour aller plus vite. Nina rugit un cri terrible, d'un bond elle s'allongea sur l'or, le couvrit de son corps. A coups de pied, il tenta de la décrocher.

— Il est à moi cet argent. Sans moi, on ne t'aurait même pas laissée entrer dans les salles de jeu...

Il la secouait, elle résistait, il pouvait bien la frapper, elle se ferait tuer, plutôt que de lui abandonner l'or, son or, sa fortune. Elle se mit à appeler au secours avec sa voix de rocaille et de torrent. Il voulut la bâillonner avec ses grosses pattes, elle le mordit au sang. On frappait à la porte. Le baryton se jeta sur le sol pour ramasser les pièces tombées sur le tapis. Un valet de pied, puis deux autres apparurent sur le seuil...

— Madame...

Ils ne purent en dire plus, un mastodonte les projeta contre le mur. Le temps de reprendre leurs esprits, Guilelmo courait dans le couloir, les pièces tintinnabulant dans la poche de son pantalon.

— Il voulait me violer, fit Nina.

Elle n'avait rien trouvé d'autre pour expliquer l'algarade.

Les valises furent vite faites : « Enfin », soupira Irma, Black remua la queue. Le train partait de Nice à vingt et une heures, demain à la même heure ils seraient à Paris. En montant dans le compartiment, Nina savait qu'elle ne serait plus jamais la même, elle venait de découvrir deux choses qui allaient changer le sens de sa vie : les biches, et le jeu.

II

OTERO

— OTERO, mais qui est-ce, bon sang ? Je n'entends parler que d'elle.

— Une danseuse...

— Disons une... danseuse du ventre.

— Vous êtes méchant !

— L'affreux Bischoffsheim, le banquier qui l'a eue, m'a assuré qu'il n'a jamais aussi peu regretté son argent. Au lit, mes amis, c'est l'affaire du siècle. Un volcan.

— Mais d'où vient-elle ?

— On ne sait pas exactement, en quelques mois elle a fait la conquête de Paris.

— De beaucoup de braguettes !

— De portefeuilles...

— Moi je suis heureux de la voir enfin. C'est Boron qui nous l'amène ?

— Oui, et Boron ne se trompe jamais, il m'a fait un portrait d'elle, le cochon, à m'en faire venir l'eau à la bouche... « ... Dans son regard toute la flamme de la passion, toute l'ardeur de la vie, toute la coquetterie de la femme. »

— Seigneur, quel florilège !

— Quelle carte de visite !

— La coquine ne doit pas souvent dormir seule.

— Jamais !

C'est soirée de gala ce 30 décembre 1889 dans les salons du Grand Vefour. Ceux qui font Paris attendent la première apparition de Carolina Otero, chanteuse espagnole. Ils sont journalistes, hommes de lettres, ils sont viveurs, ils sont blasés. De l'esprit, ils cultivent essentiellement la cruauté. La vie, la mort, tout est affaire de bons mots. Et s'il leur arrive de se battre en duel, c'est justement pour un mot de trop ou de moins. Las et indifférents, seuls le corps des femmes et parfois leur intelligence peuvent encore les émouvoir.

Dans la fumée des cigares, les fesses et les tétons des fresques se nimbent d'un voile vaporeux, scènes bachiques et embarquement pour Cythère se diluent dans un nuage bleuté.

— Elle est prévue pour quelle heure ?

— Minuit !

— Zut, c'est long.

On a bu du champagne, on a picoré, on a beaucoup parlé, maintenant il est temps qu'elle arrive. La salle est pleine.

Les garçons baissent la puissance du gaz, les lustres se teintent d'or, un bruissement parcourt les tables, les retardataires se glissent par la porte à soufflet, laissant s'engouffrer des bouffées d'air sibérien. Les femmes en pelisses et capes de zibeline protègent leurs seins frileux.

Il va être minuit lorsque arrive Jean Lorrain, ses grands yeux noirs dilatés par l'éther, le visage relevé par une moustache touffue et charbonneuse suspendue sous les narines comme le trait sombre d'une barre de trapèze.

— Lorrain est là, on peut commencer.

— Ses chroniques me font rire.

— Il va parfois en chercher le sujet dans le ruisseau.

— La vie y coule.

— Tiens, voilà Boron.

On aime bien Boron. Il a débarqué un beau jour à Paris

avec l'accent des Balkans et des filles plein les poches. Il s'avance, bedaine en avant, figure de lune ronde dans la lumière crue du gaz.

— Vous l'attendez, je le sais, nous le savons tous... Mesdames, messieurs, merci d'être venus ce soir en cette fin d'année que nous voulons joyeuse de toutes nos forces.

— Il m'ennuie, grogne Lorrain suffisamment fort pour être entendu.

— Vous ne regretterez pas cette soirée, continue Boron. Vous allez faire connaissance d'une femme, que dis-je, d'une princesse, d'une reine, d'une déesse. Elle s'appelle Otero, mais déjà tout Paris l'appelle la Belle Otero... Quelques instants de patience et elle sera parmi nous avec sa voix chaude d'Espagnole et ses danses lascives. En attendant, je laisse la place à l'orchestre de maître Raphaël qui va commencer cette soirée, cela va de soi, par une valse espagnole : *Estudiantina*.

Le bateleur s'éclipse et, avant même qu'apparaisse l'orchestre, retentit la langueur des violons.

— Quelle scie ! gémit Lorrain en trempant ses lèvres minces et décolorées dans un peu de champagne.

Derrière les musiciens, surgit dans un nuage de lumière Carolina, drapée d'un châle de Manille. Elle s'avance, puis brusquement s'immobilise, ses yeux fixent la foule. D'un mouvement d'épaules, elle fait glisser son châle, apparaissent alors la taille mince, la poitrine souple et gonflée, la jambe fine, galbée dans un bas de soie noire. Sa voix grimpe haut, très haut, dans les dorures du Grand Vefour. Un frisson parcourt l'assistance, sur les visages, les masques de l'ironie et de l'urbanité se défont. Les lèvres tremblent, les dents claquent, des mains se serrent, des jambes flageolent, des cœurs s'enivrent, la vie, la simple vie prend possession des corps.

— Mazette ! soupire Jean Lorrain, la main sur la poitrine en signe d'accablement.

Une chanson, une seule, puis de nouveau l'orchestre, mais plus personne n'y fait attention.

— Bon Dieu, ça c'est une femme !

— J'y laisserai ma fortune ou la peau, mais je l'aurai.

— Messieurs, nous allons souffrir.

— C'est une cocotte à qui il faudra de sacrés coqs !

Durant le bal qui suit le concert, Otero précédée de Boron fait le tour des tables :

— Je ferai votre gloire, lui dit Gaston Calmette le futur directeur du *Figaro*.

— Vous m'avez tourné la tête, susurre élégamment Georges Feydeau, un jeune auteur dramatique dont on dit le plus grand bien.

— Je vous engage au Cirque d'été, dans huit mois, lui propose Charles Franconi le directeur.

Otero resplendit. Sous l'éclairage tamisé, sa peau prend la couleur du miel.

Jean Lorrain l'attire contre lui d'un geste vif.

— Votre siège est fait, vous voilà célèbre...

Otero se raidit devant ce petit homme aux cheveux trop noirs, au torse bombé.

— Qui êtes-vous, monsieur ?

— Qu'importe, je suis de ceux qui peuvent vous faire ou vous défaire... Vous êtes un calice vénéneux auquel tout le monde voudra s'enivrer. L'image parfaite du mal sous l'innocence pervertie de la gitane...

Otero éclate de rire :

— Je suis trop heureuse ce soir pour penser à tout cela.

— Vous avez raison, acquiesce le romancier avec une grimace qui se veut un sourire.

A trois heures du matin on servit le souper tandis qu'au centre de la salle Mademoiselle Zizi exécutait en pantalon bouffant, une fleur dans le nombril, la *bamboula,* danse du ventre.

Les hommes riaient, les femmes pouffaient, après Mademoiselle Zizi, surgit Mademoiselle Lilika dans la *baouba,* danse turque. A cet instant, on avait déjà dévoré le saumon, les huîtres de Marennes, le velouté de homard au paprika commençait juste à titiller les papilles. Dans les verres de cristal, après le mordoré du tokay de Hongrie, le meursault jetait des lueurs de soleil doux. Otero finissait soigneusement son assiette, buvait à chaque fois qu'on lui remplissait son verre. La chaleur lui chauffait les joues et les oreilles. Elle s'épanouissait dans un contentement qui l'amollissait jusqu'à l'abandon. Le succès, le vin, la lueur dans les yeux de ces hommes qui faisaient Paris, autrement dit qui faisaient le monde, la houle de l'argent, de la célébrité et de la jouissance se mêlaient à son propre ravissement d'avoir conquis cette société dont elle attendait tout. Ces hommes qui l'interpellaient, la questionnaient, la flattaient, la frôlaient se confondaient dans un même visage : celui de la réussite. Elle ne distinguait ni les individus ni les particularités, elle se laissait séduire par l'hydre parisienne.

Du homard au paprika on passa à une carpe du Rhin à la Chambord.

Boron l'avait placée entre Gaston Calmette et le duc d'Uzès. Elle ondoyait de l'un à l'autre, ployant son buste comme une fleur à la recherche de sa pâture de compliments.

Le duc d'Uzès, long et maigre, Calmette, carré, la tête dans les épaules, s'opposaient sur tout, sinon la grâce de cette nouvelle belle dans leur panthéon personnel.

— Comme elle mange ! disait d'Uzès bouche bée.

— Vous me faites penser à un scarabée sacré, chère Carolina, murmura Calmette, répandant ses feux la nuit venue. Tout cela pour vous dire que j'ai envie de briser votre carapace et d'en goûter l'intérieur avec délectation.

— Calmette, vous êtes un rustre, un rustre républicain, républicain et radical, lança d'Uzès dont les yeux fixaient

Otero avec jubilation. Mademoiselle, dès demain nous partons ensemble pour Florence, nous visiterons le musée des Offices et, le soir venu, je me jetterai à vos pieds dans les jardins Pitti.

— Pour l'instant, répondit Nina, je ne quitte pas Paris. Paris m'aime et j'aime Paris.

L'orchestre s'était tu, les demoiselles aux danses exotiques avaient disparu, à la place vibrait le bruissement électrique de la conversation. Dans toute cette lumière, dans toute cette féerie secrète de l'or et de la chair, les maîtres d'hôtel tournoyaient autour des tables, avec à leur suite, comme de grands oiseaux de mer, les sommeliers chambertin, nuits-saint-georges, leoville... Carolina ne disait jamais non, acceptant tout avec une gourmandise insatiable, insensible au fait que ses chevaliers servants se contentent la plupart du temps de grignoter. Les heures passaient, mais il n'y avait plus d'heures.

Dehors, des ombres se rendaient à leur travail sans même jeter un regard à travers les vitres enfumées, faisant le tour de ce vaisseau échoué comme s'il n'existait pas, aveugles à cette richesse déployée, étalée, ostentatoire, arbre de Noël dans un désert sinistre de pluie et de froid.

A l'instant des crêpes au grand-marnier, les yeux d'Otero clignaient de fatigue, son corps repu repoussait les entraves, les carcans, oui, à cet instant on aurait dit une grasse fille des champs, pleine et rebondie, ses seins cherchaient à s'échapper du corsage trop étroit. D'Uzès agrippa la cuisse provocante qui, depuis des heures, chauffait la sienne. Sous sa main il sentit, à travers les gazes et les étoffes, la chair, une chair généreuse dont les effluves montaient jusqu'à lui. De ses longs doigts parfumés par tous les mets qui s'étaient succédé dans son assiette, Otero retira la main du duc, la pressant légèrement, délicatement. D'Uzès frissonna.

— J'ai envie de toi, bredouilla-t-il.

— Pas ce soir, ce soir je dors seule.

— Demain alors ! s'exclama d'Uzès.

— Qui sait, rendez-moi une visite au 13 de la rue Tholozé.

— Je connais cette adresse, dit d'Uzès soudain amer, c'était celle d'Émilienne d'Alençon. Dieu me damne, la gredine m'a assez fait souffrir.

— Vous auriez pu lui payer le gaz, elle m'a laissé une note de quatre-vingt-cinq francs ! Mais je vous préviens, je ne me contente pas des restes, pas plus en nourriture qu'en amour.

— Voilà qui est dit et bien dit, conclut Calmette en s'extirpant de sa chaise.

Le petit jour prenait des couleurs de glace et de givre, les belles s'engouffrèrent sous les couvertures des landaus, le fouet des cochers claqua dans l'air sec. Carolina suivie de Boron marchait sans s'occuper du froid. Boron parlait affaires, parlait contrats, parlait avenir. Otero avançait, épaules nues. Ces réverbères entourés d'un halo jaune, ce pavé glissant, tout ce gris de la pierre, cette splendeur austère des immeubles, cette odeur de pain frais, cette clarté violette surgissant au-dessus des toits, tout cela, c'était Paris, et tout cela, elle, Otero, en avait commencé la conquête. Il suffisait de si peu. Soudain, elle saisit quelques mots du discours de Boron. « Belle », disait-il. Oui, pensa-t-elle, être belle et savoir s'en servir. Elle sourit à la lune qui disparaissait derrière un halo de nuages.

— Boron, s'exclama-t-elle, hèle un fiacre, nous rentrons.

— Je vous accompagne ? murmura humblement le bonhomme.

— Oui, j'ai envie de faire l'amour, dépêche-toi.

— Oui, Nina, oui, ma piccolina.

Il se précipita au-devant d'un fiacre dont il aperçut la lanterne tout au fond de la place du Palais-Royal. Elle l'attendait, impassible sous les rafales d'un vent mauvais, tranchant comme une lame de rasoir.

Journal d'Irma

CE matin c'est l'enfer du diable, on sonne et re-sonne, des fleurs, des billets, l'antichambre est pleine de messieurs qui veulent absolument voir Nina. Je l'appelle Nina ici, mais en public c'est Madame. Faut voir comme ils se regardent en chiens de faïence, les prétendants. Je leur dis à tous : « Madame dort, Madame dort », et c'est vrai qu'elle dort...

Après la soirée d'hier au soir, je crois que nous sommes tranquilles, Madame est lancée, il était temps, nous devons de l'argent à tout le monde : la couturière, le charbonnier, la blanchisseuse, sans parler du traiteur et du loueur de voitures. Heureusement, le baron, ce Bischoffsheim, a payé le loyer pour six mois. Je l'aime guère celui-là, et Nina non plus, faut dire, elle lui en fait baver. Mais quel pigeon, ce laid ! Vraiment. On dirait qu'il n'a pas compris, quel mal pour lui faire cracher ses sous ! Mais pour ça, Nina sait y faire. Je ne suis pas peu fière du résultat. Si nous en sommes là, c'est un peu grâce à moi tout de même. Depuis notre arrivée à Paris, je me suis débrouillée à trouver des affaires, quelques relations aussi comme ce Boron qui a de l'entregent dans la bonne société. Nina s'est contentée de faire la belle et de plaire. Faut dire, elle y met de la bonne volonté et beaucoup d'élégance. En attendant que ça rapporte, il en faut des Bischoffsheim, lui ou un autre ils se ressemblent tous. Il est

98

venu ce matin, fou de rage, frappant à la porte, menaçant, il a failli me faire tomber, le malotru.

— Qui est avec elle ? Je veux savoir, hein, ici tout est à moi, hein, vous avez compris...

Quel délicat ! Pensez, je l'avais vu arriver le coco, aussitôt j'avais réveillé mon Boron qui pionçait comme un loir : « Vite, vite », que je lui ai dit en lui désignant la porte de l'office. L'appartement pour cela convient, plein de coins et de recoins, de couloirs et de passages. Indispensable pour nos affaires. Bischoffsheim est parti en grognant. Avec ses lunettes rondes, il ressemble à ce musicien qui porte un nom à coucher dehors lui aussi. Offenbach !

Le matin c'est toujours la même histoire pour se lever, un drame.

— Nina, réveille-toi, ma chérie, je ne peux plus faire patienter, moi !

Elle bâille, se frotte la frimousse et puis bougonne :

— Ils veulent quoi ?

— Te féliciter.

— Zut, ça peut attendre.

— Ils ont des bouquets, des invitations à dîner.

— Et Boron, tu me l'as caché où ?

— Je l'ai fait partir, Bischoffsheim voulait forcer la porte. Quel boulot pour l'en empêcher...

— Celui-là, je vais te lui secouer le kiki...

— Doucement, ma belle, doucement... J'ai eu la visite des créanciers, beaucoup moins aimables, eux.

— Il s'en passe des choses pendant qu'on dort. Tiens, commande-moi l'eau.

La manie de Nina, son bain tous les matins, nous n'avons pas l'eau courante, quel ramdam ! A chaque fois, appeler le porteur qui en verse la moitié sur le carrelage... Il en faut de la flotte pour une baignoire. Si elle se contentait d'une bassine comme tout le monde, mais non, elle veut tremper entière.

Vrai qu'elle est belle, Ninette ; quand elle se promène toute nue devant moi, c'est-à-dire tous les jours, ça me donne des frissons... J'aime la coiffer, empoigner ses longs cheveux noirs à pleines mains, je fais glisser la brosse par en dessous plusieurs fois de suite, ils sont doux mais épais, entièrement dénoués ils lui tombent sur les reins, une véritable forêt, et qui sent bon, été comme hiver un parfum de printemps, je dirais même de matin de printemps.

    Lui frotter le dos avec un gant de crin, bien fort de haut en bas, je la fais crier :

    — Doucement, bon Dieu ! m'ordonne-t-elle.

    Penses-tu, j'y vais carrément, je sais qu'elle aime, elle a beau faire sa mijaurée.

    Je ne perds pas la boule pour autant.

    — J'ai quelqu'un pour toi, Nina, à trois heures.

    Je ne la vois pas mais je sais qu'elle fait la grimace, du coup je l'asperge d'eau froide.

    — Aïe !

    — Ça raffermit !

    Elle se retourne, l'eau coule entre ses seins, sur son ventre creux, comment peut-elle rester si mince avec tout ce qu'elle mange ? On sonne, un coup d'œil au salon, ils sont encore tous là en rang d'oignons. Je vous jure, sont-ils bêtes ! J'ouvre, c'est l'Émilienne d'Alençon, celle qui nous a laissé le gaz, elle veut copiner avec Nina, ça ne me dit rien qui vaille. Je me méfie de son air mutin, de ses yeux noisette, de sa démarche de chatte, elle a des petits pieds et des petites mains, on dirait ceux d'une Chinoise. Je me demande pourquoi elle est toujours après Nina, et je te papote, et je te joue au whist, Nina, bonne fille, se laisse faire, peut-être que ça la flatte ? Allez savoir ! Mais ce qui me gêne, c'est que toutes les deux chassent le même gibier. Concurrence il y a et concurrence il y aura. Rien de bon à attendre de l'amitié dans ce genre de débat. L'homme, il va là, où on lui demande, il croit choisir mais de rien, c'est nous qui décidons. L'homme, il résiste à la tentation en lui cédant, c'est connu. Allez faire confiance à votre meilleure amie après cela ! L'Émilienne, *de plus, elle a des manières enveloppantes, chuchoteuses, qui me déplaisent, un serpent, cette fille, toujours à fouiner, toujours à bisouter Nina, à lui prendre la main, à la manger des yeux avec son regard de loukoum.*

Tout excitée, elle répand un nuage de poudre et de plumes, on a du mal à s'y reconnaître. Sans demander mon avis, elle va droit dans la chambre de Madame.

— *Cocotte, qu'elle roucoule, tu as lu* Le Figaro ? *Ah, ma chérie, c'est la gloire, écoute un peu :* « *Elle a tout l'Orient dans ses hanches* », *mazette ! Ma chérie, comme je suis heureuse... c'est un poème, mieux, une déclaration, une épique...*

Elle emploie un tas de mots dans ce genre, je suis sûre qu'elle en comprend pas la moitié, elle nous snobe, c'est sa manière poète. Sitôt arrivée elle commande.

— *Dites, Irma, si vous nous serviez une collation, bientôt deux heures au cadran des heures... Ma reine, ma chatte, tu es resplendissante ce matin, Vénus surgissant de l'onde, Suzanne sortant du bain, Nina, tu me damnes.*

— *C'est une bonne idée, ça, approuve Nina, si on se tapait une petite cloche toutes les trois ?*

— *Bien sûr, Madame, que je lui réponds, pincée.*

Sitôt l'Émilienne en place, elle me considère comme la boniche. Irma fait ci, Irma fait ça. Elles mangeront à la cuisine, si elles croient que j'ai le temps de dresser la salle à manger elles se gourent, près du fourneau on aura plus chaud.

Nina a enfilé sa robe de chambre en laine rose, l'Émilienne s'est débarrassée de ses plumes, elle tient Le Figaro *brandi à la main.*

— *Écoute la suite, ma libellule :* « *Avez-vous vu la Belle Otero ? C'est bien la dixième fois si ce n'est la centième que l'on m'adresse cette question. Ma foi, puisqu'il n'est pas parisien de répondre : non, je me mets en mesure de pouvoir répondre : oui. Hier soir je l'ai vue au Grand Vefour.*

" *Belle* ", *l'adjectif n'a rien d'excessif.* » *Vraiment c'est d'un chic! Belle, l'adjectif n'a rien d'excessif, non mais tu te rends compte?*

— *Moi je trouve ça un peu mollasson, encore heureux qu'il m'ait trouvée belle!*

— *Chérie, attends un peu, je n'ai pas fini, écoute voir :* « " *Belle* ", *l'adjectif n'a rien d'excessif, au contraire.* » *Hein, ça change tout :* « *au contraire* »! *Je reprends :* « *Jamais imagination de poète ne rêva plus admirable type de Carmencita.* » *Moi je trouve ça bouleversant.*

— *C'est tout?*

— *Fichtre oui, c'est tout.*

— *Ben dis donc, il s'est pas fendu, Calmette. Irma, faisnous donc une petite omelette, s'il te reste quelques oignons, tu nous les mets, hein! Qu'en penses-tu, Émilienne?*

Et l'autre avec ses yeux de biche aux abois :

— *Je n'ai jamais faim quand je te regarde, Carolina, c'est au-dessus de mes forces, ta beauté me suffit, tu es mon ambroisie.*

Je bats les œufs, ça re-sonne à la porte... Zut! vivement qu'on puisse engager des domestiques.

Un grand brun, pincé de haut en bas, quatre épingles, un de ceux qui vous parlent sans vous regarder, on dirait qu'ils s'adressent toujours à quelqu'un derrière vous. « *Duc d'Uzès...* » *Il veut voir Madame, absolument. Je lui dis d'attendre un moment. Celui-là, je ne le mets pas avec les autres. Il me paraît intéressant, son costume doit valoir dans les mille francs. Il me reste la chambre d'amis, j'ouvre les rideaux pour que le jour entre, je lui désigne le lit, dame, il n'y a rien d'autre pour s'asseoir. Le pauvre se laisse choir. Riche mais épuisé. Je reviens à mes œufs.*

— *C'est qui? demande Nina.*

— *Un certain duc d'Uzès.*

Un cri! L'Émilienne, je lui annoncerais la fin du monde,

elle n'en aurait pas poussé un plus terrible. La voilà dans les vapeurs, Nina lui fait de l'air avec un torchon.

— Donne-lui donc un peu de rhum avec un sucre, ça va la remettre.

Je me précipite, le sucre et le rhum à la main. Émilienne sortie de son brouillard me repousse et d'une voix que je ne lui connaissais pas, une voix de Parigote pointue et sans tralala, me demande :

— Où tu l'as mis ?

— Ne vous en faites pas, Mademoiselle, au placard, enfin je veux dire dans la chambre d'amis.

Elle se remet. Nina, elle, ne perd pas le nord.

— Dis, Irma, elle vient cette omelette, j'ai faim, l'émotion ça creuse !

— Que vient-il faire ici ? demande Émilienne.

— Il était à ma soirée, hier soir, répond Nina.

— Je vois.

Elle paraît coincée soudain, puis, avec un rire de gorge :

— Je l'ai envoyé au bain... Il se venge !

L'omelette bien mousseuse comme les aime Nina. Émilienne cette fois ne chichite pas, je lui en sers une grosse part.

— Quelles sont tes intentions ? demande-t-elle à Nina.

— Laisser mijoter.

— Non, s'écrie Émilienne. Il connaît les lieux, manquerait plus qu'il rapplique à l'improviste, tu parles d'une surprise !

— Je vais lui chanter un petit air.

— Ne sois pas trop longue, princesse.

Émilienne retrouve ses esprits et avec ses esprits son tintouin de poétesse sucrée.

Nina, qui entre-temps a enfilé un déshabillé, revient avec son allure guerrière. Je me régale d'avance.

— Alors ? fait Émilienne.

— Je lui ai promis de passer le réveillon avec lui, répond Nina, désinvolte.

Émilienne, carrément, je la vois qui change de couleur.

— *C'est un comble. Mon amant et celle que j'aime vont passer la Saint-Sylvestre ensemble !*

Elle tape de son petit pied chaussé pointu.

— *Ma chérie, la rassure Nina, j'ai seulement dit que je dînais avec lui, pas que je couchais.*

— *On dit ça...*

Elles sont dans les bras l'une de l'autre à se consoler, se balancer comme deux gamines. Et le temps qui passe... Nina me cligne de l'œil par-dessus l'épaule de la mijaurée... j'ai compris.

— *N'oubliez pas, Madame, que vous avez rendez-vous avec votre couturière à trois heures...*

— *Je t'accompagne, s'exclame l'autre sangsue... Oh, si, laisse-moi venir avec toi que je puisse admirer ton corps sous les ors et les brocarts.*

— *Non, fait d'une voix ferme Nina. Quelqu'un m'attend là-bas. Un ami...*

— *Tu me feras mourir.*

Si je pouvais la tuer, là, sur place, son vœu serait vite exaucé.

Elles ont enfin déguerpi, l'une à son rendez-vous, l'autre où grand bien lui fasse. Découragés, les messieurs du salon ont également levé le camp. Je suis seule, enfin, j'espère n'avoir oublié personne dans un coin.

J'écris ce cahier où je note tout en prévision de l'avenir, j'ai confiance mais on ne sait jamais, ma Nina est à la porte de la célébrité, ce ne serait pas le moment que l'on m'oublie, ni maintenant ni plus tard.

A dix heures du soir, l'orchestre du Cirque d'été entame une marche triomphale aux sons des castagnettes, puis le cortège fait son apparition. Otero, en tête des danseurs, fait le tour de la piste sur un tapis d'Orient disposé en cercle, elle se contente de marcher en lançant des sourires et des baisers. La foule applaudit. D'un bond léger, elle saute sur l'estrade aménagée au centre de la piste, ramène ses bras et ses mains au-dessus de sa chevelure percée d'une rose jaune. Les mains se joignent puis claquent de plus en plus fort, le reste du corps suit, une rotation de panthère scandée par les guitares et le crescendo des castagnettes. Le poignet appuyé sur ses hanches, elle offre son ventre, le torse se renverse complètement en arrière, la croupe promet et appelle. A cet instant, elle a vaincu tous les taureaux d'Espagne.

Dans les coulisses, le comte de Cheley croit reconnaître chaque soir les mêmes visages, les mêmes femmes en maillot à moitié nues, cette promiscuité charnelle des loges, faite de crèmes partagées, de poudres répandues, de dessous étalés, cet appel incessant du sexe aussi vibrant que les trompettes de l'orchestre, cette fanfare qui gueule et hurle. De Cheley pense au silence de son manoir, au calme de sa bibliothèque, aux visages radieux de ses enfants revenant de la promenade à l'heure du dîner, cette sérénité parfaite, lustrée par des siècles de civilisation et de convenances. Assise au bout de la table, son épouse surveille le bon ordonnancement du repas, il n'a pas d'effort à faire pour se remémorer chacun de ses gestes, la cuiller à moitié pleine de potage qu'elle porte à sa bouche, ses lèvres qui effleurent le breuvage, cette façon de boire, de manger, de faire l'amour sans que personne ne s'en aperçoive ! Politesse extrême. Il a tant aimé ce confort, il s'est tellement confondu avec lui jusqu'à l'instant fatal où un ami, mais est-ce bien un ami, lui a présenté cette créature... Alors il a eu envie, oui, envie de les tuer tous, sa femme, ses enfants et lui avec, de brûler le manoir, d'arracher l'herbe afin que jamais plus rien n'y pousse. La fin du monde pour une paire de fesses ! Oui, lui le chrétien, le catholique fervent, le membre du Jockey-Club !

Il se consume comme une chandelle par les deux bouts. Jamais il n'aurait cru que ce cliché de pipelette pût être aussi juste. On le bouscule, le houspille, il sourit de cet éternel sourire qui le fait prendre pour une sorte de retardé égaré dans le monde. Oh, ça ne le dérange pas, plus rien ne le dérange, ni moquerie, ni colère, ni humiliation. Je suis là, a-t-il envie de hurler aux machinistes, aux couturières, aux habilleuses, et seul cela importe, être là, coucher devant la porte de sa loge et attendre délicieusement, frileusement, qu'elle apparaisse dans son habit de torero tout de broderies et de lumière, avec sa rose dans les cheveux et qu'elle dise : « Comte, je vais chanter et danser pour vous ce soir... » Moment divin qui justifie tout, ramenant l'univers à la dimension de ce qui compte : elle...

Dans la loge plane le parfum douceâtre des roses. Deux verres et une bouteille de champagne côtoient les pots, les tubes, les crèmes, les rouges, les poudres. Nina boit pour se rafraîchir mais le vin lui donne le feu aux joues, flammes qu'Irma dissimule en étalant du cold-cream. Il fait si chaud, une serre... Émilienne contemple le dos nu de Nina, pour la première fois de la journée, elle se tait, émue, les mains moites. Envie de se précipiter et de lécher la torsade

rectiligne de la colonne vertébrale, de l'embrasser goulû-
ment, d'y promener longtemps, longtemps les lèvres avant
d'arriver au terre-plein ferme et velouté du coccyx.

Nina se préoccupe de son reflet dans le miroir : les yeux
que le noir fend jusqu'aux tempes, les sourcils épaissis et
prolongés comme deux arcs tendus vibrant d'une colère
cachée. Le rituel du maquillage, Nina l'accomplit avec une
délectation infinie, attentive, inconsciente de son corps à
demi vêtu, de la saillie de ses fesses offertes sous le léger
coutil des pantalons. S'inventer ainsi ce masque charbonneux
d'Espagnole, revêtir le collant d'une Carmen provocante,
constitue le moment suprême. Pour quelques minutes elle
n'est qu'elle-même, sérieuse comme les enfants qui jouent à
se farder. L'image dans le miroir lui renvoie l'Otero des
affiches, une Otero mystérieuse, enchanteresse et dure à la
fois, à qui tout est permis.

— Mademoiselle Otero, c'est à vous dans cinq minutes !

Nina quitte la loge sans un regard pour Émilienne
demeurée sur sa chaise, ni pour de Cheley, prostré devant la
porte. Nina que l'on séduit, que l'on achète, Nina la femelle,
la femme-femme que l'on veut dans la crudité absolue du
désir, cette Nina-là a disparu. Celle qui entre en scène sous la
herse des becs de gaz flamboyants n'est plus femme à
prendre, chair à convoiter, mais déesse à faire rêver.

Émilienne d'Alençon
Notes au jour le jour
pour des mémoires futurs

*S*AMEDI. — *J'y vais tous les jours à présent. Tous les jours
j'apporte un nouveau cadeau et on m'accueille avec des
cris de joie. Les mêmes que pour de Cheley qui dépense une
fortune. Bien fait. Je le hais, celui-là, avec sa tête de benêt.*

*Carolina semble enfin flancher. Ce n'est pas trop tôt. Je
rêve d'elle toutes les nuits. Jamais conquête ne m'aura donné
tant de mal. Quelle sauvage aussi !*

*Dimanche. — D'Uzès m'ennuie, je n'ai pas la tête à lui. Il
le sait et insiste d'autant. Ce n'est pas parce que nous sommes
réconciliés qu'il peut tout se permettre. Demain soir, le cirque
fait relâche. Nous devons dîner en tête à tête, Elle et moi,
pourvu, comme dit le poète, que :*

Lesbos ou la Phryné l'une l'autre s'attirent,
où jamais un soupir ne resta sans écho.

*Mardi. — Elle a cédé, j'ai vaincu. J'en suis encore tout
étourdie, mes mains conservent l'odeur de son corps de
gazelle. Notre nuit fut un vertige. Je dois dire que l'initiée
dépassa vite en audace le maître. Quelques heures ont suffi
pour que je devienne son esclave. Je n'ose écrire ici ce que fut
notre furie, je devrais dire notre folie. Connaît-elle de tels
transports avec les autres, je veux dire les hommes ? A ma
question, elle a répondu par un sourire. De toute façon j'en*

108

doute. Je crois la chose impossible. Nous n'avons repris souffle qu'à l'aube... Un dernier feu d'artifice féroce, proche de la douleur, qui m'a laissée pantelante, vint conclure notre nuit consacrée aux agapes charnelles. Maintenant j'ai peur qu'on me la chipe !

Dimanche. — Je tremble, je ne dors plus, cela ne peut pas durer de la sorte, il faut absolument que je me fasse engager par Franconi au Cirque d'été afin d'être là tout le temps et la surveiller de près. Pour l'instant, nous ne nous retrouvons qu'aux aurores, après le souper qu'elle passe en tête à tête avec un galant. J'en crève ! Elle ne m'a pas encore fait faux bond, mais je vis dans la terreur de ce petit matin où elle ne viendra pas me rejoindre au creux des draps, où elle se pâmera dans d'autres bras que les miens.

Je dîne avec d'Uzès, parfois je fais ce qu'il croit être l'amour, rien en somme, une petite demi-heure de patience. Si seulement il ne me demandait pas combien je l'aime à chaque coup de reins, je crois que j'arriverais à ne pas le détester. Quand il me prend, il m'arrive de l'imaginer mort. Je ne devrais pas avouer de telles mauvaises pensées. Mais qu'y puis-je ? Enfin, je le garde. Sans lui, je serais peut-être encore à dévorer une paire de saucisses chaudes sous l'édredon, grelottant dans une chambre sans feu. Il faut faire des sacrifices tant que je n'ai pas trouvé un remplaçant moins exigeant mais aussi riche. Je n'ai guère la tête à chercher, ma Nina me remplit toute. D'Uzès meurt de jalousie, de Cheley aussi, les idiots, que peuvent-ils comprendre à deux femmes enflammées par le désir l'une de l'autre, assouvi dans le plaisir de l'une par l'autre ?

Lundi. — Décidément j'ai de la chance, ce matin, en allant au rendez-vous que m'avait fixé Franconi, je ne m'attendais à rien du tout, que puis-je faire dans un cirque ! Je ne suis pas écuyère. Divine surprise, Franconi m'a proposé de présenter un numéro avec des lapins apprivoisés, une dizaine de bestioles aux yeux roses. Les lapins lui restaient sur les bras après qu'un fils de famille ruiné par le jeu eut mis au point ce numéro pour rembourser ses dettes mais quand la famille apprit par les affiches que le rejeton se commettait, elle s'est dépêchée de rembourser. Le gandin a repris ses billes, plantant là les lapins. Pour cent francs par mois, je dois faire avancer sur leur derrière les bestioles et les faire saluer. J'ai dit oui. Que ne ferais-je pour être près de mon adorée ? Les lapins, ce ne doit pas être beaucoup plus difficile que les hommes à mettre au pas ?

Jeudi. — *Mes lapins, ornés d'une collerette en papier frisé, moi en maillot mauve et costume de clown, nous avons obtenu un très joli succès. Exception de quelques imbéciles qui ont sifflé. Ça marche fort bien, mais je dois faire attention, c'est fou ce que ces lapins sont fragiles, l'un d'eux sur lequel j'avais tapé un peu trop fort avec ma cravache est mort assommé. En coulisse, Carolina m'attendait, furieuse, jamais je ne l'avais vue dans un tel état, elle m'a injuriée et battue ! Ma foi, je crois bien que j'en tuerais un tous les soirs...*

Mais à la réflexion je crois que le lapin a bon dos, Nina s'en moque éperdument, ce qu'elle n'a pas apprécié c'est que je me fasse engager au cirque. Serait-ce de la jalousie ?... Être seule à goûter les bravos de la foule ? Bien sûr, elle n'avouera jamais, aussi tous les prétextes sont bons pour s'en prendre à moi.

Samedi. — *L'amour me donne des ailes et des idées, Carolina est quelqu'un dont il ne faut jamais lasser l'attention. Cette fille se conduit en barbare, je crois bien que je n'ai jamais rencontré personne d'aussi profondément libre, elle n'a que faire de la morale et des principes, son bon vouloir seul compte. On la dira égoïste et je pense qu'on n'aura pas tort. Aime-t-elle ? Voilà la grande question ! En vérité, je n'ai pas envie d'y répondre. Je laisse ça aux hommes. Nous, c'est autre chose. Ce qui nous lie, par-delà les stratagèmes de la conquête, c'est notre ressemblance, pas seulement parce que nous appartenons au même sexe, mais l'une comme l'autre*

*sommes des assoiffées, des vampires, nous avons subi le
monde et comptons bien qu'il nous rembourse au centuple.
Cela dit, je dois tenir l'intérêt de ma belle sans cesse en éveil,
je ne parierais pas un sou sur son attachement à mon égard.
Elle s'amuse de moi et continuera jusqu'à l'instant où l'ennui
ou un vertige plus fort la détournera de ma personne. A cet
instant je n'aurai plus droit à un regard, rayée de son
existence par un coup de gomme. J'ai moi-même agi de la
sorte tant de fois, avec des femmes comme avec des hommes !
Nous possédons la même limite à nos émois : la lassitude.
Alors notre férocité se réveille, comme le serpent après une
longue hibernation, prêt à mordre. Mais pour le moment le
plaisir l'emporte, je suis sottement possédée, je l'avoue. Il me
la faut, il me la faut encore... Aussi dois-je à tout prix
ménager chez elle le même penchant. L'épouvantable serait
que je reste en rade avec ma soif d'elle inassouvie. Je refuse
cette éventualité. Nous souffrirons ensemble ou nous nous
déprendrons sans regret. De souffrir, il n'est pas question.
Aussi, je m'ingénie à alimenter sa curiosité tout en piquant
son penchant pour la perversité. Un domaine où, dois-je
l'avouer, je peux lui rendre des points. Ainsi me suis-je fait
faire un costume en tout point semblable à celui d'Évariste,
l'un des danseurs de Carolina, un jeune garçon mince comme
une fille et pas plus grand que moi, un costume de torero qui
colle au corps, scintillant et rutilant. Gamine déjà, j'adorais
me déguiser en jeune homme. J'en ai roulé plus d'une de la
sorte. Là ce fut magnifique, on aurait cru que j'étais portée
par l'habit de lumière, les cheveux noirs sous le chapeau,
impossible de me reconnaître. J'ai soudoyé Évariste, tout
heureux de faire une blague à cette Otero qui n'est pas
toujours tendre avec ses partenaires. A un moment du
numéro, Carolina choit dans les bras d'Évariste qui l'enlace
pour un pas de tango. Elle chaloupe et l'homme la retient par
la taille. Ce moment plaît toujours beaucoup, à cause de sa
sensualité, de l'abandon de la femme dans les bras du torero.*

Carolina s'entend pour projeter son ventre en avant et ployer le reste du buste, complètement offerte à l'homme comme au plus intense de la possession. Je me suis mise à la place d'Évariste, bras entrouverts pour accueillir la pasionaria. Elle ne s'est aperçue de la supercherie qu'en frottant son ventre contre le mien. Mes yeux lançaient des flammes. Carolina n'a pas bronché, esquissant un sourire invisible pour tous sauf pour moi qui la faisais ployer d'avant en arrière au rythme de la musique. J'étais au paradis, en se redressant elle a murmuré entre ses dents : « Salope... », mais si tendrement et de telle façon que jamais mot d'amour ne m'a fait autant d'effet.

Notre nuit fut l'une des plus belles.

Jeudi. — Nous dînons ou nous soupons chez Voisin ou au Café Anglais, chez Paillard, au Café de Paris, partout on nous fête, on nous admire. Ah, les yeux des hommes lorsque nous faisons notre entrée, Carolina et moi ! Quel effet nous faisons, avec nos strass, nos chapeaux, véritables amazones, nous sommes belles et dures comme le diamant, nous les damnons et les faisons rêver. Comme ils s'illuminent et pétillent, à nous frôler et nous envoyer des œillades, certains plus courageux nous font parvenir des billets, des cartes, des bristols, nous lisons en riant leurs déclarations d'amour éperdu, les plus audacieux écrivent seulement deux chiffres, celui de l'heure du rendez-vous et le montant du cadeau... Mais nous ne sommes pas là pour ça. Nous buvons et mangeons, Carolina plus que tous les autres, peu à peu elle se défait de tous ses atours, et en jupe et chemise elle saute sur la table et danse entre les verres comme une folle, les maîtres d'hôtel l'encouragent : « Olé ! Otero ! Olé ! Otero ! » L'une de nous commande du champagne, l'aube arrive, nous sommes toujours là, les yeux perdus de sommeil et de rire, Carolina vacille entre mes bras, je l'adore dans ces instants où la chaleur colle ses cheveux et ses vêtements, où une odeur forte de chair de femme amoureuse monte jusqu'à mes narines. Suprême délectation, je me penche et lape la sueur qui dégouline le long de son cou, comme des perles de pluie.

En passant sur le trottoir, à travers les rideaux, les travailleurs nous regardent avec des airs de chiens battus. Nous buvons à leur santé, saoules et heureuses.

Samedi. — Hier le bonheur, aujourd'hui un déluge de braises, le ciel veut-il me punir ? Et de quoi, bon sang ! Tout a commencé avec de Cheley, nous arrivant l'autre soir avec valises, valets de pied et cochers, le crétin a quitté sa Normandie, sa femme et ses trois enfants. Il s'installe dans un somptueux hôtel particulier du côté de la plaine Monceau. Un hôtel pour vivre à deux... Ma Nina, je l'ai vue, de mes yeux vue, flancher : l'hôtel particulier dans un des quartiers les plus huppés de la capitale, c'est un coup à faire chavirer les cœurs les plus endurcis. Ma fille, me suis-je dit, va falloir que tu t'accroches. Partager ne me gênerait pas, bien que le terme soit vilain, de surcroît faux, comment un homme même le plus talentueux pourrait-il faire jeu égal ? Impensable ! Le plus talentueux, alors que Cheley... N'y pensons pas. Mais l'imbécile, j'en suis certaine, exigera l'exclusivité. C'en est un du genre d'Uzès à se croire unique. Les bêtes, comme si des femmes comme Nina et moi étions du genre à nous contenter de leurs malheureux attributs. A tout oublier pour eux. A entrer en religion à cause d'eux ! Non, décidément toute leur fortune n'y suffirait pas. Ce n'est pas tout, le soir même, au Cirque d'été, grand branle-bas autour d'un certain Kessler, un imprésario américain qui vient de New York pour recruter des numéros sensationnels en Europe. Il se précipite sur Nina et veut l'engager sur-le-champ. Départ dans quinze jours à la clôture de la saison du Cirque d'été. Nina dit non... L'autre parle dollars, beaucoup de dollars... Il a pris le pari qu'il engagerait au théâtre de l'Eden Musée de New York la danseuse espagnole qui fait courir tout Paris. Ils se quittent en prenant rendez-vous pour le lendemain. Je connais Nina, je suis sûre que, dans son for intérieur, elle a déjà dit oui.

Après le spectacle, nous rentrons toutes les deux à l'apparte-ment, Nina fait comme si de rien n'était, joyeuse et affairée, elle nous prépare une omelette d'au moins douze œufs dans laquelle elle introduit des petits piments, des poivrons et une grosse tomate. J'ai la gorge serrée. Je m'approche pour l'enlacer tandis qu'elle bat les œufs, elle me repousse, oh ! gentiment, en ménagère agacée. Tandis que nous dînons, nous parlons de choses et d'autres. La garce, croyez-vous qu'elle évoque l'Amérique, Kessler et les dollars ? Non. Au dessert, une énorme salade de fruits arrosés de kirsch, je la brusque à ma façon.

— Mon adorée, le petit jour sur les docks, Central Park, les magasins de la 5ᵉ Avenue, imagines-tu tout ça sans la présence de ta petite sirène adorée ?

Elle lampe, yeux baissés, visage fermé, du jus de pêche lui dégouline entre les babines, la diablesse, elle me plaît en tutu, ses seins au ras du saladier, j'imagine le sucre sur les pointes, j'en saliverais si je ne me sentais pas si angoissée. Je me jette à ses pieds.

— Tu es folle ou quoi ? crie-t-elle.

— Oui, oui, je suis folle.

Je tente de la déséquilibrer, de la faire basculer entre mes bras sur le tapis, où nous nous sommes déjà aimées tant de fois. Elle résiste, me repousse.

— Je t'en supplie, je t'en supplie...

J'éclate en sanglots... C'est trop bête à la fin !

— Tu ne m'aimes plus ?

Elle hausse les épaules, se retire dans sa chambre et ferme la porte derrière elle. A clé ! Navrée et malade, je dors sur le divan. J'ai le secret espoir qu'elle ait envie de moi dans la nuit. Je lutte contre le sommeil pour être en éveil lorsqu'elle me rejoindra.

Je me suis endormie avant qu'elle ne vienne.

Le lendemain, je boude. Nina plus belle que jamais me nargue en traversant plusieurs fois le salon nue, une chanson aux lèvres. Kessler vient à midi, Carolina lui fait son grand numéro, le reçoit en déshabillé de satin... Dans mon coin, je crève. Ils signent. Ils ont signé! Nina sera accompagnée par son danseur Évariste et sa femme de chambre Irma... De moi il n'est pas question. Ce mufle d'imprésario ne me regarde même pas. Au repas, Nina est extrêmement gaie, elle a invité toute la bande, on ouvre des bouteilles de champagne pour fêter l'événement. Je suis au supplice mais fais bonne figure. Avec moi, elle est délicieuse et caressante, elle me parle de son retour, du bon temps que nous prendrons alors... J'acquiesce. Décidément, elle ne me connaît pas. Ou alors elle s'en fiche.

A quatre heures de l'après-midi, tout le monde est saoul. Nous nous retirons dans la chambre et faisons l'amour. Je crois avoir accompli des prouesses! De Cheley a dû entendre depuis la salle à manger son aimée se pâmer. Nous nous relevons épuisées l'une et l'autre.

Le soir même je quitte l'appartement et reprends d'Uzès. Elle part dans huit jours. Dans le fond je suis ravie. Paris va vite l'oublier, ce n'est qu'une paysanne après tout.

UN coup de tête. Elle ne tenait pas tellement à aller en Amérique. Maintenant que Paris était pour elle la ville des rêves réalisés, elle n'avait pas le désir de la quitter.

Oui, mais Kessler insista tellement, à chaque refus il doublait la somme du contrat : en dollars. Nina chavirait. Des dollars ! Elle n'en avait jamais vu un seul. Les dollars, l'aventure, la tentation était trop forte. Et puis il y avait Émilienne qui l'envahissait, qui prenait trop de place. Cette folie n'était pour elle qu'une tocade, un jeu pervers, une expérience, rien de plus. Elle commençait à se lasser de l'assiduité de la jeune femme, de sa jalousie, de cette façon de se comporter avec elle comme un mari. Autant l'Émilienne licencieuse la ravissait, autant l'Émilienne possessive l'insupportait. Pour Nina, il n'était pas question de se laisser entraver, encore moins par Émilienne que par un amant.

Irma insistait pour que Nina récompense enfin de Cheley.

— Avec lui nous serons tranquilles, il faut bien trouver un remplaçant à Bischoffsheim, le comte me paraît parfait !

Nina hésitait. Il lui manquait encore la disponibilité de mélanger le cœur, le lit et l'argent. Cheley, elle aurait aimé le conserver en adorateur, en chevalier servant, à condition qu'il continue à se montrer prodigue. Le départ arrangeait tout.

116

— Tu crois que je leur fais beaucoup de mal ? demanda naïvement Nina au moment où le *Bourgogne* quittait le Havre par un soir de brume de la fin septembre.

— Du mal ? répondit Irma, déjà terrassée par le mal de mer avant même que le paquebot ait quitté le port. Moi, à ta place je ne me ferais pas de souci pour la gazelle, celle-là elle t'aura vite oubliée. L'autre, il attendra, on le retrouvera au retour. Juste à point.

Les deux femmes éclatèrent de rire.

NINA ne voit rien, ni la statue de la Liberté, ni le pont de Brooklyn, par ce dimanche matin d'octobre, l'air de New York ressemble à de la fibre de coton, une fibre épaisse et grise. Un brouillard que les embarcations fendent avec des pleurs de sirènes et des sifflets que les nuages écrasent contre l'eau. New York est là, elle ne la voit pas, mais elle l'entend, une rumeur encore lointaine, un roulement incessant, le fracas continuel et sourd d'un convoi de ferraille. Irma court sur le pont à la recherche d'une déchirure, d'une éclaircie dans la nappe opaque. Là, c'est un immeuble ou une grue ? Un paquebot ou un débarcadère ? Ça siffle, ça hurle, un tintamarre qui oppresse et saisit au ventre. Des silhouettes noires se profilent, d'autres bateaux que l'on croise, rencontre de fantômes entre ciel et eau. Puis brusquement, venant de nulle part, des exclamations, des cris, des vivats, une fanfare qui tente de couvrir le concert des sirènes. En bas, surgissant de l'œil noir des flots, un long steamer pavoisé avec, appuyés au bastingage, une rangée d'hommes en haut-de-forme. A leur boutonnière, une rose jaune et une autre rouge : les couleurs de l'Espagne. « Viva... Viva... Otero... Otero... » Derrière les hommes, un orchestre en tenue de soirée, une vingtaine de musiciens avec leur violon et leur trompette et même un piano à queue. L'instrument semble flotter, porté par un coussin floconneux. Nina se penche et salue, un peu étourdie, comme si tout cela appartenait à un rêve étrange dont elle aurait du mal à distinguer la part de réalité : le Nouveau Monde l'accueille, droit surgi des brumes... Enfin apparaissent des docks, des carcasses de fer, des chantiers d'immeubles dressés contre le ciel gris, hauts, si hauts qu'ils se perdent dans les nuages sombres que chasse le vent. Le paquebot entame une danse d'amour avec les quais, les approchant par touches lentes, langoureuses.

Nina dans un nuage pose le pied en Amérique. Elle sourit aux hommes en haut-de-forme qui lui baisent la main, la félicitent, la complimentent. Elle ne comprend pas un mot, la tête lui tourne, elle va s'écrouler, les immeubles si hauts tout à l'heure s'inclinent devant elle. S'évanouir là, sur le quai... De tous ces hommes sans visage, se détache un grand costaud avec un rire éclatant entre les dents.

— Je m'appelle Jurgens, dit-il.

— Seigneur !

Il parle français...

Jurgens passe l'un de ses bras de bûcheron sous le sien... Sur le steamer, les musiciens n'ont cessé de jouer des mélodies espagnoles. Nina fait son entrée dans la salle à manger en acajou bourrée à craquer. Des bouchons de champagne sautent, des plateaux de sandwichs passent : caviar et saumon... Ils sont merveilleux, ces Américains, et comme ils l'aiment de confiance ! Ils se précipitent sur elle, lui broient l'épaule, la main, tout ce qu'ils peuvent saisir. Ils sont heureux, réjouis, ils poussent des cris. Elle n'écoute pas, n'entend pas, elle boit, elle mange, elle ressuscite.

— Moi je m'appelle Nina, chuchote-t-elle à l'oreille de Jurgens.

Sur le quai gris et froid, une odeur de mâchefer mouillé imprègne l'atmosphère. Une voiture emporte la jeune femme protégée de l'humidité par un plaid de laine. La ville déploie ses rues, droites, bordées de façades plates, rouge sombre, toutes ses rues désertes par ce dimanche après-midi, ces rues mal pavées où la voiture semble vouloir se briser à chaque instant. Des tourbillons de fumée s'échappent du sol, de longues écharpes grises que traversent en ferraillant des tramways électriques répandent une lumière blême. Une infinité de rails filent à l'horizon, se croisant, se multipliant dans le crachin glacé qui enveloppe tout d'une eau glacée. Nina se serre contre le manteau de son chevalier servant, petite fille dans cette immensité grise, petite fille vaincue par la fatigue, le champagne et l'inconnu...

— Vous êtes qui ? finit-elle par demander.

— Je suis votre directeur, le directeur de l'Eden Musée, répond Jurgens d'une voix chaude, une voix de papa racontant des histoires le soir à sa petite fille.

Quel âge ? Jeune, pas encore la quarantaine, le visage franc, les yeux gris-bleu, une gentillesse diffuse qui fragilise ce que la carcasse aurait de trop imposant. Nina n'a pas besoin d'en savoir plus, elle se laisse aller entre les bras de l'homme. Déjà, à sa façon de ne pas la regarder tout en la pressant un peu trop, elle sait qu'elle lui plaît. Soudain, sur la rive d'en face, se déplaçant à la vitesse du cabriolet, apparaît une montagne vertigineuse, un monstre clignotant. Nina pousse un oh ! de stupéfaction.

— Manhattan, susurre Jurgens, heureux comme s'il en était l'inventeur.

— Ça alors !

Nina se redresse, elle veut tout voir. Finis le froid, la fatigue, la langueur. Dans le crépuscule surgissent, étincelantes, des tours de douze, quinze, dix-huit, vingt étages. Devant elle, à l'infini, des lumières plus scintillantes que les étoiles, des cascades électriques entre mer et ciel. Partout des charpentes de métal, des échafaudages, silhouettes irréelles se rapprochant comme une armée de pierres en marche. Et brusquement la mâchoire obscure se referme, il faut lever la tête très haut pour apercevoir la cime des géants livrant bataille à des hordes de nuages gonflés de pluie. Une poudre de lumière descend des immeubles, giflant l'obscurité, des bouches de feu, des bouquets de réclames multicolores.

— C'est beau, murmure Nina, c'est beau, mon Dieu !

— C'est New York, répond Jurgens en lui saisissant la main.

Elle la lui abandonne. Que ne lui abandonnerait-elle pas à cette minute ? Aux rues étroites succèdent de larges avenues où les tramways tourbillonnent dans un concert de cloches à la volée, de chuintements, de grésillements. Rumeurs d'acier humide que viennent baiser les roues des convois.

— Nous sommes arrivés, Nina...

La jeune femme, groggy sous l'avalanche des émotions, ne s'est pas aperçue que la voiture ne roulait plus.

— Où sommes-nous ?

— Au Waldorf-Astoria, votre hôtel, dit Jurgens en désignant une immense bâtisse occupant l'espace entre deux rues.

Une voûte en signale l'entrée, immense bouche de lumière laiteuse. A l'intérieur, la rumeur qui n'a pas quitté Nina depuis son arrivée se fait plus sourde, plus dense, épais mélange de musique et de bruissements de ferraille.

Un va-et-vient de fourmilière, une foule debout, assise, courant, trépignant, fumant, causant, une foule de femmes et d'hommes profondément accaparés par eux-mêmes, indifférents au luxe des canapés de velours, des meubles délicats, des chaises en satin. Prise de tournis, la jeune femme se laisse conduire, une armée de grooms la précède, le directeur lui-même en jaquette. Dans la chambre, un tapis de fleurs jonche le sol. On s'incline devant elle, on débouche une bouteille de champagne, une de plus, on lui souhaite la bienvenue, le succès, le triomphe. Trop ! Trop de tout, d'honneurs, de rires, de bruits, de lumière, d'espace. Elle interroge Jurgens du regard : sont-ils sûrs de ne pas se tromper ? S'agit-il bien de Carolina Otero, danseuse exotique ? Jurgens ne sourcille pas, il s'incline au milieu des fleurs que deux femmes de chambre sont en train de ramasser.

Inlassablement Jurgens traduisait, inlassablement Jurgens expliquait, Jurgens, Jurgens toujours. Nina se laissait prendre en main, complètement, pour la première fois de sa vie, l'obstacle de la langue, cette ville étrange où régnaient le bruit et la confusion, la poussaient à se reposer sur ce géant bon enfant. Ce qui la ravissait en lui, c'était cette façon de ne jamais être déconcerté, de sembler tout connaître. Il parlait non seulement le français, mais l'allemand, l'italien, quelques phrases d'espagnol et bien sûr l'anglais. Il arrivait dès le matin avec le sourire, un sourire qui ne le quitterait plus de la journée, pas un de ces sourires peints de Parisien, non, un vrai sourire, des lèvres et du cœur.

Ils visitèrent la ville sous la pluie et le vent avec de brusques assauts d'un soleil torride qui faisaient lever du sol une brume épaisse à odeur d'ammoniac. Nina étouffait dans ces rues étroites où il fallait sans cesse lever la tête pour apercevoir la couleur du temps. L'absence d'arbres la mettait mal à l'aise. De la pierre, des briques, du fer, sans cesse recommencé, et toujours la hauteur des immeubles, comme si toute cette tristesse et cette hostilité ambiantes avaient besoin de grimper toujours plus haut pour lancer un appel au ciel.

— Pourquoi tant d'étages ? demanda-t-elle.

— Parce que nous manquons d'espace, répondit fièrement Jurgens.

Le géant était fier de chaque rue, chaque square, des banques de Wall Street comme des musées, cette ville il l'aimait et voulait qu'on l'aime. New York l'avait accueilli, lui et sa famille d'émigrants sans un sou, elle en avait fait un homme important, un directeur de théâtre, un de ces hommes qui détiennent entre leurs mains le destin des autres. « New York conduit à la réussite ou au néant », en disant cela il serrait les poings. Ils montèrent dans la tête de la statue de la Liberté, tout nouvellement implantée face à Battery Park. Un vent froid dévalait l'esplanade déserte. Sur le chemin du retour, Manhattan apparut à travers un manteau de pluie. Sans lui elle aurait eu peur, sans lui elle n'aurait pas supporté cette sentation d'oppression qui pesait sur elle depuis son arrivée, une angoisse permanente dont elle était incapable de définir les véritables causes.

Le théâtre la rassura quelque peu, il ressemblait à tous les théâtres qu'elle avait connus, sale, poussiéreux, vétuste, avec ce parfum exaltant de sciure, de désinfectant, de vieux tissu qui sautait aux narines. Dans la pénombre de la salle, là comme partout ailleurs s'alignaient des fauteuils un peu bancals de velours grenat fané.

— D'ici vous ferez la conquête de New York, Nina, du Nouveau Monde.

Jurgens la regardait et ses yeux fidèles brillaient. Sans savoir au juste pourquoi, elle eut envie de lui faire mal.

— Je préférerais régner sur l'ancien, je ne vous le cache pas.

Il ne fut pas troublé.

— Vous régnerez sur les deux.

Il était trop merveilleux à la fin, elle éclata de rire dans la salle déserte qui en répercuta l'écho jusqu'aux cintres.

Puis ce fut Broadway, avec ses enseignes qui scintillaient même en plein jour, jetant des prismes de couleur sur le bitume. Une foule d'hommes en chapeau, col cassé et cravate, souvent seuls, toujours courant, ne levant jamais les yeux pour suivre une femme, se croisaient à l'infini des trottoirs, concentrés sur leurs pensées, de façon telle que le monde aurait bien pu s'écrouler à côté d'eux.

A l'heure du déjeuner, Jurgens voulut faire connaître à Nina quelque chose d'étonnant. Ils pénétrèrent dans une grande salle enfumée, dans laquelle des hommes, toujours le chapeau sur la tête, mangeaient à des petites tables serrées les unes contre les autres. Le long d'un immense comptoir, d'autres faisaient la queue, avançaient régulièrement d'un pas qu'on aurait dit rythmé à coups de sifflet. Arrivé devant le garçon en tablier blanc ils crachaient leur commande, le garçon plongeait une énorme louche dans l'une des marmites face à lui, tandis qu'à l'aide d'une fourchette il cueillait un morceau de viande qu'il jetait sur une plaque chauffée à vif. En une poignée de secondes le client était servi : viande, légumes, il ne lui restait plus qu'à trouver une table libre. Les plus pressés n'attendaient pas, ils mangeaient debout face au mur. Personne ne restait plus de dix minutes. En un quart d'heure, Nina et Jurgens avalèrent une assiette de hachis de bœuf arrivé tout préparé de Chicago, un pudding et une tasse de café. A côté de Nina, un bonhomme dévorait sans mâcher, le regard fixé sur une feuille de papier couverte de chiffres. Il vida son assiette, se leva et partit sans avoir relevé la tête.

— Quand digèrent-ils ? demanda Nina. Ils ne s'arrêtent donc jamais de travailler ?

— Ils digèrent en travaillant, fit Jurgens avec un petit sourire. Regardez-les courir ! Ils retournent à leur bureau et, sans perdre une minute, ils vont se remettre à la tâche jusqu'à six heures du soir. Après, peut-être passeront-ils à leur club boire un whisky, ou bien ils rentreront, dîneront, quelques-uns iront au théâtre mais avant minuit tous seront couchés. Demain, ils recommenceront et ce sera la même chose toute leur vie.

— C'est l'enfer, souffla Nina, atterrée.

— Non, c'est New York, et je pense que demain le monde entier fera de même.

— J'espère bien ne jamais voir ça, fit-elle en repoussant son assiette encore pleine de hachis.

Ils retrouvèrent la rue et la cohue. Nina remarqua quelques femmes, pataugeant dans la boue, emmurées dans leur élégance et leur beauté comme si elles n'en attendaient ni admiration ni émerveillement de la part des hommes. Belles et solitaires, d'autant plus solitaires que belles.

A la rue des théâtres succédèrent des grands espaces vides peuplés d'herbe sauvage, avec de-ci de-là, plantées au hasard, des maisons de rapport toutes grises et efflanquées.

— Retournons, murmura Jurgens.

Alors, venu de nulle part, un ivrogne se précipita sur Nina, il n'avait plus de dents, ses traits étaient si sales qu'on les aurait dits passés au charbon, évoquant ceux d'un vieil Indien cousu de rides. A quelques centimètres de la jeune femme il s'arrêta, tituba et s'écroula en murmurant :

— *Beauty... Beauty...*

— Qu'est-ce qu'il dit ? bredouilla Nina à Jurgens qui l'avait saisie par le bras.

— Il dit que vous êtes belle.

L'homme, les deux pieds dans le ruisseau, le visage sur le rebord du trottoir, geignait doucement.

— On le laisse là ? protesta Nina.

— C'est son quartier, fit Jurgens en accélérant le pas.

UNE table, des verres à moitié pleins, tout autour des femmes en mantille, des hommes en chapeau noir, le silence, puis soudain le crescendo des guitares, les hommes frappent du pied, les femmes dans leurs mains. S'élève un olé... Un autre, le rythme s'accélère, alors apparaît Carolina qui s'avance lentement sur le devant de la scène en roulant des hanches, suivie d'Évariste jouant au torero. Entre l'homme et la femme commence une pavane de désir, d'appels et de refus, l'éternelle Carmen dans son jeu de séduction et de mort.

A la fin du premier tableau, montent de la salle de brefs sifflets, des cris, un charivari où se mêlent quelques bravos. Folle de rage, la danseuse quitte la scène et se précipite sur Jurgens qui lui hurle :

— C'est un triomphe...

Il n'a pas le temps de terminer, Nina lui assène une gifle précise et violente.

— Vous êtes folle ! s'exclame le directeur, la joue en feu.

— Jurgens, je n'aime pas qu'on me prenne pour une idiote !

Des sifflets... La rage s'estompe pour laisser la place au désespoir, de grosses larmes emportent le maquillage, glissent le long des joues. Jurgens en riant la saisit dans ses bras, la soulève.

— Nina, Nina, chez nous on siffle pour clamer son admiration, c'est encore une coutume de notre peuple de sauvages, j'avais oublié de vous prévenir.

Il sent le corps de Nina contre le sien, il peut en humer l'odeur, en sentir la chaleur sur ses mains. La jeune femme le saisit par le cou, se pend à cette nuque qui dégage une telle impression de force.

— Jurgens, Jurgens, je te demande pardon.

Et avec la même violence qu'elle l'avait giflé, elle lui saisit la bouche et l'embrasse. Doucement, Jurgens dénoue ses lèvres de celles de Nina.

— Va, chuchote-t-il, le public te réclame.

Au cours du dîner, servi au milieu des têtes de cire du musée, dont le théâtre n'est qu'une dépendance, Carolina ne s'intéresse guère à la bonne société new-yorkaise qui vient la couvrir de fleurs et de compliments. Elle regarde Jurgens, le suit des yeux comme une petite fille, pense-t-elle, et cette seule idée la fait rire. Depuis longtemps, très longtemps, Pacco peut-être dans les premiers jours, elle n'a senti en elle cet élan, cette chaleur qui lui étreint la poitrine et la gorge : C'est le dépaysement..., se dit-elle. Ce pays me fait peur, lui me rassure... Rien d'autre ? Oui, l'envie qu'il la serre très fort et que le temps passe ainsi sans une parole au chaud d'un éternel feu de bois.

Un orchestre entame les valses et les polkas, on l'invite, elle danse pour se faire plaisir, indifférente aux partenaires. Rien que des messieurs bien élevés dont aucun ne lui fait une proposition. Pas plus que dans la rue les Américains en société n'expriment leurs désirs. Une nouveauté pour elle, un soulagement, un répit qui la change de la perversion d'Émilienne. Vers la fin de la soirée, on ouvre les fenêtres pour chasser la fumée. A l'instant où l'orchestre entame sa dernière série de valses, les plus romantiques, elle se saisit de Jurgens et l'entraîne sur la piste.

— Je ne sais pas danser, dit-il.

— Les autres non plus, mais eux je ne les aime pas.

Dans la nuit brumeuse de Central Park, elle se pelotonne contre lui. Ils ont décidé de rentrer à pied le long des avenues désertes. Un vent chargé d'humidité marine balaie la ville, de temps à autre un beuglement de sirène retentit.

— Je suis marié, j'ai des enfants..., commence Jurgens.

— Tais-toi! l'interrompt Nina, et serre-moi, serre-moi plus fort.

Une douce chaleur, le grand lit moelleux du Waldorf-Astoria les attendent.

— Viens, fait-elle.

Il s'allonge tout habillé. A travers les vitres, des éclats de lumière traversent la pièce.

— On n'éteint jamais les enseignes dans ton pays?

— Non, ici rien ne s'arrête jamais.

La désire-t-il? Ce soir elle ne veut pas le savoir, elle le préfère immobile, immobile comme un roc, un arbre centenaire, quelque chose qui ne bouge pas, ne bougera jamais. Elle dégrafe sa chemise, juste pour poser son visage contre sa poitrine, là où bat le cœur. Il sent bon, une odeur d'enfance et de forêt mêlées. Elle a envie de le lécher mais se retient, de peur d'éveiller son désir. Je vais m'endormir comme une petite fille, se dit-elle, demain on verra.

Cette masse dressée au-dessus d'elle, est-ce bien celle de Jurgens? La lumière extérieure couvre le corps de l'homme nu d'une étrange pâleur. Il la presse, l'embrasse, jeune chiot affamé.

— Attends, attends, chuchote-t-elle en tentant de se dégager pour se déshabiller à son tour.

Une fois nue, elle se laisse tomber sur l'oreiller. Il est déjà sur elle de tout son poids, avec ses longues jambes, toute cette carcasse de cow-boy lourde et maladroite. Il geint avant même de la prendre, se dresse, tombe, se redresse, retombe... Elle l'aide à la pénétrer.

— Mon amour, mon amour, rugit-il, mon amour !

Deux, trois saccades, et il retombe, essoufflé, yeux fermés, la bouche tordue par une grimace de plaisir.

— Je t'aime ! Je t'aime..., murmure-t-il avant de s'endormir.

Nina reste longtemps immobile, le corps de Jurgens le long du sien... L'imbécile ! Comme s'il n'avait pas pu attendre... Un enfant trop gourmand chipant un pot de confiture avant qu'on ne le lui donne.

Toujours cette rumeur incessante, nuit et jour, ce bruissement d'une vie continue. A cent mètres de l'hôtel roule le chemin de fer électrique. Nina écoute, elle écoute les bruits de l'extérieur, mais ceux aussi qui sourdent des murs, des conduites d'eau, de vapeur, d'électricité. Elle écoute le vibrato de ce monde étrange, ce monde moderne, ce monde inconnu.

Avant de s'endormir elle se promet que, le lendemain, elle apprendra à Jurgens à faire l'amour. Calmement, voluptueusement.

Jurgens découvrait à sa grande surprise que les jeux de la chair pouvaient être sérieux. Chaque jour recommencé, son corps, ce corps qu'il croyait mécanique et biologique, participait à une fête qui le ravissait et le terrorisait. Son puritanisme se révoltait contre ce que cette liberté recelait de destructeur. Dans la journée, il lui arrivait de s'immobiliser dans la rue, au théâtre, n'importe où, et de sentir en lui la certitude d'être un homme heureux. Cette certitude implacable, il aurait aimé trouver les armes pour la combattre. Par sa simple présence, son sourire audacieux, cette façon puérile mais si gracieuse de hausser les épaules, par la chaleur de ses bras ouverts, par la brûlure de tout son être, Nina rendait vaine toute résistance. Le directeur découvrait une femme libre, libre non seulement de ses sentiments et de son corps mais de ses pensées, lui qui était habitué aux femmes américaines ancrées dans le magma social, dépourvues du désir de troubler et de séduire. Vivant le plaisir sans moralité ni conscience autre que celle de satisfaire ses envies, Nina, convertissant sa beauté et son charme en objet du désir des hommes, révoltait chez Jurgens la part la plus conformiste, celle que lui avaient léguée ses parents en optant pour ce pays d'avenir et de richesses : la religion de la réussite par le labeur.

Arrêter, il lui fallait arrêter cette liaison. Il marchait de long en large, il mâchouillait un cigare. Ce soir, pas plus tard que ce soir, il romprait. Un vieil air joyeux de coupeur de bois lui venait aux lèvres. Il était débarrassé, libéré.

Avant même d'entrer dans la loge de l'Éden Musée, dès la porte du couloir poussée, son odeur, l'odeur de Nina, lui parvenait, chèvrefeuille et poivre, et, comme liée à l'odeur, imbriqué en elle, déjà le désir s'insinuait dans ses veines, ses mains tremblaient, de la sueur perlait à son front. Il se glissait dans la loge et c'était d'abord l'image d'elle dans le miroir qu'il voyait, l'abandon de la femme quand elle se sait seule, cheveux dénoués, visage lisse dépourvu de masque, limpide, un visage d'eau pure dans l'ovale brun de la glace. Il l'investissait, sa chair brune entrevue sous le peignoir défait, le galbe d'un sein entre l'ombre et la lumière. Il n'avançait pas, pas encore, il respirait lentement, il l'aimait, l'aimait de toute son envie de la posséder, de la faire sienne, qu'elle existe à jamais, là, dans cette position, lui appartenant pour l'éternité.

Plus tard, elle passerait les doigts dans sa crinière de gros crin, sa crinière de pionnier du Nouveau Monde. « Bonsoir, Jurgens », ronronnerait-elle. Après l'amour ou lorsqu'elle l'aimait très fort, elle l'appelait « Jurgens » en faisant rouler les syllabes dans sa bouche. « Bonsoir, amour !... », répondrait-il. Et tout serait dit. Tout recommencerait.

Le fait que les hommes la sollicitent beaucoup moins plongeait Nina dans un sentiment d'irréalité. Sans Jurgens, cette vie dépossédée de l'essentiel, plaire et pouvoir le prouver, l'aurait tellement désespérée que par le premier paquebot elle serait retournée en Europe. Pourtant, New York était curieux d'elle, on lui organisait des fêtes, des bals, des goûters, une manie américaine que Nina détestait, elle avait en horreur de devoir grignoter des gâteaux avec du thé et de l'orangeade. Les femmes la regardaient avec sympathie, à la différence de la France elle n'était pas l'ennemie, mais un animal si parfaitement exotique, d'une espèce si différente que toute forme de danger s'estompait pour laisser place à la curiosité. La femme du monde new-yorkaise ne pouvait concevoir que cet oiseau magnifique puisse lui accaparer un époux, voire un amant. Un oiseau, fût-il en liberté, ne peut être dangereux. Nina possédait trop de ramage, trop d'allure, trop d'agressive beauté pour que les dames de la 5e Avenue imaginent une seconde leur homme d'affaires de mari dans les bras de cette odalisque droit sortie d'un roman sur les vestales ou les courtisanes romaines.

Nina se souvenait de cette jeune fille aux yeux languissants qui, un soir tard, à la fin d'un dîner aussi ennuyeux qu'interminable, lui confia :

— Ici, on ne pense qu'à gagner de l'argent, de l'argent toujours de l'argent. *Money...* vous comprenez ? A force, on finit par détester ce mot, *money...*

Un peuple qui ne pense qu'à gagner de l'argent ne peut évidemment concevoir de le dépenser. Nina ce soir-là se félicita d'être de l'Ancien Monde, là où dilapider une fortune pour une femme ressortit encore à l'art de vivre. Américaine, que serait-elle devenue ? Au mieux, la femme de Jurgens. Par nécessité et absence de concurrence, elle s'attachait au géant. Parfois elle ressentait de l'impatience, attendant le moment où il pénétrerait dans sa loge du théâtre avec son air godiche d'amoureux inquiet. Jurgens était le premier homme qui ne la couvrait ni de bijoux ni de toilettes, à peine pensait-il à des fleurs lorsque la veille, ostensiblement, elle avait glissé qu'elle aimait les roses jaunes et les dahlias. Alors, le lendemain, elle en recevait des brassées, puis c'était terminé jusqu'à la prochaine remarque. Jurgens ne savait ni la choyer, ni la combler charnellement, ni même la charmer de ses bons mots ou de sa conversation. Ce qu'elle appréciait en lui relevait de la solidité, celle du sentiment, celle de ses bras où elle s'enfouissait, celle de la droiture, cette simplicité de l'âme et du cœur qui la changeait. Elle s'ennuyait rarement avec lui, même quand il ne disait rien, et Jurgens ne parlait que lorsqu'il avait quelque chose à dire.

Elle aimait marcher avec lui dans Central Park. En décembre il se mit à neiger très fort, les allées, les arbres, les pelouses, les vallonnements, les rochers scintillaient dans l'air bleu de quatre heures de l'après-midi. Un air pur et froid venu du Grand Nord, qui portait loin les cris des enfants jouant à la luge. Elle lui tenait la main, emmitouflée dans un plaid de fourrure, c'était la première fois depuis bien longtemps, depuis la montagne de son enfance, qu'elle sentait sous ses pas la neige moelleuse où le pied, la cheville s'enfoncent avec un délicieux frisson de tout l'être. Elle poussait des gémissements de chaton, Jurgens la soutenait de toute sa force déployée, comme si leur vie en dépendait. Joyeusement, elle recommençait encore et encore jusqu'à en perdre le souffle. Rougissante de froid, elle se rendait compte avec un léger pincement au cœur que l'amour, une certaine forme d'amour, ce pouvait être cela aussi.

Tout New York se toqua d'Otero, on se la disputait pour les dîners et les bals. Dans les soirées les plus huppées elle exécutait son numéro de danse en contrepartie de cachets exorbitants. Elle-même organisait des soupers et des fêtes, dont la presse rendait compte avec délectation. Un souper de cinquante couverts au Delmonico, le restaurant à la mode, fut considéré comme l'un des événements de la saison. Otero brillait, Otero plaisait... Jurgens ne comptait plus les sommes dilapidées. Il se renflouerait demain, après-demain, plus tard, le tourbillon l'emportait, il jubilait :

— Je vis, disait-il à ses amis inquiets, avant d'ajouter : J'aime.

Pourtant la rumeur s'enflait, dans les articles des journaux perçaient les premières allusions à la vie sur un si grand pied de la belle Espagnole, on racontait ses exploits, ses soirées où le champagne était servi comme ailleurs l'eau froide. Ce qui scandalisait New York paraissait cependant bien sage à Nina : à Paris, toutes ces fêtes auraient pu être données en l'honneur de jeunes communiantes.

Il y eut la réouverture du Metropolitain Opera, le concours hippique, la saison était lancée. Les Vanderbilt, les Whitney, les Gould, les Hyde, les Harriman, les Belmont, les Clarke, les Jay, les Sloane, les Emery, les Alexander, les Winthay donnaient des *parties* fastueuses sur la 5ᵉ Avenue, mais aussi à Long Island, dans leurs maisons de campagne. La fortune recevait la fortune. *Money,* pensait Nina en arpentant les salons de Lakerwood, la propriété des Gould. Tout cet argent pour rien, tout cet argent qui fait des petits, des petits et encore des petits.

Jurgens lui avait expliqué le système capitaliste, la seule chose qu'elle eût retenue était que l'argent allait à l'argent pour faire de l'argent.

— Moi je préfère l'argent qui se transforme...

— En quoi ?

— En bijoux, tiens !

Chez les Gould, on avait convié l'objet du scandale mais pas son mentor. L'Espagnole éveillait la curiosité, Jurgens la réprobation. L'étrangère pouvait tout se permettre, la loi n'en serait pas troublée. Jurgens, lui, la trahissait et la violait : marié, il trompait sa femme ; pauvre, il dépensait de l'argent. Ce dernier crime le bannissait beaucoup plus implacablement que le premier.

Riche, moins riche, comment le deviner ? A Paris, les

hommes se seraient précipités pour l'inviter, la séduire, obtenir un rendez-vous ou seulement, par un sourire, lui faire comprendre combien elle plaisait.

Ici ils jouent au golf, au ping-pong, à ce jeu stupide de tennis en chambre qu'ils appellent squash. Agir, sans cesse agir pour tuer le temps. Parler à une femme, séduire une femme, qui seulement y penserait ? Ici on convie Nina à effectuer une bonne partie de course à pied... Ici les regards passent à travers elle, elle n'existe pas, elle est là et c'est bien suffisant. Ici on expédie le lunch pour mieux profiter d'une grande promenade dans la campagne, ici le soir on dîne à six heures, ici les hommes se saoulent au whisky en se donnant de grandes tapes dans le dos tandis que leurs femmes se précipitent autour des tables de bridge, ici à minuit tout est terminé, on se quitte en se congratulant d'une si merveilleuse soirée... Et ces hommes-là, ces femmes-là possèdent les plus grandes fortunes de l'univers !

Tout à l'heure extasié, un jeune dadais lui a montré avec un tremblement dans la voix l'homme le plus riche du monde : J. Pierpont Morgan.

— Lequel ? Ils se ressemblent tous.

— Là-bas, avec le grand nez, c'est lui !

Nina distingua une silhouette précédée effectivement d'un appendice ridicule tant il paraissait disproportionné. De plus près le nez s'imposait toujours, mais de surcroît Nina constata avec horreur l'infinie tristesse répandue sur l'ensemble du visage. Dommage, se dit-elle, je ne coucherai jamais avec l'homme le plus riche du monde.

De jour en jour Jurgens devint plus sombre, une mine déconfite d'enfant qui implore qu'on le console : une caresse, une tendresse... Justement ce que Nina ne savait pas faire, son détour par l'affection n'allant pas jusqu'à la compassion. La douceur maternelle appartenait à une catégorie de rapports dont elle ignorait tout. Devant le chagrin, son cœur en un souci de défense se mettait sur ses gardes. Sa bonne volonté ne pouvait empêcher la maladresse : que dire, que faire devant un homme en peine et pour qui cette peine oblitère tout, compromettant même son désir ? Des hommes, Nina ne connaissait que la furia, l'emballement, la passion, le plaisir, cette allégresse qui repousse le quotidien loin dans l'ombre. Un homme, même désarmé, oublieux d'elle lui paraissait inconcevable. Elle aurait aimé rendre à Jurgens sa joie de vivre des débuts, elle tenta de le distraire, mais rien n'y fit, le directeur demeura dans son angoisse. Dès cet instant, Nina s'éloigna. Jurgens devenait pour elle un étranger, pis, un porteur de malheur.

— Je ne sais pas être gentille, lui avait-elle dit dans la froidure de Central Park.

Ils tentaient de retrouver les endroits du bonheur ancien. Rien ne changeait, ni le gel, ni les femmes élégantes, emmitouflées et voilées, ni l'air d'une pureté de cristal, ni les cris des enfants, ni le ciel se voilant de rose à l'approche du crépuscule, rien, rien sinon qu'ils ne marchaient plus enlacés, et que Nina avait froid.

Ils dînèrent dans une des salles à manger désertes du Waldorf, le jour mourait, il neigeait à nouveau. Nina pensait avec ennui à la soirée qui l'attendait en compagnie d'un magnat de la viande de Chicago venu la voir danser. L'immensité de la salle, la hauteur des plafonds imposaient de parler bas. Après deux ou trois tentatives anodines, Jurgens se tut, le front crispé, la bouche fléchie. Quelque part, un orchestre se mit à jouer des airs de danse, sans conviction. Puis ce fut le silence avant que ne s'élève la mélodie d'une harpe solitaire, une mélodie mélancolique et douce. Dans cette immensité caverneuse, elle semblait venir de très loin, du ventre de la terre même. Émue par la mélopée, Nina se tourna vers Jurgens, elle aperçut son dos qui se soulevait régulièrement. De grosses larmes qu'il croyait cacher tombaient dans son assiette. Partir ! Comme chaque fois, comme toujours, pour Nina le départ était la réponse fulgurante à toutes les questions, le remède à tous les maux.

A l'Eden Musée on ne vit plus Jurgens. Il avait trouvé refuge loin de New York, dans sa maison de campagne, entre sa femme et ses enfants. « Pourtant je t'aime tant ! », lui écrivit-il.

Elle ne le remplaça pas. Décidément, les Américains ne lui disaient rien.

Arriva le jour où Irma qui pas plus que sa maîtresse n'avait goûté ce pays de sauvages fit les valises. Ni fanfares ni bravos ne les accompagnèrent sur le quai du départ. Mais, dans son sac, Nina possédait une lettre de crédit sur la succursale parisienne de la Hoffman House Bank, d'une valeur de sept cent mille francs...

Des hirondelles de mer tournoient autour du *Savoie*.

— Nous arrivons ! lancent les passagers sur le pont.

Des falaises, des villages minuscules s'étagent sur les collines crayeuses.

— La Normandie ! Le Havre !

Des dizaines de mouchoirs dans le soleil rouge du lever du jour, des drapeaux brandis, des cris de joie...

— Personne ne nous attend, constate avec amertume Irma. C'est jamais bon de partir.

— Mais si, idiote, s'exclame Nina, c'est le printemps, la vie commence, la belle vie ! La grande vie !

PARIS a oublié.

Le Paris que retrouve Nina a besoin de dévorer sans cesse de la chair fraîche, il s'en repaît et s'en régale dans un éblouissement permanent. Ce Paris des années 1890 mêle les vraies princesses et les reines d'un soir. Sous les falbalas, le monde et le demi-monde se côtoient et se confondent, la courtisane le dispute en renommée à la lettrée qui tient salon, mais aussi parfois lit ouvert. Ce Paris bruissant de velours et de satin possède dix, cent, mille maîtresses : femmes entretenues, cachées, pomponnées au profond des boudoirs capitonnées. Ce Paris-là s'unifie sous la bannière de deux étendards : la foi républicaine et le culte adultérin. Cultes qui se célèbrent l'un l'autre avec la complicité d'un sourire sous le haut-de-forme, d'un roulis d'ombrelle, d'une œillade prometteuse, d'un bras nu entr'aperçu parmi les frondaisons de Bagatelle.

Paris avait oublié, mais pas le comte de Cheley. Il vivait chaque minute, chaque seconde dans la mémoire de celle qu'il attendait. Après le départ de Nina pour l'Amérique, le comte avait rompu avec le monde, préférant la solitude et la splendeur désolée de son immense hôtel du parc Monceau aux pièces vides et sonores habitées par les ombres de quelques domestiques aussi taciturnes que leur maître. Une cathédrale vouée à l'amour sous la voûte de laquelle nul soupir, aucun gémissement, pas un cri jamais ne retentissait. De Cheley vivait là en reclus, sans nouvelles de sa famille, loin de ses amis, avec comme unique espoir le retour de Nina. Son retour et sa conquête. Le vide se peuplerait alors de tapis et de tentures, de vaisselle et de faïences, alors l'écurie égrènerait le hennissement des équipages et les jurons des cochers, alors la vie s'installerait et le comte aurait réalisé son vœu : se damner !

Il lisait les horaires des paquebots, il guettait dans les journaux les échos venant de là-bas. Sur une carte d'Amérique du Nord, il suivait des itinéraires imaginaires. A New York même, il plantait des punaises sur les emplacements et les lieux les plus connus, comme s'il la suivait ainsi du Metropolitan à Wall Street, de Central Park aux rues de Broadway. Yeux fermés, il lui semblait la voir, un peu mutine, très frivole, sans morale, sans conscience, une fleur large ouverte aux premiers souffles du printemps. « J'ai tout sacrifié pour une fleur... » L'expression lui plaisait, parfois il s'en berçait jusqu'au sommeil. Cette absence qui n'était qu'attente le protégeait de la souffrance de devoir affronter l'indifférence de Nina envers lui, tandis qu'elle accordait tant de privautés à d'autres. Des êtres sans valeur, mangés par le vice, telle cette fille, cette sulfureuse Émilienne qui avait poussé l'inconvenance jusqu'à demander à le rencontrer ! Comme il l'avait chassée ! Quelle jubilation de la repousser aussi aisément. Si seulement cette volonté l'avait dissuadé de quitter sa femme et ses enfants qui le croyaient en Afrique, tenté par l'aventure coloniale. Les pleurs de sa femme le jour de son départ, ce visage défait qui ne comprend pas, qui ne peut concevoir, imaginer ! Il se revoyait, lâche, lui refusant un dernier regard, lui tournant le dos comme on le fait pour un chien blessé auquel le palefrenier s'apprête à donner le coup de grâce.

Un entrefilet dans *Le Figaro*, quelques lignes en bas de page : elle était de retour ! Le chroniqueur parlait de la Belle

Otero revenue des Amériques où elle avait obtenu un succès considérable. Le comte fit atteler deux chevaux à la robe gris perle, des bêtes magnifiques. A huit heures du matin il piétinait sur le perron, dans l'attente d'une heure convenable pour se présenter. A chaque minute il sortait sa montre de son gilet, pensant que les aiguilles avaient fait un bond en avant. A huit heures trente, il donna l'ordre au cocher de fouetter, le valet en tenue debout sur le marchepied dut s'arc-bouter pour ne pas culbuter. Tôt, beaucoup trop tôt, mais pouvait-il patienter jusqu'à midi, treize heures, quatorze heures ? Non. Il la réveillerait, la saisirait dans son sommeil, bien décider à l'enlever. Au bout, j'irai au bout ! Il traversa Paris, le Paris parfumé du petit matin avec ses centaines d'attelages, ses encombrements, ses sonneries de trompe, son joli tintamarre à l'image de cette matinée ensoleillée de mai. La voiture jonglait à travers la foule, laissant derrière elle les lourdes pataches de déménagement, les fiacres essoufflés... Vite, encore plus vite : « Il y a pas le feu », criait-on sur leur passage. Un vitrier qui dut courir pour éviter les chevaux plaça un doigt contre sa tempe en signe de folie. Sur les boulevards, les banques et les commerces remontaient leurs rideaux de fer. L'armée des employés s'engouffrait dans la gueule noire des immeubles de rapport. Aux terrasses, les boulevardiers lève-tôt prenaient leur premier café, cigarette au bec, journal plié sous le bras. Il allait faire chaud, les femmes seraient belles plus tard dans la matinée lorsqu'elles mettraient le bout de leur nez dehors. Il fallait être prêt à les suivre, leur bonir le compliment bête qui les ferait glousser, presser le pas et parfois s'arrêter, l'air de rien, à la vitrine suivante. Certainement, la journée qui s'annonçait serait celle des coups de chance et des bonnes fortunes. Une vraie journée de printemps parisien.

Ébouriffée, les yeux bouffis, Irma vint ouvrit aux injonctions impétueuses de la sonnette.

— Madame dort !

— Je m'en fiche, je m'en fiche.

Le comte ne se rappelait pas avoir jamais bousculé une femme, fût-ce une domestique, le geste lui coûta peu. Comme tout lui paraissait simple, à présent ! Il s'engouffra dans l'appartement ténébreux, encore encombré de malles, de valises, de sacs de voyage. Irma courait derrière lui... Il ouvrit en grand la porte de la chambre. Jusqu'ici, la pensée que Nina pouvait ne pas être seule ne l'avait pas effleuré. Il pénétra plus avant dans la pièce où, par la fenêtre ouverte, une brise légère faisait mousser les rideaux. Carolina dormait, elle dormait seule, ses seins et ses cuisses découverts, le drap rejeté. Dans la pénombre, ses longs cheveux que nul artifice ne retenait se répandaient en lianes noires de l'oreiller où sa tête reposait jusqu'à la faille invisible de ses reins. De Cheley s'immobilisa, bouleversé devant tant de sensuelle beauté abandonnée.

D'un geste lent, Nina ramena les draps, le comte s'approcha, lui saisit les mains et les baisa. Le feu lui était monté au front, son chapeau de demi-saison gisait sur le tapis. Ce n'était pas à New York, pensa Nina, qu'une chose pareille lui serait arrivée : être réveillée à l'aube par les baisers ardents d'un homme immensément riche.

— Nina, ma Nina, je vous emmène, ce n'est pas un lieu digne de vous, ici. J'ai acheté cet hôtel particulier qui n'attendait que votre retour. Vous le meublerez, le décorerez, en ferez une merveille qui éblouira Paris. Paris, dont je veux que vous soyez la reine. C'est votre destin, Carolina, vous êtes faites pour régner, régner sur les cœurs et les lieux, et moi, oui, moi, je serai l'instrument de votre destin. Venez, Nina, j'ai tant besoin de vous, je suis fou de vous. Nina, je vous en supplie, ne dites pas non...

Par ce matin de mai, avec ce visage beau à force de

conviction, elle lui trouva du charme et puis après tout, depuis son retour d'Amérique, elle n'avait personne. Elle fit signe à Irma de préparer à nouveau les bagages.

— Comte, je prends un bain et je vous suis.

S'il avait osé, de Cheley aurait joint les mains et prié. Mais il lui restait encore suffisamment le sens des convenances pour se contenter de remercier le ciel tout bas.

En découvrant le double perron orné de vasques, la terrasse contre laquelle venait mourir un tapis de gazon, l'ombre des chênes centenaires du jardin, en humant le parfum des géraniums et des acacias qui embaumait la salle de bal, la bibliothèque, les salons, grands et petits, le fumoir jusqu'aux communs, Nina sentit monter en elle une poussée de vanité. Pour un palais, c'était un palais, comme dans les contes de fées, un palais dans lequel on pouvait courir à travers les pièces entièrement vides, jouer à cache-cache et faire résonner l'écho dans le hall chapeauté d'une verrière à charpente métallique. Immédiatement, en esprit elle se mit à peupler tout cet espace de mobilier, de tapisseries, de tableaux, elle les plaçait, les déplaçait d'une pièce à l'autre, jonglant avec les armoires, les cabinets, les buffets, les divans, les consoles.

Elle prouva sur l'heure à de Cheley sa reconnaissance, excitée mais la tête ailleurs. Le comte, lui, s'ingénia à démontrer qu'il mettait ses paroles en actes. Au bord de l'épuisement, il s'endormit. Nina, entièrement nue, se releva et fit le tour des pièces, une bougie à la main, tout cela était à elle, toute cette grandeur et cette splendeur, la rumeur du vent dans les buissons, le chant du rossignol et, dans le lointain, les lueurs rougeâtres de la nuit sur les toits de Paris.

Dès le lendemain, elle s'occupa de la domesticité. Si l'hôtel de la plaine Monceau devait occuper la première place, il fallait du personnel, des valets et des chambrières, un maître d'hôtel et des serveurs, un chef de cuisine et sa brigade, des jardiniers, des palefreniers, des cochers. Nina passa toute sa journée à recevoir un petit peuple à l'échine courbée qui lui sortait du Madame gros comme le bras, une humanité humble au regard perçant. Elle choisissait au coup de cœur, celui-ci, très grand, serait maître d'hôtel, celui-là, plus rond, valet en tenue. Elle les disposait dans le hall, tel le général d'une armée de soldats de plomb plaçant ses pièces. Le fait de s'entendre dire Madame à tout bout de champ la ravissait : maîtresse de maison ! Le rôle lui convenait. De Cheley assistait à ce déploiement domestique avec un sourire béat. Pour les tenues, les livrées, les gages, il s'empressait d'être de l'avis de Madame !... Le soir, il se retrouva à la tête d'une armée de plus de vingt personnes logées, nourries, payées. Lui qui, en Normandie, laissait sa femme exécuter certains travaux ménagers plutôt que d'engager un domestique supplémentaire !

Nina se lança dans la course aux antiquaires, aux décorateurs, aux artisans, ce fut une flopée de divans, de fauteuils de style, de tables en marqueterie, de bureaux aux tiroirs secrets, de poufs rebondis comme des bouddhas et de tapis persans. A côté de la chambre, elle aménagea un boudoir aux tapis épais, aux tentures en satin rose, tous les meubles étaient de laque blanche rehaussée d'un filet d'argent. Un ensemble chic qui sentait encore un peu la parvenue, mais dont le raffinement étonnait les décorateurs eux-mêmes. On ne lui vendait pas n'importe quoi, son absence de connaissance dans les époques et les styles ne l'empêchait pas de choisir à coup sûr le meuble de bon goût dissimulé parmi d'autres au clinquant voyant. Elle disait : « Je veux celle-là » en désignant la pièce choisie et c'était tout, il n'y avait plus à discuter. Pour la vaisselle, ce fut la même chose, elle opta pour de vieilles faïences aux pastels précieux, des pièces d'argenterie armoriées, délicatement ciselées. Pas une cuiller, une fourchette dont elle ne soupesât le poids, dont elle n'essayât l'effet au creux de sa main.

— Vous avez un goût ! s'exclama de Cheley.
— Vous croyez ? Pourtant, je me contente d'aimer ce qui est beau !

Un mois plus tard, elle pouvait affirmer sans honte que l'hôtel lui ressemblait de la cave au grenier, sauf la grande salle à manger d'apparat, où régnaient les tableaux que de Cheley avait fait venir de Normandie, une collection d'ancêtres poudrés et de scènes de chasse. Une pièce austère que Nina réservait à ses prochains grands dîners, en attendant elle préférait prendre ses repas dans un salon mitoyen où brûlait un feu de cheminée. Mais là où elle se sentait le mieux, c'était dans sa chambre et son boudoir. Là, dans la dentelle, la soie et le brocart, la féminité l'emportait, une féminité fragile comme la gaze, voluptueuse comme les velours enveloppant le lit d'un doux rêve de plissés, d'entrelacs mystérieux. Un lit immense s'encastrant dans une sorte de chapiteau orné d'angelots souriants et fessus. Oui, vraiment un grand lit, ce qui lui faisait dire en riant qu'on pouvait s'y culbuter à plusieurs. De Cheley frémissait à de telles déclarations, découvrant, après la passion du désir, la torture poignante de la jalousie. L'ivresse qui était la sienne depuis la conquête de Nina ne suffisait pas à l'aveugler pour s'imaginer qu'une telle beauté luxuriante lui appartenait désormais pour toujours. Et cette certitude le plongeait dans une angoisse qui le déchirait chaque jour un peu plus. Comment ferai-je, se disait-il, quand elle me quittera, comment ferai-je pour vivre sans elle, la sachant dans les bras d'un autre ? A la douloureuse humiliation de l'indifférence succédait la crainte tragique de la perte. Parfois, il lui prenait une subite envie de précipiter les choses, de la quitter le premier à l'instant même, en pleine lune de miel, en seigneur dédaigneux des drames médiocres à venir. Dans le même mouvement de pensée, il courait le cœur battant à la rencontre de Nina, dans le labyrinthe des pièces. La voir, seulement la voir !

Il craignait les soirées où elle invitait des viveurs qui, il le sentait, le méprisaient, ces convives au cœur sec lui rappelaient la vie d'avant le départ de Nina aux Amériques, où seul l'amusement tenait lieu de religion. Pour lutter contre cette mauvaise influence, il décida d'allumer des contre-feux, de faire connaître à la jeune femme d'autres intérêts, des personnages d'un autre monde et même du monde tout court. Il organiserait des dîners où il ne convierait que des hommes mariés accompagnés de leur épouse, âgés de préférence mais dont l'expérience et la conversation charmeraient Nina. Il possédait dans ses relations quelques professeurs, des lettrés qui accepteraient l'invitation à s'asseoir à la même table qu'un femme entretenue. En partageant la vie d'une gourgandine, de Cheley avait franchi la frontière au-delà de laquelle on devient infréquentable. Restaient les esprits libres ! Malheureusement, le comte en fréquentait peu. Tant pis, au groupe de lettrés qu'il connaissait vaguement, il ajouterait des inconnus : pique-assiette et arrivistes feraient l'affaire. Le tout était de distraire Nina sans la mettre en danger de séduction.

Nina ne faisait guère d'efforts pour devenir une dame. Elle écoutait d'une oreille distraite les leçons d'étiquette du comte, ce qu'il fallait dire à table et surtout ne pas dire.

— Jamais de politique, c'est mal vu pour une femme, martelait-il, mais attention il est tout aussi important d'éviter de parler de la pluie et du beau temps, le mieux, surtout avec des lettrés, c'est d'amener la conversation sur la vie littéraire.

— Je n'y connais rien moi à la vie littéraire.

— Je vous avais dit de lire le *Gil Blas* et *Le Figaro*, ma chérie.

— Je les ai lus, la chronique des spectacles. Le reste, c'est d'un barbant. Je me suis endormie dessus.

De Cheley, faussement courroucé, était ravi par l'ignorance de Nina. De toute façon, pensait-il, toutes les femmes qu'il connaissait dans son monde ne faisaient que recouvrir d'une couche superficielle de connaissances le gouffre sans fond de leur ignorance.

— Écoutez, mon adorée, c'est très simple, vous lancez un nom, prenons au hasard Loti ou Anatole France, vous lancez le nom d'un ton perspicace, comme si vous alliez révéler un mystère, puis vous vous taisez, les autres alors s'en emparent et sans se faire prier argumentent sur ce que vous n'avez pas dit.

— Comment le sauront-ils puisque je ne l'aurai pas dit ?

— Ça n'a pas d'importance, mais il y a mieux, vous pouvez aussi demander à l'un des convives ce qu'il pense de Rodin par exemple, ou de la tour Eiffel, vous verrez, ça déclenchera un bouquet de commentaires, vous pendant ce temps vous vous reposerez.

— Je m'ennuierai, oui.

— Ne dites pas ça, il faut tenir votre rang.

— Quel rang, je ne suis pas votre femme, moi ! Tous vos amis penseront à mes fesses plutôt qu'à ma conversation.

— Justement, il faut qu'il en soit autrement.

— Mes fesses, j'aime qu'on les aime.

Les griffes se resserraient d'un peu trop près à son goût, elle voulait bien jouer à la dame mais pas qu'on la force à y croire pour de bon. De Cheley file un mauvais coton, se dit-elle, il serait temps de préparer l'avenir.

De son pas royal qui laissait derrière elle un sillage froufroutant, elle arpenta le boulevard. Elle retrouvait avec joie les regards, leur brillant, leur désir, elle marchait et l'univers entier s'ouvrait. Bon Dieu, que le trottoir était bon, et les odeurs de crottin, les cris, les jurons ! La rue la faisait vibrer d'une pulsion qui l'exaltait, la submergeait, la transportait.

Le luxe, c'est comme trop de champagne, ça endort,

pensa-t-elle en ouvrant la porte de la Hoffman House Bank. On lui annonça que l'argent qu'elle avait gagné aux États-Unis était crédité sur son compte.

— Combien ?

— Sept cent mille francs, madame, une belle somme. Nous allons vous faire établir un chéquier.

— Un chéquier ?

L'employé de banque expliqua avec un sourire de quoi il s'agissait.

— C'est inutile, fit Nina. Quand j'aurai besoin d'argent vous m'en donnerez. Tenez, commencez par me verser trois cent mille francs tout de suite.

— Trois cent mille francs, madame !

Nina, en guise de réponse, se contenta de jeter un œil incandescent sur le pauvre employé qui s'exécuta.

En sortant de la banque le regard des hommes était toujours là, et dans son sac, qu'elle tenait serré sous son bras, s'amoncelait un joli monticule de billets. Elle était riche, elle était belle, mieux, elle était libre.

Nina prit le train sans bagages, avec ses gants et son chapeau de ville. Elle rayonnait, le personnel galonné de la compagnie PLM la regardait avec des sourires en coin. Une lubie, l'envie impérieuse de revoir Monte-Carlo, ou plutôt de revoir les salles de jeu, les tapis verts, tendres comme des prairies, les jetons, leur joyeux tintinnabulement, cette impression de force immense que donnaient les plaques s'alignant devant soi. Elle voulait retrouver la délicieuse attente quand la boule part dans sa course folle et que le cœur bat la chamade. Aucun amant ne lui avait fait connaître une telle émotion, se répétant avec à chaque fois la même extase. Son argent allait fructifier, elle serait riche, vraiment riche, sans devoir en contrepartie apporter ce semblant d'amour qui était le prix à payer. Elle achèterait un théâtre, monterait des spectacles de danse pour les connaisseurs, loin de cette colonie de voyeurs avides de découvrir un bout de chair à travers les voiles. Danser, la grâce, la pureté, le mouvement, l'envolée du corps, sa transformation en quelque chose d'aérien, d'impalpable...

A de Cheley elle enverrait un télégramme, elle lui devait bien ça... De jour en jour, elle avait beau faire semblant de ne pas voir, de ne pas comprendre, la demande d'amour s'amplifiait, avec des soupirs désespérés, un côté pitoyable qu'elle ne supportait plus. On aurait dit un mendiant à la porte d'une église. Parfois elle avait envie de lui tordre le cou, quand il s'approchait d'elle, mains tendues, comme un curé vous pardonnant et vous bénissant à la fois. Beurk ! De quel droit, son pardon ? Pardon de quoi ? D'accepter qu'une jeune femme désirée par Paris tout entier perde son temps avec un cafard dans son genre ? Il se ruinait ? Elle ne lui avait rien demandé. Elle ne demandait jamais rien. La seule chose qu'on pouvait lui reprocher, c'était de ne pas refuser.

Elle retrouva les jardins du casino, les ombrelles, le chaud soleil dont les femmes se protégeaient avec terreur, la terrasse de l'Hôtel de Paris avec ses gros messieurs fumeurs de cigare qui semblaient ne pas avoir bougé depuis la dernière fois. « Seule ? » Oui, elle était seule, répondit-elle au concierge. « Sans bagages ? » Sans bagages. Elle tira de son sac la liasse de billets :

— J'ai de quoi payer.

— Madame, je n'en doutais pas...

— Si, mais ça n'a pas d'importance, donnez-moi ce qu'il y a de mieux...

On lui donna une suite avec vue sur la mer, on monta des fleurs et du champagne. Voilà, je suis une biche, se dit-elle, ravie que l'ascension eût été aussi rapide. En attendant, ce n'étaient pas les hommes à conquérir qui l'intéressaient. Il n'en manquait pas pourtant. Monte-Carlo battait le plein de la saison. Une semaine avant l'arrivée de Nina, le comte Roman Potocki avait fait sauter la banque, les croupiers, selon la tradition, tendirent un linceul noir sur la table coupable. L'assemblée, tout autour, assista à la cérémonie avec une sorte de recueillement, comme si, effectivement, un des leurs venait de disparaître. Monte-Carlo en bruissait encore. Les échotiers rapportaient que le comte Roman fut tellement assailli de lettres de vieilles dames le félicitant et l'implorant de faire un petit geste pour elles qu'il préféra prendre la fuite, accablé devant tant de misère.

Les salons regorgeaient d'uniformes, de smokings, de robes de bal mousseuses, parsemées de pierreries. Babel ! L'aristocratie parlait russe, anglais, allemand, polonais, français, mais tous se comprenaient, se répondaient. Les phrases ricochaient d'une langue à l'autre, sans effort, aussi sonores et fulgurantes que les notes qu'égrenaient les orchestres juchés sur des estrades sous les grands arbres des jardins. Des orchestres qui jouaient jusqu'à la nuit tombée, relayés par d'autres dans les salons afin que jamais la musique ne s'endorme, qu'elle rayonne et caracole de valses en polkas, jusqu'à ce qu'elle devienne aussi immuable que le ressac de la mer, plus bas, au pied du rocher, dans le noir absolu.

Nina acheta une robe de satin blanc agrémentée d'une guipure que la lumière des salons faisait étinceler. Elle arriva dans la salle de jeu en fin d'après-midi, dans ces heures creuses qui précèdent la cohue du soir. Elle s'installa à la table où elle avait gagné une fortune sans le vouloir. Deux vieux Russes, chacun d'un côté du plateau tournant, jouaient une martingale, notant précisément chaque numéro sorti, n'avançant prudemment un jeton que tous les deux ou trois coups de boule, après de subtils calculs, et perdant tout aussi régulièrement. Nina inonda le tapis de plaques de plusieurs couleurs. Elle joua les numéros pleins, 8, 9, 11, 17, ce fut le bas du tableau qui sortit : le 28, le 36. Elle inversa son jeu autour du 32. Un va-et-vient s'établit entre l'as, le 9, le 10, jusqu'au 20, jamais plus loin.

Elle n'avait pas à se lever de table pour changer son argent, un valet de pied s'en chargeait, lui rapportant les plaques et les jetons sur un plateau d'argent. Avec simplicité, elle jouait, elle perdait, elle changeait, elle rejouait et reperdait, à un moment elle regarda sa montre, en à peine une demi-heure, elle avait perdu plus de vingt mille francs. Et c'était comme si rien ne s'était passé, elle se sentait vide, absente, le corps empreint d'une lassitude inconnue, pas désagréable, un peu comme l'état qui précède le sommeil. Rien. Ce n'était rien, une peccadille, elle restait entièrement libre. Libre de se lever, de partir, d'oublier ces quelques milliers de francs. Mais elle resta. Les croupiers changèrent plusieurs fois, la main passait et repassait et elle continuait de perdre, parfois à un numéro près. La boule oscillait sur le bon numéro, prête à glisser, puis brusquement, dans un mouvement intempestif, bêtement, tombait à côté, juste à côté. L'argent fondait. Le mot juste : fondait, les billets défilaient les uns après les autres, sans consistance, sans existence propre, sans symbole ni valeur, simples papiers froissés qu'elle s'empressait de jeter dans le plateau d'argent, attendant impatiemment son retour précédé du cliquetis rassurant des jetons. Elle toucha une fois le 17, puis le 8, la malchance s'éloignait. Ce fut alors une série terrible, un gouffre, la boule semblait vouloir nettoyer la table, elle tripla le 0, jongla entre le 35 et le 36, un désastre. Pour la première fois, Nina laissa passer plusieurs tours sans aligner un jeton. Ses numéros sortirent les uns après les autres. Nina serrait les dents, son ventre se creusait, elle joua à nouveau le haut du tableau, ce fut le 29 ! Désormais, elle alignait les jetons avec un sentiment d'affolement. La peur de rater un numéro voisin lui faisait jouer des sommes énormes. La boule valdinguait d'un côté, de l'autre, du plateau, cette fois, impossible, ça devait sortir, ça ne pouvait que sortir... Elle implorait, Seigneur !... Elle implorait, oui, elle implorait, silencieusement, entre ses dents. Elle en eut honte. Quand le croupier annonça le 34, ce ridicule 34, elle poussa un petit cri, plutôt une plainte entre la douleur et la rage.

Alors elle ne regarda plus le plateau et, pendant que la boule valsait, elle tenait droite la tête, se répétant la litanie des numéros qu'elle avait misés : 17, 8, 9, 5, 2, 10, 11... Seigneur, un de ceux-là... je le veux, il le faut, je vous en supplie. Ce fut l'as. C'était bien le haut du tableau, mais elle oubliait régulièrement de jouer le zéro et l'as. Un voile lui tomba devant les yeux. Entre ses doigts, elle serrait à s'en faire mal une poignée de jetons, les derniers. Elle leva la main pour appeler le valet de pied...

La marée du soir emplissait les salons, des joueurs et des curieux mélangés étroitement dans l'odeur des cigares et des parfums, cette vapeur bleutée qui enivre et écœure à la fois. La grande femme brune qui perdait une fortune, le visage impassible, avait attiré autour de la table une petite foule qui suivait fascinée la descente en enfer de la joueuse. Il y avait de la délectation à voir s'engloutir tant et tant de louis d'or et de gros billets. A chaque coup de boule perdu un soupir s'élevait, un oh ! énorme comme le chœur du désastre. Des joueurs jouaient systématiquement les numéros laissés à l'abandon par la femme brune, leurs yeux pétillaient de convoitise frénétique, ils encourageaient la boule, certains avec un bruit de bouche humide, d'autres en avançant le bras, balançant le torse en avant, comme pour la pousser, quand enfin elle s'immobilisait en ignorant le choix de Nina, un contentement ostentatoire les faisait se trémousser : « Je le savais, le 22 ! Je le sentais... J'ai joué plein... » Ils se rengorgeaient, de la sueur sur leur front gras. Nina ne les regardait pas, ne les voyait pas, ne les entendait pas, elle s'enlisait dans une chute interminable, une rage de perdre le plus possible, de jeter l'argent comme si le feu s'en était emparé et lui brûlait les mains. Les trois cent mille francs y passèrent... Nina ne comptait plus, le valet de pied avec son plateau d'argent se tenait en permanence derrière sa chaise. A la peur, avaient succédé le détachement et la lassitude, comme si plus aucun lien n'existait entre elle et ces jetons que le râteau raflait avec la régularité indifférente d'une mécanique de précision. Puis ce fut l'abandon. Nina se laissa choir, yeux fermés, personne n'osa lui adresser la parole. On attendait, les croupiers râteau en l'air, médusés par cette soudaine absence. Là, autour de cette table à la lumière bleutée, se creusa une île de silence dans l'immobilité palpable qui précède l'annonce d'une catastrophe. Mais il ne

151

se passa rien, le jeu reprit, la perdante se leva, traversa les salons, faisant taire le brouhaha sur son passage. « Otero... » « Elle vient de perdre une fortune... », disaient les hommes. « Une courtisane... », chuchotaient les femmes avec une lueur âcre de curiosité. On oubliait de jouer, de parader, de parler pour livrer le passage à cette belle jeune femme livide qui suscitait un sentiment étrange de crainte, on reculait devant sa chevelure et ses yeux noirs, plus noirs encore que d'habitude, une déesse. La déesse de la malchance. Un frémissement parcourait l'échine des joueurs.

ELLE marcha en direction des terrasses et des jardins, l'air frais saisit ses épaules découvertes, devant elle s'étalaient les massifs obscurs, les dédales, les labyrinthes, les parterres de fleurs dont la nuit exhalait la sensualité sucrée. Elle s'enfonça, fuyant l'injustice, sans larmes mais avec l'envie grondant en elle de se venger... Oui, se venger de tout ça... Un jour... Demain... Elle recommencerait et elle gagnerait, en elle jaillissait une résolution invincible. Ce soir elle avait perdu, mais ce soir aussi elle avait connu quelque chose qui balayait tout... Un appel... Un gouffre, un envoûtement.

Soudain il fut devant elle, un jeune homme en redingote surmonté d'un chapeau trop large. D'où sortait-il ? De la pénombre, de nulle part ? Il s'avança, elle aurait pu avoir peur mais au lieu de faire demi tour elle s'immobilisa.

— Je m'appelle Jacques Legueret, explorateur.

Elle eut envie de rire, rire de son visage rond, de sa calvitie naissante, de son air d'enfant sage. Elle remarqua ses yeux rêveurs, de beaux yeux clairs, ce qu'il y avait de mieux dans ce visage placide où la vie semblait avoir glissé sans laisser de trace.

Il s'approcha, la saisit par le bras.

— Madame je vous ai vue perdre tout à l'heure, j'étais tellement passionné par votre attitude si noble, si détachée des choses matérielles que, ma foi, je me suis permis de vous suivre. Madame, j'admire votre indépendance.

— Mon indépendance ? fit, étonnée, Nina.

Ils marchèrent en direction de la terrasse qui surplombait la mer.

— Oui, votre indépendance envers les contingences : l'argent, l'idée que l'on s'en fait, de ce qu'il faut faire et dire à son propos. Vous étiez une reine. Vous étiez une reine silencieuse et méprisante, vous perdiez mais c'étaient les autres qui paraissaient misérables. La reine de Saba assistant à un divertissement d'esclaves. Je me suis dit : En voilà une qui ne ressemble pas aux autres. Mais maintenant que je suis près de vous, j'en suis sûr, personne ne peut vous être comparé, en un mot, vous êtes admirable.

Rigolo, elle le trouvait rigolo, on l'aurait cru sorti d'une boîte à surprise, un lutin, mais un lutin beau parleur.

A leurs pieds la mer, une mer peuplée de milliers de fourmis argentées, évoquait le dos luisant d'une bête énorme emportant à chaque souffle un peu de lune avec elle.

— C'est beau !

Nina surprit une expression de ravissement sur le visage du jeune homme.

— Vous êtes explorateur, avez-vous dit ?

Il tourna vers elle des yeux brillants.

— Pas encore, je n'ai que vingt-deux ans, mais comment voulez-vous que je me présente, étudiant en exploration ? Ce serait ridicule, n'est-ce pas... Vous savez, on naît explorateur, on ne le devient pas. Moi je suis né avec le goût de la découverte, des grands espaces, savez-vous que là-bas, de l'autre côté...

Il tendit les bras en direction de la mer, se projetant en avant... Puis après un petit moment de silence, reprit un ton plus bas :

— ... s'étend un continent nouveau. Voyez-vous, je crois

à l'Empire que l'Europe construit en Afrique, un empire immense dont nous ne connaissons même pas la moitié. Imaginez les fleuves, les lacs, les montagnes, toutes ces contrées merveilleuses, inconnues de nous, où aucun homme blanc n'a posé le pied. Des richesses incomparables nous attendent, le paradis existe, il se trouve derrière les monts Atlas, de l'autre côté du Ténéré, passé les déserts de Libye, au cœur de l'Afrique verte, oui, le paradis existe. Vous rendez-vous compte, un paradis sur terre, ça change tout, n'est-ce pas... N'est-ce pas que ça change tout ?

Il s'exaltait, criait presque, les manches de sa redingote remontées jusqu'aux coudes. Elle aimait l'écouter. Jamais on ne lui avait parlé de paradis, ni même de l'Afrique. Elle se sentit heureuse, d'un bonheur enfantin, comme lorsque son père lui racontait des contes et des légendes et qu'elle l'écoutait, lèvres entrouvertes, le sommeil peu à peu faisant chavirer sa tête contre la large et odorante poitrine du capitaine Otero.

— J'ai faim, dit-elle, allons souper.

Elle vit le visage de Legueret se fermer, il rapetissait littéralement, là, sous les massifs de lauriers-roses.

— Je n'ai plus un sou, finit-il par avouer, j'ai tout perdu moi aussi. Je voulais amasser un petit pactole pour préparer une expédition mais...

— Je vous invite, l'interrompit-elle, dépêchez-vous, je dévorerais un bœuf.

Legueret hésitait, son visage parcouru d'une grimace de dépit.

— Allons, mon ami, entre joueurs on se doit aide et assistance, c'est comme les marins en mer...

La fumée des cigarettes et des cigares, déposée en voile au-dessus des tables, tamisait la lumière trop blanche des lustres. La brasserie du casino, à cette heure tardive, abritait les joueurs décavés, les filles à la recherche d'un client pour finir la nuit, les gigolos en disponibilité, des bambocheurs ivres

155

morts, des journalistes en quête d'un écho pour la copie du lendemain. De vieilles femmes, sac à main pendant, erraient, hagardes, maquillage défait, leurs paupières cernées de bistre accentuaient le vide de leur regard. Ce vide terrible de l'approche de l'aube, quand bientôt les havres de chaleur et de lumière auront fermé leurs portes et que les concierges des hôtels les chasseront à coups de pied.

Les rires fusaient haut et fort, traversaient l'immense salle, venaient ricocher aux fresques élégiaques, toute une floraison de femmes dénudées le long des berges d'un fleuve échappé de l'antique.

Nina commanda de la langouste, des crépinettes, des gnocchis et du civet de chevreuil.

— Pour la suite on verra plus tard, et apportez-nous immédiatement deux bouteilles de chablis bien frais et une de château-latour que vous ferez décanter.

— Pourquoi deux bouteilles de chablis ? demanda Legueret.

— Une pour vous, une pour moi, j'ai horreur de manquer.

— Vous êtes une sacré femme, s'exclama l'explorateur.

La langouste fut avalée en quelques minutes ainsi que les crépinettes...

— Ah, je me sens mieux, soupira Nina, racontez-moi encore l'Afrique, Jacques.

Legueret se rengorgea et se lança sur Tombouctou la mystérieuse, point de départ, aux confins du Sahara, des caravanes allant chercher le sel.

— Savez-vous que le premier Français à s'y introduire fut l'explorateur René Caillié déguisé en Arabe, en avril 1828 ? Découvert, on l'aurait décapité, un infidèle dans la cité interdite, quel courage, quel type, ce Caillié ! Il a visité des harems, prié dans des mosquées sans jamais attirer l'attention. Un seul mot lui échappait, et c'en était fini.

Nina saupoudra de fromage ses gnocchis, décidément il la

charmait avec ses récits du bout du monde. A l'aide de sa fourchette elle enrobait soigneusement les fils du fromage fondu puis piquait deux ou trois gnocchis brûlants.

A la table voisine, des viveurs, gilet déboutonné, col de chemise ouvert, lui adressaient des œillades.

— Venez avec nous, mademoiselle...

Ils insistaient. L'un d'eux lançait des baisers bruyants et mous en direction de Nina.

La jeune femme termina son verre de chablis et, s'adressant à l'homme aux baisers gluants :

— Allez, hop ! foutez-moi le camp où j'appelle le maître d'hôtel.

Legueret, qui ne s'était aperçu de rien, la fourchette embrochée de gnocchis, protesta :

— Mademoiselle, si ces gens vous importunent, c'est à moi d'intervenir.

— Laissez donc, j'ai l'habitude, ces drôles-là, il faut leur mettre le nez dans le fumier et on n'en parle plus. Racontez-moi plutôt les fatmas de Tombouctou... C'est vrai qu'elles dansent avec leur ventre ?

— Certaines oui, c'est très érotique et très pur à la fois.

— J'aimerais bien voir comment elles s'y prennent.

Elle mangeait, il évoquait les femmes voilées, les palais du désert où le vent s'engouffre, les hommes bleus, de terribles guerriers, la litanie des chameaux le soir à la crête des dunes, la vie nomade sous la tente. Il n'avait pas besoin d'alcool pour s'enflammer, ni de nourriture, il virevoltait d'un désert l'autre, de la casbah d'Alger aux villages fortifiés des confins marocains. Il en devient presque beau, se disait Nina en laissant pétiller sous sa langue les bulles du champagne commandé après le chevreuil pour accompagner les douceurs. Elle pensa que pas une seule fois depuis le début de leur rencontre il ne l'avait regardée comme un homme regarde une femme, rien, pas même une petite lueur de désir, un éclair de gourmandise. Ce comportement qu'elle avait apprécié au début de leur relation commençait à l'inquiéter. Il n'avait rien d'un homosexuel, pourtant... Peut-être tout simplement ne lui plaisait-elle pas !

Autour d'eux la salle se vidait, on empilait les chaises sur les tables, les garçons en grand tablier balayaient le sol en lançant de l'eau en pluie pour éviter que la poussière ne s'élève et s'envole.

Légèrement ivre, fatigué d'avoir trop parlé, trop fumé, Legueret s'amollissait quelque part aux confins du fleuve Ogooué, au pied de la montagne Mocongo.

— Imaginez-vous Savorgnan de Brazza, au milieu du fleuve, les pagayeurs se mettant à crier « Booué ! », les chutes ! Rien ne protège les embarcations des terribles torrents et des tourbillons furieux. Il faut s'arrêter... Savorgnan désigne les rives...

— M'sieur l'explorateur, il faut nous aussi abandonner le territoire : les tribus monégasques nous préparent un mauvais coup si nous ne déguerpissons pas tout de suite.

— Vous avez raison, je suis intarissable et sans doute bien ennuyeux avec toutes mes histoires.

— Oh non, pas du tout.

Un cri venu du cœur !

Ils s'engagèrent dans les jardins, un vent froid descendu des montagnes chassait les nuages, teintant le ciel de lueurs mauves sur lesquelles les arbres se découpaient avec des allures de fantômes pressés. Quelques fiacres attardés attendaient l'ultime client devant le casino muet et noir. Le silence, un tel silence que le ressac de la mer arrivait jusqu'à eux précédé d'une brise marine qui leur laissait un goût d'iode sur les lèvres. Elle lui avait pris le bras sans chercher un contact charnel ni une invite sensuelle, mais naturellement, comme on le fait à un vieil ami, un confident de toujours. Ce fut elle qui lui demanda :

— Vous habitez la capitale ?

— Oui.

— Et vous faites quoi ?

— Oh, je suis employé aux écritures dans un ministère, rien d'exaltant, vous voyez. C'est bien la première fois que j'ose vivre quelque chose de singulier. Vous avoir rencontrée est ma récompense.

Ils étaient arrivés devant l'entrée de l'Hôtel de Paris. Sur le perron, un portier emmitouflé dans une pelisse, tête renversée sur le col, dormait debout.

— Et vous, demanda Legueret, que faites-vous ?

— Je danse.

— La danse, mais c'est merveilleux ! Pourquoi ne pas en avoir parlé plus tôt ?...

Elle ne répondit rien, sa main gantée de velours noir effleura la joue de l'explorateur.

— Il faudra réaliser vos vœux, monsieur Jacques.

— Je le ferai... Oui, je le ferai. Nous reverrons-nous ?

Déjà elle grimpait les escaliers de marbre.

— Mon nom est Otero. Je suis à Paris.

— Où ?

— Si vous le voulez vraiment, vous me trouverez.

Il la vit, silhouette blanche et mince, s'engouffrer dans la porte à tambour, son image multipliée à l'infini. Puis elle disparut dans la pénombre du vaste hall désert.

L'odeur intime, chaude et poivrée de la jeune femme persistait sur la joue de l'explorateur.

— Vous ne deviendrez jamais quelqu'un de convenable, les invitations étaient parties, j'ai dû envoyer des « petits bleus » en catastrophe pour décommander le dîner. Ce sont des choses qui ne se font pas.

Sinistre, le comte se tenait droit dans l'immense salon solennel. En quelques jours il avait vieilli de dix ans, le visage maculé d'une poussière grisâtre, les yeux fendillés de stries rouges, les mains saisies de tremblements. Il parlait au-dessus de l'épaule de Nina pour éviter de croiser son regard. Certainement il avait souffert, certainement elle l'avait blessé, certainement aussi elle ne ressentait rien pour lui. Cet homme gris au milieu des tableaux de ses ancêtres au cul empesé, à la mine affectée mais au maintien altier, attisait en elle la violence de son caractère, sa hargne et son besoin de révolte envers tous ceux qui voulaient la contraindre, l'enchaîner, la transformer.

Elle s'approcha en s'appuyant à peine sur les talons, ondulant, pareille à une tigresse.

— Mais, comte, je ne veux pas devenir convenable, tout ce qui vous paraît convenable me sort par les yeux, votre hypocrisie, votre morale qui consiste à se refuser tous les bonheurs au nom de Dieu. Celui-là de Dieu, je vous le laisse. Moi, mon Dieu, il aime manger, il aime boire, il aime faire l'amour. Vous comprenez, comte ?

160

De Cheley baissait la tête, on apercevait la pointe de son crâne parsemé de cheveux filasse.

— D'accord, Carolina, mais vous êtes avec moi, bredouilla-t-il.

Nina sursauta.

— Ah non! Je ne suis avec personne, moi. Vous avez acheté l'hôtel, les serviteurs, les cochers, les chevaux, les jardiniers, mais pas moi. Moi, on ne m'achète pas, je ne suis pas à vendre. Je suis libre, entendez-vous, libre! L'hôtel, les domestiques, les cadeaux, ça ne donne droit à rien sinon à mon corps de temps à autre, quand je le veux bien, en guise de remerciement. Remerciement, comte, vous avez compris, certainement pas en gage d'amour ni d'appartenance, encore moins de fidélité. Disons que je loue ce que ni votre femme ni vos amies du monde ne peuvent vous donner, ce que vous appelez le vice et que moi j'appelle la volupté. Contentez-vous-en!

— Taisez-vous!

— Non! Savez-vous pourquoi je plais? Parce que les hommes dans votre genre sentent en moi ce qu'ils condamnent ailleurs, la liberté de mon cul, excusez-moi, comte, mais c'est la vérité, même si le mot vous choque. Pourquoi êtes-vous là, pourquoi avez-vous quitté votre épouse, vos enfants, votre manoir en Normandie, vos chevaux, vos chiens et tout le bazar? Dites-moi, comte?

— Par amour!

Nina éclata de rire.

— L'amour, ne me parlez pas d'amour, l'amour je ne sais pas à quoi ça ressemble, le désir oui, le plaisir oui, la possession oui, la jalousie aussi, mais l'amour non, inconnu, l'amour c'est d'abord l'envie d'avoir, puis la rage de conserver, voilà l'amour. Alors dites-moi la véritable raison, comte, la vraie, la vraie de vraie.

— Je ne sais pas.

— Si, tu sais, lui souffla-t-elle au visage, tu sais très bien, allez, dis-le.

Les genoux du comte plièrent, instinctivement il porta les mains à son visage comme pour se protéger des coups.

— Par amour... oui, par amour...

— Idiot, c'est pour me baiser, voilà tout, me baiser, l'amour n'a rien à voir là-dedans. Me baiser et que les autres ne me baisent pas. C'est ça que tu appelles l'amour, c'est pour ça que tu as tout sacrifié, comme tu dis ? Mais moi je vais te dire, tu n'as rien sacrifié du tout, rien de rien, tu as fait exactement ce que tu avais envie de faire, et qu'importe le prix. Tu n'as sacrifié que des choses auxquelles tu ne croyais plus, des choses mortes. Elle est là, la vérité. Dis que c'est vrai ! Dis-le, dis-le...

Elle avait envie de le secouer, de le frapper, de lui ôter à jamais du visage cet air compatissant de martyr qu'il affichait comme un nouveau blason.

Soudain il fléchit et se retrouva les deux genoux sur le carrelage.

— Tu me dégoûtes, fit-elle en se détournant.

Elle s'éloignait, il se releva d'un bond et la rattrapa par le bras.

— Où vas-tu ?

— Faire mes bagages.

— Non, reste, je t'en prie, reste, tu feras ce que tu voudras, je ne dirai plus rien, tu ne me verras même pas, sauf si tu as besoin de moi...

— J'ai besoin de toi...

Il fut si étonné qu'il en vacilla.

— Oui, poursuit-elle, j'ai besoin de toi pour que les journaux parlent de moi, pour m'introduire dans le monde de la politique et des affaires, là où l'argent circule, pas dans ton aristocratie poussiéreuse, où l'on dort dessus quand il en reste.

— Mais moi, je suis riche, je peux tout te donner.

— Non, pas tout.

— Quoi par exemple ?

162

— La célébrité.

De Cheley s'inclina comme un domestique pris en faute et qui, une fois la réprimande passée, se retrouve bien heureux de conserver sa place.

La retrouver ?

Dans le Paris de l'argent et du luxe, comment s'y prendre ? Depuis la soirée dans les jardins de Monte-Carlo, Jacques Legueret conservait en lui le sentiment irréel de cette femme, il lui semblait que son image avait pénétré ses yeux et ne les quittait plus. Une image obsédante faite de chair, de couleurs, d'odeurs, mais aussi d'un effet de l'être, une force tendre et confuse, d'autant plus troublante qu'elle demeurait mystérieuse. Lui qui ne bougeait guère de ses livres avec leurs récits d'expéditions lointaines se mit à reluquer, la nuit venue, les devantures des restaurants chics : le Café Anglais, le Café Riche, Voisin, Paillard, le Café de Paris... Il humait les odeurs d'algue marine s'échappant des bancs d'huîtres, les bouffées de cuisson, les sauces au vin, la fragrance de la bière, l'amertume des cigares, tout ce ventre chaud de la charcuterie, des rôtis, des gibiers, des soufflés, ces fumets qui faisaient saliver les morts-de-faim agglutinés sur les trottoirs dans l'espoir d'un rogaton, mais lui, parmi ces remugles de festins, tentait de déceler un parfum particulier, un parfum de poivre et de chair. Parfois il lui arrivait de plonger la tête dans la salle, juste un œil fugace sur ces décolletés emperlés, ces sourires fardés, ces plastrons amidonnés, ces cravates comme des ailes menaçantes, ces bouches mastiquant, ces dents triturant, ces gorges ingurgitant, la valse noir et blanc des maîtres d'hôtel dans la lumière. Tout cela il le voyait en l'espace d'une seconde, le temps de s'apercevoir qu'elle, elle n'y était pas.

De ses courses dans le Paris qui s'amuse, il ne rentrait pas malheureux dans sa chambre mansardée de la rue Richelieu. Il grimpait les six étages l'espoir au cœur, lui qui, à part quelques aventures sans lendemain, ignorait tout des femmes, se sentait épris d'une apparition parfumée, vestale évanescente d'un empire lointain. Il s'endormait et rêvait. Elle dansait pieds nus au son de gros tambours drapés de peaux de bêtes, des tulles transparents voilaient et dévoilaient sa poitrine et ses cuisses. Dans la liberté du sommeil, il osait l'aimer sans entrave, de toutes ses forces. Il ne savait rien d'elle sinon son amour de la roulette et son goût pour les nourritures terrestres, peut-être était-ce suffisant? Très suffisant, lui disait la voix de la raison. Mais l'explorateur en chambre, le rêveur impénitent, restait sourd, une force inconnue le poussait à passer de l'autre côté du miroir. Après... son imagination n'allait pas plus loin. L'espoir de la revoir, de lui parler, de marcher à ses côtés suffisait à meubler son imagination.

Désormais, chaque matin en se rendant à son ministère, Jacques achetait les journaux qui relataient les exploits de ce monde parisien qui fait rêver : le monde des générales et des promenades au Bois. Il dévorait les chroniques où se retrouvaient pêle-mêle la noblesse de sang et les hétaïres en calèche venues autour du lac faire leur « persil » : cette chasse subtile où ces dames levaient les fortunes et leur propriétaire. Le tour au Bois constituait la parade des beautés, la présentation de la marchandise enveloppée de ses plus beaux emballages. Un sourire, un sein dévoilé suffisaient à donner au prétendant une idée de la sarabande des plaisirs futurs. Le Bois abritait la plus belle, la plus chère, la plus tapageuse des pavanes de bordel ambulant. Ces dames, caparaçonnées de pendentifs, de colliers, de bracelets, de bagues, armées de diamants, alanguies dans leur landau capitonné, couvertes de soie, de chapeaux à plumes, de fourrures, révélaient au feu du soleil pour quelques instants leur beauté nocturne.

Legueret lisait, ahuri, les comptes rendus de ces cavalcades du luxe et de la luxure. Otero, une danseuse, c'est ainsi qu'elle s'était présentée, forcément un jour son nom apparaîtrait sous la plume de l'un de ces échotiers qui tenaient l'agenda du Paris mondain.

Ce matin-là de printemps, Legueret relut deux fois ce long écho en forme d'antienne.

« Le Bois est en ce moment dans ses plus beaux jours... Cavaliers et amazones passent à petit bruit sur la terre battue des allées et les voitures défilent nonchalantes et berceuses dans l'air embaumé...

« Rencontrées hier : Mlle Ricotti en robe chinée grenat et noir, Eugénie Buffet, qui devait le soir se faire entendre chez Mme de Rute, Suzanne Derval en noir, Henriette de Barras dont on a revu avec plaisir le triomphant monocle, Émilienne d'Alençon annonçant à toutes ses amies qu'elle a rompu définitivement avec Lesbos, ses pompes et ses œuvres, Caroline Otero, plus belle que jamais en magnifique toilette havane... »

Le Bois... Il reposa sa tasse de café, plein d'une énergie folle. Dès le lendemain matin, il guetterait celle qui le hantait. Lui dont l'espoir le plus fou était d'arpenter la jungle africaine mettrait ainsi pour la première fois les pieds au bois de Boulogne.

Legueret atteignit le bord du lac presque désert à cette heure matinale, quelques nounous promenaient des enfants en collerettes et culottes courtes. Le soleil possédait cette douceur langoureuse qui confère à la nature un sentiment fragile et nostalgique. Sur le lac, les cygnes portés par le courant paraissaient immobiles, comme drapés dans l'éternité. Tout ce bonheur, cette tranquillité transparente du paysage, semblait à Legueret se fondre à l'état de son âme. Beauté, éternité, sa passion se drapait de l'inspiration bucolique des lieux. En attendant l'heure des belles, il faillit s'endormir sur une chaise, l'esprit vagabond et le cœur apaisé.

Une vibration de l'air, un bruissement de la terre : les voitures se profilèrent dans un nuage de vapeur blanche. Berthe de Lucinge en landau, Carmen del Serano dans un superbe cab dont le cocher très digne se tenait à l'arrière, Albertine Wolf en coupé, Madeleine de Megen en victoria, Marion de Lorme en mail-coach attelé de quatre chevaux fringants noir et blanc, Coco Marnier en dog-cart tiré par deux poneys à la robe caramel, le licou agrémenté de deux aigrettes noires... Une noria de jeunes femmes surgirent de la poussière, traversant l'ombre des arbres pour jaillir dans la lumière, reines de l'espace, déesses sylvestres, impératrices du monde.

Pris dans la tourmente, Legueret trébucha, vacilla, tournant la tête de tous côtés, courant d'une voiture à l'autre. Les dames le prirent pour un simple d'esprit, les cochers repoussèrent à coups de fouet ce misérable au complet noir de confection, cet olibrius entravant la procession royale. Mais Legueret ne tenait pas compte des rebuffades, il ne s'en apercevait même pas. Il avait envie de crier, d'appeler : « Otero ! Otero... » Il valdingua à plat ventre dans le gravillon, se redressa, de la terre dans la bouche, tant pis, cette fois-ci il hurla pour de bon : « Otero... Madame Otero... » Les belles éclatèrent de rire ! Mon Dieu, il ne la trouverait jamais ainsi, trop d'attelages, trop de ces femmes peinturlurées de mauve, de rouge, voilette devant les yeux, armée étrange et flamboyante de messalines en rut.

Les pas des chevaux, le fracas des roues s'éloignent là-bas, de l'autre côté du lac. Legueret titube, toute sa joie broyée, anéantie, dessoûlé brusquement de son ivresse idyllique du matin. Las, il reprend le chemin de l'Arc de triomphe, traînant ses gros souliers couverts de terre. Il va tête baissée... Une voiture découverte passe, une femme seule tient les rênes. Brune, tête nue, cheveux au vent, une écharpe blanche retombant sur sa robe noire près du corps : cette femme conduisant ses chevaux d'une main sûre, cette femme oui, c'est elle : Otero... Il tend le bras, veut appeler, mais paralysé reste sans voix, planté au bord du chemin. Un mirage. Voilà un mirage... Que c'est bête !... Bien sûr, elle ne pouvait faire partie du flot anonyme ! Pas elle. Caroline Otero trace son propre sillage. Demain il reviendra, et les jours suivants s'il le faut.

De Cheley tenait parole : en quelques mois, on avait vu Otero partout où il fallait être vu en ce printemps. Aux générales, aux courses, à l'Opéra, au tir au pigeon, dans les ventes de charité, partout, du Bois aux soirées mondaines. Et partout son élégance naturelle, cette façon d'avancer sans jamais, semblait-il, sentir le poids du corps, partout cette grâce nerveuse de la danseuse aux muscles déliés faisait des ravages. Ses yeux sombres à l'éclat doré, son sourire sur des lèvres écarlates comme une blessure accentuaient son exotisme mystérieux. Et puis cette poitrine opulente sans être lourde, ces seins fermes et tendus sous les voilages, ce sillon palpitant sous la lumière, une gorge faite pour l'amour, tout comme les hanches. Promesses des cuisses et du bassin, dont la présence ondoyante sous le velours et le satin galvanisait les désirs. Son nom et son prénom francisé en Caroline couraient les salons et les boulevards, sa photographie s'étalait aux vitrines, sa caricature dans les journaux. On se l'arrachait dans la meilleure société, par curiosité, pour voir comment c'était fait, un tel prodige. En quelques mois, elle avait pris la première place parmi les courtisanes de haut vol qui faisaient rêver la capitale. Émilienne d'Alençon elle-même, l'ancienne amie de cœur, devait se contenter du second rang.

La haute bourgeoisie imitait ses tenues où la taille était si fine et déliée, ses robes de satin noir, ses toques et ses aigrettes posées négligemment sur un chignon parsemé de peignes ornés de perles fines. On n'hésitait pas, à son exemple, à se montrer au thé de la Cascade en dentelles et taffetas vaporeux, bracelets et colliers de rubis captant les rayons du soleil. Extravagance d'une cocotte arrivée... d'une Espagnole un peu vulgaire... On chuchotait, on calomniait à voix basse, mais on se bousculait pour mieux la voir lorsqu'elle apparaissait sur le coup de cinq heures, le dimanche, à Bagatelle. Un chien noir la suivait, un vieux chien noir à la dignité de dragon. Comme ils étaient fiers, les hommes qui l'accompagnaient, aréopage mêlant la noblesse et l'arrogance que donne l'argent, jeunes ou vieux, de se montrer à son bras. Tous laquais de sa beauté, tous esclaves de ses caprices, tous semblables dans le comportement de propriétaire d'un instant, d'une heure, d'une nuit, d'une semaine pour les plus riches. Tous plus fiers de l'exhiber que de la posséder. Combien se contentaient d'un tour de manège au Bois contre un clip de diamant, un collier de rubis, une bague d'émeraude ? Grimper à ses côtés dans son landau coûtait une fortune aux jeunes héritiers qui voulaient se lancer dans le monde. Oui, mais être vu avec Caroline Otero, ne serait-ce qu'une fois, valait bien quelques dettes, l'hypothèque des biens familiaux, la dilapidation du patrimoine ancestral !

Elle avait failli arrêter les chevaux puis non, quelle importance après tout, ce petit bonhomme ? L'incroyable aurait été, alors que les visages et les noms de ses amants ne faisaient que l'effleurer, qu'elle se souvienne de cet homme sans fortune, remarquable en rien, sinon qu'il savait raconter la brousse et toutes ces choses qui font peur et rêver à la fois. Les autres, l'interminable litanie des autres, parlaient d'elle dans le meilleur des cas, d'eux le plus souvent. De lui elle ne savait rien, ni ses quartiers de noblesse, ni le nombre de millions gagnés dans l'affaire scandaleuse du canal de Panama, ni ses succès ni ses échecs. Lui, il évoquait les plaines perdues et les fleuves où les lions vont boire, lui ne pensait pas à ses fesses en marchant à ses côtés dans les jardins glacés de Monte-Carlo, et même lorsqu'elle s'était emparée de son bras il n'avait pas bronché. Lui ne tombait pas à ses genoux la langue pendante, le désir inscrit en lettres de feu sur le front.

Elle aurait bien aimé l'entendre encore lui raconter de belles histoires, mais comment le caser dans son emploi du temps ? Le matin elle se réveillait à dix heures, Irma lui apportait son petit déjeuner, une habitude devenue un rituel, la Marseillaise malgré une armée de domestiques n'aurait laissé pour rien au monde ce soin-là à personne. Les deux femmes se racontaient les potins de la veille, Irma ceux de l'office, Nina ceux de la capitale. Doucement entre deux cuillerées de confiture de melon, arrivait l'heure du bain. L'hôtel de la plaine Monceau possédait l'eau courante. Nina profitait une heure de la baignoire, s'aspergeait d'eau froide, lissait son corps de longues minutes, se lavant chaque matin de toutes les caresses de la nuit, de tous les baisers dont la trace humide, croyait-elle, ne pouvait s'effacer que sous le jet puissant de l'eau glacée. Parfois elle plongeait la tête sous l'eau jusqu'à en perdre le souffle comme elle le faisait dans les torrents des montagnes, là seulement, elle oubliait tout, redevenait une petite fille joueuse dont le corps n'avait eu d'autre sensation que de s'unir avec la nature, un corps joyeux et déluré si loin du mausolée adoré et profané chaque jour, chaque nuit, qu'il était devenu. Ce corps, instrument de sa réussite, elle le frottait longuement avant de l'envelopper dans un peignoir de soie bleue. Ce corps à lui seul jouait tous les rôles : banque, entreprise, politique, cumulant les instruments du pouvoir, levier parfait de son ascension, exécuteur sans faille de son ambition. Reine de Paris ! Grâce à lui elle l'était. L'eau du bain purifiait en surface, il fallait s'en contenter.

Sonnait l'heure du déjeuner, qu'elle prenait en compagnie

du comte. De Cheley assistait, meurtri et silencieux, à la trajectoire amorale et arrogante de sa maîtresse. En lui tout avait sombré, les certitudes, la morale, les valeurs chrétiennes et jusque parfois la raison. Il errait désormais en zombie, sa carcasse flottait sur du vide, un immense vide où seule la douleur poursuivait son œuvre de dévoration continue. La plupart du temps il ne touchait à aucun des plats présents sur la table, se contentant de regarder Nina se jeter sur les jambons, les viandes, les volailles. Ces derniers temps, elle le harcelait pour qu'il lui ouvre les portes des Folies-Bergère où Émilienne d'Alençon faisait un joli succès. Les Folies-Bergère symbolisaient l'ultime forteresse à conquérir. Détrôner cette peste d'Émilienne qui avait profité de son séjour aux États-Unis pour prendre sa place, oui, sa place.

— A la rentrée de septembre, pressait-elle de Cheley, je veux y être, je vous préviens, il est tant que vous fassiez jouer votre entregent.

Le comte soupira.

— Mon argent, vous voulez dire. Nous sommes à une époque où tout s'achète. Les députés vendent leur vote pour la souscription d'un emprunt permettant le percement d'un canal au bout du monde. L'argent, toujours l'argent... J'ai honte d'être français.

— Arrêtez vos sottises et occupez-vous du directeur des Folies. Un marchand de fesses ça doit coûter moins cher à acheter qu'un député, et puis cela froissera moins votre conscience.

De Cheley ferma les yeux.

— Je n'en ai plus depuis longtemps, de conscience...

— Eh bien, c'est parfait, profitez-en...

Sur ce, elle le planta devant son assiette pleine et se retira dans son salon privé pour la lecture des journaux, *Le Figaro* et le *Gil Blas*. Dans les colonnes de ces deux quotidiens vibrait la vie mondaine de Paris : les échos des théâtres, des spectacles, de la mode mais surtout l'ombre portée des scandales, des plus gros aux plus infimes, là dans un style fleuri et pompeux se répandaient les moindres détails des coucheries des uns et des autres, les foucades des divas du matelas, les bons mots des godelureaux de l'aristocratie, les excentricités vestimentaires des gommeux et, plus sérieuses mais tout aussi scabreuses, les turpitudes des hommes politiques, les duels d'honneur des députés partant à l'aube laver dans un peu de sang leur dignité outragée... Pour Nina, c'était surtout l'occasion de faire le point sur la concurrence, toutes ces « créatures », comme il était écrit, les Berthe d'Égreville, les Nandette Stanley, les Liane de Pougy, les Émilienne d'Alençon... Elle encore... la garce... Quels vêtements portaient-elles la veille au Bois ? On les avait vues en compagnie d'un duc romain, d'un prince autrichien, elles inauguraient un nouveau coupé, une nouvelle paire de chevaux, elles avaient souri, elles avaient dit, elles avaient... La décence, ou plutôt l'hypocrisie, arrêtait les plumes voyeuses sur le seuil des chambres à coucher au premier grincement du sommier.

Lecture achevée, Nina se dirigeait vers son cabinet de toilette où attendait Nicolas son coiffeur, Zézette qui s'occupait de ses mains, Mlle Rabutin la couturière responsable de la tenue des toilettes et enfin Irma qui veillait sur l'ensemble. Là pendant près de deux heures Nina, à coups de pinceau, de ciseaux, de crèmes, de fards, peignée, massée, ointe sur tout le corps, devenait la « Belle Otero », l'ex-voto charnel de la débauche. Puis arrivait, selon les jours, l'heure du Bois ou d'un premier rendez-vous. Cinq heures marquait l'entrée en scène, à partir de cet instant et jusqu'au plus tard de la nuit, Nina s'effaçait derrière son propre personnage. Au moment de quitter le cabinet de toilette, une gravité soudaine la saisissait, une sorte de trac devant la tâche à accomplir, la longueur et parfois la difficulté du rôle. Après le Bois ou le rendez-vous, ce serait le dîner en compagnie d'un industriel allemand, d'un grand-duc tout droit arrivé de la sainte Russie et qui, l'après-midi même, avait fait déposer une superbe parure de diamants, sésame obligé pour une première rencontre. Suivrait le théâtre en compagnie de l'Allemand ou du Russe, ou encore d'un banquier anglais qui avait retenu son billet de parade de longue date. Le souper conclurait la soirée en compagnie de l'élu allemand, du Russe ou de l'Anglais, à moins qu'un quatrième larron, joyeux drille français, ne brûle la politesse à tous ces messieurs et n'obtienne à l'ultime seconde, contre la promesse non dite mais évidente d'une récompense à la hauteur de l'événement, les faveurs de l'ensorcelleuse.

Comment dans ce tournis caser le petit bonhomme aux belles histoires ? Nina ne voyait que le temps suspendu du Bois. Elle se jura que si par hasard elle le croisait à nouveau, elle s'arrêterait.

L E lendemain il était là, près de la cascade, avec sa redingote aux manches trop courtes, sa cravate fripée, son sourire émerveillé. Nina immobilisa le coupé à sa hauteur.

— Montez, fit-elle.

Il s'installa, elle fouetta les chevaux, la voiture s'emballa dans un nuage de poussière. Elle parla la première :

— Vous vous promenez souvent par ici ?

— Non. Je vous cherchais.

— Vous voyez que j'avais raison, vous m'avez trouvée.

Des regards se levaient sur eux, étonnés de voir assis à côté de la Belle Otero cet employé qui semblait ne pas rouler sur l'or.

Ils quittèrent le Bois, passèrent les fortifications, s'enfoncèrent dans la campagne. Nina tira sur les rênes, les chevaux ralentirent, il faisait beau, un vent léger portait des saveurs de fleurs et de miel. Ils rejoignirent la Seine où les canotiers s'encourageaient de la voix, tandis que les rames levaient des gerbes d'écume étincelantes sous le soleil, un de ces beaux soleils de juin répandant une lumière de poudre d'or. Le long de la rive, des pêcheurs endormis laissaient glisser leurs lignes au gré du courant. Les grandes ombres du feuillage se mêlaient au miroitement de l'eau, créant des zones entières où le ciel et la verdure s'unissaient dans un embrasement mouvant et fluide.

— C'est si beau, fit Legueret. Le spectacle de la nature éveille chez l'homme une nostalgie profonde, vous ne trouvez pas ? La nostalgie de quelque chose qui nous dépasse, quelque chose que nous pressentons mais que nous ne connaîtrons jamais.

Ils n'étaient ensemble que depuis quelques minutes mais déjà Nina se laissait porter par la magie du verbe de l'explorateur. Le discours reprenait son envol, comme si aucune faille dans le temps ne l'avait interrompu. Ils croisèrent une bande de garçons en maillot, sortant de l'eau, ruisselants et heureux, qui poussaient des cris de joie en aspergeant les compagnes qui les attendaient auprès des reliefs d'un repas champêtre.

— Comme ils ont l'air heureux ! s'exclama Nina.

Le visage de Legueret s'illumina.

— Mais ils le sont, chère Caroline. Nous vivons une époque de renaissance, les hommes et les femmes redécouvrent leur corps et n'en ont plus honte, ils nagent, ils courent, ils sautent. Le sport sera la morale des temps à venir, l'exubérance du corps, le savoir de l'esprit, c'est cela la démocratie.

— Vous croyez ?

— Bien sûr.

— Moi j'entends dire autre chose. Par exemple, que la démocratie est le moyen le plus sûr de faire fortune sur le dos des imbéciles et aussi qu'elle assure aux médiocres la conquête du pouvoir.

Legueret quitta les nageurs des yeux et fixa Nina.

— Qui vous dit cela ?

— Des hommes.

— Quel genre d'hommes ?

Nina ne répondit pas et d'un petit claquement des lèvres ordonna aux chevaux de reprendre la route.

— Vous fréquentez des drôles de messieurs, Caroline, dit l'explorateur d'une voix triste. Moi je suis certain du

175

contraire. En vingt ans de république, les ingénieurs, les scientifiques, les artistes ont plus trouvé, inventé, créé qu'en cent ans de tyrannie. Connaissez-vous ces peintres que l'on appelle les Impressionnistes ?

— Non. Vous savez, je suis ignorante, bien trop ignorante.

— Caroline, vous êtes comme la plupart des femmes, tenues dans l'ignorance par un code social qui les empêche de s'exprimer, qui fait d'elles des citoyens de second ordre. Mais cela aussi va changer, des femmes luttent en ce sens.

— Vraiment, dit Nina étonnée, mais que font-elles ?

— Pour l'instant, en Amérique et en Angleterre elles fondent des clubs, défilent dans les rues, demandent le droit de vote, l'égalité des lois du travail.

— C'est absurde !

— Non, c'est l'avenir, Caroline, l'avenir.

Le soleil déclinait de l'autre côté du fleuve, la lumière devenait laiteuse, auréolant le paysage d'une palpitation frémissante faisant penser à une pluie immobile qui jamais ne touchait le sol, suspendue entre les branches des arbres et l'eau. Mélancolie de la campagne sous les derniers feux du jour, immobilité de l'air, Nina se sentit devenir triste.

— Allons, parlez-moi de ces Impressionnistes, dit-elle pour rompre le silence.

— Ils ne sont pas encore très connus, la critique officielle refuse leurs conceptions. Ce sont des peintres qui travaillent sur la lumière. Pour eux, le reflet de la chose compte plus que la chose elle-même, tenez, ici, eh bien, je suis certain qu'ils peindraient le poudroiement de l'atmosphère plutôt que le paysage. Ils nous montrent ce que nous ne pouvons ou ne savons pas voir, ce qui revient au même, pourtant il suffit de bien regarder... Regardez, Caroline, ne pensez plus à rien, faites le vide et regardez la lumière grise dans les branches vertes, laissez aller votre regard, ne le retenez pas, regardez, la feuille devient eau, l'eau devient ciel, plus de limites, plus de certitudes, mais un mariage sublime, une osmose parfaite, l'essence du cosmos, un tout vertigineux que la lumière intangible crée et détruit simultanément. Voyez-vous le bleu, le vert, le jaune ? Des milliards de pigments forment les couleurs. Rien de palpable, rien de solide, rien de concret, seulement de l'éphémère, de l'insaisissable, de l'irisation, de l'illusion, de l'invisible, aussitôt perçu, aussitôt envolé. Rien n'existe, Caroline, rien, notre vie, nos perceptions, nos rêves, notre imaginaire, nos pensées en vérité ne sont que parcelles de lumière. La fin du monde viendra avec la nuit, la nuit totale.

A moitié dressé, Legueret semblait haranguer une foule, tandis que le vent chassait ses cheveux. Épuisé mais heureux, il retomba sur le siège et enroula ses bras autour des jambes de la jeune femme.

— Que faites-vous, que faites-vous ? cria Nina. Vous êtes fou...

— Non, vous êtes ma lumière, vous êtes venue du fin fond de l'espace, du début des temps, vous êtes lumière, lumière charnelle...

Elle le repoussa.

— Taisez-vous, taisez-vous...

Legueret se redressa, les yeux noirs de chagrin.

— Ne m'aimez-vous pas un peu ?

— Ce n'est pas ça. Tout cela est si surprenant, ne me parlez pas d'amour, racontez-moi la lumière, le soleil et la lune et les étoiles et le vent, racontez-moi les fleurs, les montagnes, racontez-moi...

Elle s'effondra en sanglots, le visage dissimulé entre ses mains.

— Ne me parlez pas d'amour, mon ami, ne me parlez pas de moi, racontez, racontez ce que j'ignore, il y a tellement de choses dont je ne sais rien.

Il la serra précautionneusement contre son épaule, elle se

laissa faire. Ils se turent et le soir les enveloppa, les nuages coururent dans le ciel, un vent frais se leva et les fit frissonner. Elle oubliait l'heure, elle oubliait les rendez-vous. Elle respirait l'odeur de blé coupé qui montait jusqu'à eux, une odeur forte, chaude, enivrante, une odeur d'enfance, une odeur belle et ronde, l'odeur de Dieu sur la terre.

Il chuchota :

— Nous allons nous revoir, n'est-ce pas ?

— Oui, oui.

— Quand ?

— Demain, au Bois.

— D'accord, puis nous irons canoter, nous dînerons dans une auberge. Je t'apprendrai, je t'apprendrai tout ce que je sais, tous les livres, la peinture, la musique, je ne sais pas qui tu es mais je ferai de toi une autre, qui est en toi et que tu ignores.

Nina, des sillons noirs le long des joues, les traits défaits, lui serra les mains fort, très fort, puis dans un souffle :

— Peut-être, qui sait ?

— C'est certain.

Elle détourna la tête.

Ils rentrèrent à Paris en silence dans la nuit parfumée. Elle le déposa au Bois, là où elle l'avait pris quelques heures plus tôt. Legueret s'éloigna en sifflotant, esquissant de temps à autre un pas de danse.

Quelques heures... Un siècle ! Nina ne se rappelait pas avoir ainsi pleuré, du plus lointain qu'elle se souvienne. Pas même pour la mort de papa Otero.

Elle se sentit étrangement bien.

ELLE ne comprenait pas ce trouble en elle, ces excès d'émotion qui la bouleversaient. Legueret avait ouvert une brèche par où s'engouffrait toute une gamme de sentiments qui la rendaient nerveuse et follement curieuse. Avec l'explorateur, elle découvrait des rapports différents entre une femme et un homme, mais surtout elle se découvrait dépossédée de sa hargne de vaincre, dépossédée de sa rage de conquêtes, une femme différente, passionnée par des choses dont, quelques jours plus tôt, elle n'avait seulement jamais entendu parler. Elle s'imaginait, à côté de cet homme, redevenue petite fille sur les bancs d'une école qu'elle n'avait guère fréquentée. Il était le maître, elle l'élève, et le monde se révélait tel un livre ouvert, un grand et beau livre avec des images et des mots. Ah! les mots, ils la faisaient chavirer de bonheur, lui ouvraient la porte d'un paradis inconnu et merveilleux.

Dans son désir de s'y plonger le plus souvent possible, elle négligea ce qui alimentait son quotidien, elle décommanda des rendez-vous, oublia la coiffeuse et la masseuse, houspilla Irma. Impatiente, elle partait pour le Bois avec une demi-heure d'avance sur l'horaire convenu. En remontant les Champs-Élysées au galop, elle songeait : Tu n'es pas amoureuse, quand même ? Non. Il te passionne, t'instruit, te fait découvrir l'univers... Cependant, elle ne pouvait s'empêcher de constater qu'elle était troublée. Ce n'est pas lui, c'est ce qu'il me dit... Elle arrivait au rendez-vous avant d'avoir réussi à établir une réelle différence.

Ils se retrouvaient sur l'eau, il ramait, elle laissait glisser sa main sur le dos lustré du courant. Les odeurs de mousse et de fougère flottaient d'une rive à l'autre, ils croisaient d'autres canotiers qui les saluaient, les hommes ôtaient leur chapeau devant Nina qui leur rendait leur salut d'un petit geste de sa main gantée. Elle suivait le sillage de l'étrave, saisie d'un bien-être violent, hypnotisée par le clapotis vaporeux contre les flancs de l'embarcation.

Un dimanche, ils accostèrent au ponton d'un cabaret où des couples semblables au leur se regardaient yeux dans les yeux, mains serrées sous la table. Des bandes joyeuses, les hommes en maillot à rayures, entretenaient un tintamarre du diable, des gars solides et des jeunes filles délurées, des employés en goguette, quelques maquereaux aussi et leurs gigolettes. Un piano mécanique égrenait sempiternellement les deux mêmes valses, l'une gaie, l'autre plus lente et triste. Malgré l'heure tardive dans l'après-midi, le couple commanda de la friture et du vin blanc. Legueret parlait moins, préférant boire des yeux Nina. La jeune femme aimait ce regard posé sur elle dans le reflet duquel, aussi incroyable et absurde que cela fût, elle se sentait jeune fille, innocente, vierge. Oui, vierge ! Et cette seule idée de virginité la faisait fondre de reconnaissance.

Il l'invita à danser la valse lente. Elle se retrouva au milieu de la piste avec les gigolettes qui regardaient avec admiration cette femme du monde, pas plus vieille qu'elles, si élégante, si fine, qui tourbillonnait en avant, en arrière, comme si elle avait fait cela toute sa vie. Bientôt se forma un cercle autour du couple. L'homme la tenait pressée contre sa poitrine, mais c'était elle qui guidait, le faisait chalouper jusqu'au vertige ! Ils tournaient et tournaient... Seigneur, ils allaient s'envoler, là, dans les arbres, loin au-dessus du fleuve, portés par une paire d'ailes invisibles. Ah ! comme ils étaient beaux dans la lumière du soleil couchant, elle avec cette robe violette si légère qui flottait autour de ses hanches, si floconneuse qu'on aurait dit un nuage dans le ciel. Et lui, sérieux comme un pape, heureux, ça se voyait, ça se humait, lui qui n'en revenait pas, lui qui devait bénir tous les saints du paradis et Dieu lui-même.

Lente ou rapide, la valse les concentrait sur leur amour, enfin, ce sentiment particulier qui les liait, si fort que c'en était beau à voir, là, dans la musique et le soir qui tombait. Les filles en auraient pleuré, les gars reluquaient avec envie. Tous faisaient silence, comme à la messe et devant les choses trop belles qui en imposent.

Haletants, ils s'arrêtèrent enfin, souffle perdu, jambes chancelantes. Ils commandèrent du vin, le lampèrent à la carafe, morts de soif. Gonflé de bonheur, Leguerret se saisit des mains de Nina et très lentement en pesant ses mots déclara :

— Je vous aime, Caroline.

Nina, surprise, recula...

— Non !

— C'est vrai, dit-il d'un ton où la passion le disputait à la déception.

Elle se tut quelques instants, puis d'une voix neutre, étrangère :

— Il faut partir maintenant !

Ils remontèrent dans l'embarcation, le fleuve se trouvait déjà gagné par la nuit, l'eau filait, noire, menaçante, froide.

— Il est tard, fit Nina ramenant contre elle les pans de son châle de laine légère.

— Pardonnez-moi, Caroline.

— Mais ce n'est pas de votre faute, j'aime tellement danser.

— Vous dansez si bien, j'ai dû être ridicule.

— Pas du tout, vous êtes un homme bien, Jacques.

Ce fut un début d'été merveilleux, de rendez-vous quotidiens, de promenades en barque du côté de Bougival, d'Argenteuil, d'Asnières... Des collégiens faisant l'école buissonnière, mêlant leurs fous rires comme leurs silences, se tenant par la main, maladroits dans l'expression de leurs sentiments. Nina se prit de passion pour les petites fritures de poissons, les matelotes, les anguilles, l'ambiance bon enfant des auberges au bord de l'eau. Le temps lui-même se mit à l'unisson, jamais il n'avait fait aussi beau sur Paris.

Chaque matin, en s'éveillant, elle se disait qu'elle était folle, folle de perdre ainsi son temps à faire du canotage avec un employé aux écritures. Oui, mais pour rien au monde elle n'aurait raté l'un de ces rendez-vous avec la nature, le fleuve, ces repas de plein air à la fin du jour, pour rien au monde raté ces rendez-vous avec lui ! Lui et son amour. Elle savourait l'incroyable douceur d'être aimée gratuitement. Legueret ne demandait rien, se contentant de l'adorer, avec de jour en jour plus de passion absolue. Avec lui, elle oubliait jusqu'à son corps. Certes elle se sentait femme, mais femme comme ces madones qu'ils étaient allés voir ensemble au Louvre. Tous ces visages empreints d'une grâce céleste, d'une paix infinie dont le secret ne pouvait se trouver ici-bas. Elle savait bien qu'elle ne ressemblait en rien à l'une de ces femmes auréolées, elle n'oubliait pas que, le soir venu, elle redevenait une bacchante vénale. Elle ne reniait rien, ne regrettait rien. Rien, sinon ce mensonge qui la faisait souffrir, la certitude que jamais, jamais elle ne pourrait avouer la vérité. Elle lui mentait, inventant un mari, des relations mondaines, pour justifier de devoir le quitter chaque soir. Combien de temps pourrait-elle assurer cette double vie ? En attendant, qu'importait, l'essentiel était de profiter de ces moments de bonheur, ces moments volés à une vie à laquelle elle se sentait ne pas avoir droit.

Un jour, elle eut une lubie. Elle proposa à Legueret un

voyage à Monte-Carlo, deux ou trois jours, le temps de se refaire à la roulette.

— Mais je n'ai pas un sou, protesta-t-il.

— Ne soyez pas bête, Jacques, j'en ai moi. J'ai une envie folle de Monte-Carlo, de Monte-Carlo avec vous.

Il se fit prier puis céda.

Monte-Carlo hors saison, Monte-Carlo en juillet, ressemblait à ces villes qu'un soudain cataclysme a vidées de leur population, les objets et les bâtiments demeurent à la même place mais étrangement figés dans une attitude de sinistre désolation. La roulette cependant tournait toujours dans les salons de jeu. Devant des tables vides, les croupiers assoupis lançaient régulièrement des : « Faites vos jeux » et des « Rien ne va plus... » qui résonnaient comme des appels désespérés. La succession des salons se diluait dans un brouillard de chaleur troué par l'éclat jaune des lampadaires et des lustres, sentinelles inutiles d'un culte oublié.

Dans cette atmosphère suffocante, le jeu coulait sans intérêt, suivi par un petit groupe d'acharnés, joueurs de quatre sous, blêmes et hâves, s'entêtant martingale à la main à domestiquer les lois du hasard.

— Il fait trop chaud pour gagner..., jugea Nina.

Les cochers dormaient sur leur siège, protégés du soleil par de grandes ombrelles, la poussière voletait autour des chevaux qui chassaient les mouches d'une queue lasse. La ville paraissait blanche à force de lumière, comme rongée de l'intérieur. Sur les trottoirs, de rares passants se déplaçaient avec peine dans la fournaise. Un silence pesant écrasait les avenues et les rues où les commerces hermétiquement clos échelonnaient leurs rideaux de fer. A l'Hôtel de Paris, dans le grand hall qui ressemblait à un temple abandonné, une vieille dame cherchait un peu de fraîcheur à l'aide d'un éventail agrémenté d'oiseaux dévorant des fruits rouges.

Ils prirent deux chambres communicantes, les persiennes

tirées y entretenaient une pénombre qui rendait l'air respirable. Le soir venu, ils s'installèrent sur la terrasse. Des jardins en contrebas montait le lourd parfum des lauriers, un enivrement capiteux auquel se mêlait l'innocence champêtre du thym. La mer s'étendait devant eux, drapée d'un tissu d'étoiles posé là pour toute l'éternité. Brusquement, une lueur clignotante glissa sur l'eau, sans doute le falot solitaire d'une barque de pêcheur. Beauté terrifiante, mystérieuse, de la nuit, ils demeurèrent silencieux, saisis d'une indéfinissable angoisse. Puis chacun se retira dans sa chambre sous l'emprise d'une soudaine fatigue.

Legueret n'arrivait pas à dormir. Comment dormir alors qu'il la savait là, si près, de l'autre côté de la cloison, qu'il lui suffirait de pousser la porte de communication... Il savait qu'il ne le ferait pas. Pour ne pas la perdre. Chaque minute vécue en compagnie de la jeune femme lui apportait la preuve qu'elle ne l'aimait pas comme une femme aime un homme. Et cette certitude lui rendait douloureuse leur relation, il souffrait de ce rôle où elle le cantonnait, sorte de grand frère prodige, de savant inoffensif. Il avait peu été amoureux dans sa vie, ça ne l'empêchait pas de connaître le désir. Ne comprenait-elle pas qu'il était un homme comme les autres ? Il croyait être arrivé à lui faire découvrir un ensemble de domaines inconnus, un sens différent à l'existence, mais désormais être son guide ne lui suffisait plus. Forger son âme, la lui révéler, certes ! Mais pourquoi ignorer l'épanouissement charnel ? L'un ne va-t-il pas avec l'autre ? Il pensait même que cette révélation spirituelle ne pouvait s'accomplir totalement que dans une union plus générale, plus forte.

Après avoir marché de long en large, il s'écroula en travers du lit. Le fil de ses pensées venait buter contre l'essentiel : un point mystérieux qu'il se refusait depuis longtemps à aborder. Pourtant il le fallait. Qui était Caroline ? Quel secret celait-elle avec une insistance jamais prise en défaut ? Un mari... une situation mondaine... Il y avait autre chose, tout ce luxe, ces vêtements inattendus chez une grande bourgeoise, ce mépris de l'argent dont, aurait-on dit, elle se débarrassait avec dégoût. Cette ombre de souffrance qui voilait parfois son visage, comme le rappel d'un mauvais souvenir ou, pis, la résurgence de chaînes monstrueuses qu'il faudrait renouer inéluctablement. Peut-être un mari cruel, morbide, l'un de ces hommes qui torturent leur femme avec la bonne conscience du droit ? Il s'endormit avec le sentiment que la vérité était ailleurs. Et cette certitude le fit frissonner malgré la touffeur de la nuit.

Ils s'enfoncèrent dans la fournaise, les chevaux peinaient pour grimper la pente rude au-dessus de la Principauté. Nina avait fait préparer à l'hôtel de quoi pique-niquer sous les arbres. Tout au long de l'excursion, le chant lancinant des cigales les avait accompagnés. Sous la brûlure du soleil les herbes semblaient griller, une rumeur d'insectes, de reptiles, de frôlements, tout un bruissement de vie et de mort s'élevait de la pierraille, un souffle venu des profondeurs de la terre avec une haleine de lave bouillante. Près du village d'Eze, ils trouvèrent refuge sous des tilleuls, Legueret mit le vin à rafraîchir dans un minuscule cours d'eau. Les chevaux se désaltérèrent tandis qu'ils mangeaient du poulet froid, de la terrine de sanglier, du jambon d'Italie et quelques melons bien mûrs.

Nina évoqua l'aride paysage d'Andalousie, les couleuvres et les vipères qu'elle chassait à mains nues, avec pour seule arme un bâton taillé en fourche.

— Il faut leur coincer la tête et les assommer. Si la prise est bonne on ne risque rien.

Il lui dit qu'elle pourrait l'accompagner lors de ses futures expéditions dans la jungle africaine.

L'explorateur mordit à pleine dents la pulpe juteuse du melon, le simple fait de l'imaginer, elle, si civilisée et raffinée, partageant la même tente au milieu des arbres géants, lui redonnait le goût de l'aventure. A grand renfort de gestes, il fit naître toute une floraison de plantes grimpantes, de lianes, de caoutchoucs, de bananiers, de palmiers à huile.

— Nous nous allongerons sur des nattes à l'abri d'un parasol et la femme du chef nous apportera le manioc doux, le maïs tendre, des bananes vertes, du poisson, des crabes, des crevettes relevés avec du piment, des pistaches grillées.

Elle fermait les yeux, il faisait si chaud, Monte-Carlo semblait si loin... L'Afrique, oui, l'Afrique sauvage, pleine de rumeurs incessantes avec un soleil si fort qu'il en devient gris, l'Afrique avec ses odeurs d'herbes brûlées et de charogne, son humus qui pénètre dans les narines, descend le long des veines, inonde le ventre, vous rend liquide et gluant tel le lait qui s'échappe de la blessure des arbres à caoutchouc, l'Afrique l'investissait.

Dans un songe, un dédoublement de son être, elle arracha son corsage, en quelques secondes elle fut torse nu, ses seins comme deux étranges fruits blanc et rose dans la moiteur verte, son souffle précipité les faisant frémir et vibrer. Jacques pâlit, puis se précipita, lèvres balbutiantes. Elle se saisit de cette bouche implorante, la plaqua contre chacun des mamelons, un éclair fulgurant la traversa, elle poussa un gémissement, un gémissement de douleur et de désir. Elle tint la tête de Legueret serrée contre sa poitrine, la faisant basculer d'un sein à l'autre.

— Déshabillez-moi...

— Non, pas ici !

Il bredouillait, à genoux dans l'herbe desséchée, le nez, les lèvres heurtant son ventre à elle, son ventre humide de chaleur, son ventre qui palpitait, se gonflait, se soulevait, son ventre qui le happait, si doux, si velouté, si féroce... Alors elle se recula et, d'un mouvement rapide, elle ôta le reste de ses vêtements : chemise, jupons, pantalons, il n'y eut plus que la chair. La chair de ses hanches étroites, la chair de ses cuisses fermes, la chair de ses fesses bombées, la chair plongeante de son sexe poudré de poils ténébreux. C'était la déesse éblouissante, la force tellurique matérialisée dans un corps de Diane voluptueux, jaillissant dans sa nudité originelle... Il ferma les yeux. Elle avançait, il rampait... Fou d'amour, fou d'envie, fou de peur...

— Pas maintenant, pas ici...

D'un geste brusque, elle lui arracha sa pauvre chemise des dimanches, puis sa ceinture, le pantalon, il resta en caleçon, jambes serrées.

— Vos lèvres ! ordonna-t-elle.

Il ne bougea pas... Elle s'approcha, il ne fit pas un mouvement, d'une main elle fit descendre le misérable bout de toile. Nu sous le soleil, il pleura. Elle se glissa au-dessus de lui, ses cheveux dénoués tombèrent en cascade bruissante, caracolant le long de ses épaules, de sa poitrine, jusqu'à la pointe du ventre où ils se mêlèrent au pelage soyeux du sexe. Il était dans la nuit de sa chevelure, dans la nuit de sa chair, dans la nuit de son sexe. Elle poussa un cri... Il était en elle... Il se crispa, son être entier se resserrant en une masse noueuse... Que savait-il, que pouvait-il, lui, l'explorateur sans explorations, l'amant puceau, l'homme aux images, l'homme aux rêves, le bonhomme anonyme, l'employé aux écritures ? Il se débattit dans la poussière odorante des herbes brisées, se tordit dans la poussière jaune qui s'élevait, formant un voile d'or. Elle poussa un autre cri : c'était fini ! Elle l'enjamba, tel un cheval fourbu. Debout, elle emplissait l'espace, cachait le soleil. Elle haletait, florissante et constellée.

Il avait honte, si honte. Il regarda la mer, elle était rouge, rouge du sang du crépuscule, rouge du vernis étincelant de l'Estérel. Il leva les yeux, une immense boule rouge tournoyait, un rouge sombre de fin du monde.

— Pardonnez-moi, pardonnez-moi.

Elle baissa la tête et, dans un grand soupir repu :

— Pourquoi vous pardonner ? Je suis bien, je suis heureuse.

Elle souleva à pleines mains ses cheveux qui, à la lueur du soleil couchant, prenaient des couleurs de flammes rousses, et murmura dans un souffle :

— Ma jouissance m'appartient à moi seule, Jacques, ne vous occupez pas d'elle.

Ils reprirent la route dans un flamboiement se teintant de grandes nappes bleu-noir. L'Estérel avait disparu.

NE plus dormir, ne plus manger, errer par les rues et les boulevards... Legueret perdait le contrôle de lui-même, au creux du visage émacié, dans ses yeux dévorés de fièvre s'allumaient des lueurs folles. La vie de l'explorateur avait basculé dans un territoire inconnu qui le terrorisait. Nina n'était pas celle qu'il croyait. Il était confronté à un mystère, une énigme qui le dévorait comme une tumeur. Depuis le retour de Monte-Carlo, leur relation avait pris un mauvais tour, fait de silence, d'une pesante incompréhension et, pour ce qui le concernait, d'une douleur diffuse, incessante, dont le centre ne se trouvait nulle part et le rayonnement dans tous les muscles du corps. Ils se regardaient à la dérobée, se souriant parfois d'un sourire timide et contraint, elle lui disait : « Parle-moi... » La langue collée au palais, le souffle court, il bégayait, baissait la tête. Elle regardait droit devant elle.

Les moments passés ensemble devinrent de plus en plus rares, ils abandonnèrent le canotage, les promenades, les fritures, se contentant d'un ou deux tours du Bois au pas lent des chevaux. Il avait mille questions, il n'en posait aucune, et il ne savait plus vraiment si c'était par peur qu'elle le juge inconvenant ou d'apprendre la vérité, une vérité qu'il soupçonnait effrayante. Il préférait se taire, se cloîtrer dans son inquiétude faite d'incertitudes plutôt que de franchir la frontière.

Ils se virent moins. Puis un après-midi torride de fin juillet, elle ne vint pas au rendez-vous. Le Bois tremblait de chaleur, une brume grise flétrissait le feuillage, durcissait le sol, desséchait les herbes, recouvrait l'eau d'une écaille d'argent qui blessait les yeux. Il courut, il revint sur ses pas, il attendit des heures, le soir vint, puis la nuit, il attendait hébété, des passants attardés pressaient le pas en le voyant. Le lendemain il était là, le jour d'après et toute la semaine, dans la chaleur et le gris, dans cette touffeur qui coupait le souffle, cette brûlure qui noircissait sa peau, mangée par la barbe. En quelques jours, il ne fut plus qu'un vagabond à la redingote déchirée, blanchie par la poussière, les pieds en sang dans des bottines craquelées, la chemise empesée de transpiration.

Elle ne vint pas, ni elle ni aucune des belles, toutes parties aux eaux, à l'ombre des frondaisons. Chaque jour il venait au Bois, s'asseyait sur le même banc près de la cascade. Il arrivait pile à l'heure de leur rendez-vous. Il guettait. La certitude de savoir qu'elle ne viendrait pas ne l'empêchait pas de guetter, le cœur battant. Si par miracle elle passait, comme il se jetterait à ses pieds et lui dirait qu'il acceptait, sans même vouloir savoir ce qu'il acceptait. Il ne demandait qu'une chose, la revoir, être près d'elle comme par le passé, le temps d'un circuit autour du Bois.

De toute façon il attendrait, attendrait jusqu'à l'automne s'il le fallait.

Il y eut Baden-Baden, Aix-les-Bains, elle jouait et perdait. De Cheley vendait une prairie un jour, le lendemain un moulin, tout y passait, l'héritage accumulé au cours des siècles. Il télégraphiait des ordres de vente des quatre coins de France et d'Europe pour entretenir les fastes et les pertes d'une Nina chaque jour plus exigeante, plus dépensière, plus capricieuse. Une sorte de furie sans repos ni trêve. De Cheley vendait pour tenir, tenir encore. Sortir avec elle à son bras, être considéré par tous comme son amant officiel lui apportait une délectation empoisonnée dont il n'arrivait plus à se passer. Délectation parsemée de vexations, de rebuffades, de mépris, qu'il accepait en contrepartie d'une apparence de liaison avec la plus belle femme de Paris. De ses charmes, elle ne lui accordait plus rien. Il avait beau pénétrer le matin dans sa chambre et s'approcher doucement du lit où elle dormait, elle le chassait jusque dans son sommeil. Rien, pas même un peu de cette chair parfumée qui palpitait sous un déshabillé qui rendait encore plus provocante sa nudité. Parfois il se plaignait, geignait comme un enfant malade.

— Si vous en avez assez, partez, lui répondait-elle en se détournant de lui.

Irma prenait le comte en pitié, lui conseillant d'attendre, que Madame avait ses humeurs, que cela lui passerait, que dans le fond elle tenait à lui. De Cheley en était réconforté pour la journée. Mais le soir même Nina prenait un amant, un de ces types qui traînent à la roulette, homme d'affaires ou jeune millionnaire en herbe, pressé de dilapider une fortune bourgeoise soigneusement accumulée sous Napoléon III. Il les voyait quitter ensemble les salons, faire semblant de se séparer sur le perron de l'hôtel, chacun se dirigeant vers sa chambre, puis l'homme après quelques instants la rejoignait dans ses appartements. De Cheley guettait, surveillait, à l'allure de l'élu il pouvait parier sur le temps qui lui serait accordé, une demi-heure, une heure... Jamais une nuit entière.

Elle aimait l'heure de la sieste, cet épais silence du dehors fracassé par instants par le pas alangui d'un cheval. Elle fermait les yeux, sachant pertinemment qu'elle ne dormirait pas, profitant, par un sommeil simulé, de ces moments privilégiés. Elle se calfeutrait dans la chaleur comme dans un manteau de fourrure, à peine couverte d'un drap fin. Elle laissait son corps à l'abandon. Là, le visage à moitié dissimulé par la taie d'oreiller, Jacques pouvait se profiler, ce maladroit, cet idiot, qui tremblait de peur, paralysé, torturé, malheureux. Si malheureux qu'elle avait pris la décision de ne plus le voir. L'aventure avait assez duré, elle reposait sur un malentendu, un pauvre malentendu de collégien qui ne connaît rien de la vie. Tricher encore lui apparaissait désormais impossible, elle avait pris le parti de fuir, le cœur abîmé. Décidément je ne suis pas faite pour la tendresse, se disait-elle, les sentiments qu'elle avait entr'aperçus avec l'explorateur, imprécis, fragiles, complexes, l'effrayaient, ils n'appartenaient ni aux jeux de la séduction ni à la force brutale du désir, ils étaient d'un ordre qui ne pouvait convenir à une femme qui veut mener sa vie à grandes enjambées vers le succès, la gloire et la fortune.

A l'automne, Nina donna un grand bal de rentrée.

Il y avait là le meilleur monde, des jeunes filles à marier et des coureurs de dot, des financiers et des industriels, la bourgeoisie à épate et un reste d'aristocratie bringuebalante, heureuse d'être conviée. Pêle-mêle, les relations d'un moment de Nina et les amitiés de toujours de De Cheley, l'argent frais et le patrimoine écorné, des épouses et quelques dévoreuses de petite envergure, Nina s'étant bien gardée de convier la concurrence, les Émilienne d'Alençon et autres Liane de Pougy.

Bientôt cinq cents personnes se pressèrent sous les arbres et dans les salons, une foule scintillante qu'un mouvement régulier poussait vers le buffet tandis qu'une houle contraire ramenait les repus au centre du grand salon où un espace était réservé aux danseurs. On dansait aussi sur la pelouse entre les tables, des valses de Waldteufel et de Métra. Nina en grande dame allait d'un groupe à l'autre, échangeait un mot, un éclat de rire, et repartait, resplendissante. Dans la lumière dorée des lampadaires, elle ressemblait à une fleur, une longue fleur en velours, ivoire et crêpe de Chine. L'effervescence avivait son regard, le peuplait de mille reflets dorés en harmonie avec la parure de diamants qui plongeait en pluie douce jusque dans le sillon nacré des seins.

Après avoir escaladé le mur d'enceinte, Legueret demeura quelques instants immobile. Au travers des frondaisons, il aperçut les couples qui dansaient, il pouvait même saisir des expressions, les lèvres entrouvertes des femmes, la mine concentrée presque grave des hommes. Il avança un peu plus sous le couvert des branchages. Il voulait la voir ! Son esprit n'allait pas au-delà, comment il réagirait, ce qu'il ferait, il n'avait pas pris la peine d'y penser. Le bal de rentrée de Mme Otero avait été annoncé dans la presse, on citait les invités, le nom de l'orchestre, on évoquait le remue-ménage que provoquait l'événement dans toute la capitale, les « petits bleus » expédiés aux quatre coins de Paris. Les journaux donnaient tous les détails, l'adresse aussi. Il avait vu les valets en livrée, les cheveux poudrés à la Louis XV, les voitures franchir l'immense portail de fer forgé, les femmes couvertes de bijoux, harnachées de fards et de falbalas comme pour livrer mille batailles. Il avait vu le bâtiment rutilant, chamarré d'ombre et de lumière, qui battait tel un cœur vivant. Il avait vu toute cette magnificence, ce luxe, cet or scintillant dans la pénombre, senti ces parfums musqués, humé ces peaux luisantes, parées, festonnées.

Il avait contourné le bâtiment et sauté dans les ténèbres. Violeur du temple, intrus maléfique, il venait pour voir la reine, la toucher, l'embrasser, l'enlever, homme de l'ombre parmi les seigneurs.

Il se glissa le long du mur, légèrement à l'écart de la partie occupée par les fenêtres grandes ouvertes. Il perçut le brouhaha, les conversations, l'éclat aigu du rire des femmes, les verres que l'on entrechoque, le martèlement des pas pareil à une armée en marche. Il s'enhardit à se hisser au moment où l'orchestre attaquait une série de polkas, salué par des bravos et des cris. Dans la poussière, des têtes se détachaient, celle d'un jeune militaire voltigeant de bras en bras, le visage extasié d'une jeune femme blonde livrée à la danse, yeux fermés, lèvres pâles. La polka emportait, soulevait l'assistance, faisait branler le plancher, frémir la flamme des chandelles. Il ferma les yeux, saisi d'un vertige qui faillit le faire dégringoler dans les frondaisons. Un éblouissement de lustres, de dorures, de cristaux, de velours, de glaces reflétant à l'infini le frémissement de la fête, comme si plus rien d'autre au monde ne comptait, n'existait, la fête se lovant sur elle-même, se multipliant, dressant l'oriflamme de sa vanité dans une jubilation de danses, de champagne et de musique.

Il la cherchait parmi toutes ces femmes tourbillonnantes se confondant dans la lumière. Et brusquement elle fut là, le buste légèrement renversé sous l'effet de la polka. Il eut juste le temps de retenir l'image de sa gaieté, l'illumination qui ravissait son regard. Oui, c'était bien elle et pourtant il ne reconnaissait pas la jeune femme des canotages sur la Seine, des fritures, des bals, la jeune femme secrète presque timide. La même que cette inconnue qui cinglait l'espace de sa beauté arrogante, tout entière livrée, jusqu'à la moindre parcelle de son être, à sa fibre la plus lointaine, à cet univers de vanité et de plaisir ? Ajuster les deux images lui parut un effort au-dessus de ses forces. Il y avait là pour lui quelque chose de profondément injuste, une tromperie abominable. Il serra les poings, se contrôlant pour ne pas hurler, bondir au milieu du cercle des danseurs, s'emparer d'elle et la gifler. Non, il lui fallait reprendre ses esprits, penser au-delà, voir l'innocence et l'enfant derrière le leurre de la luxure. Il tourna le dos au tourbillon, se laissa choir dans l'herbe. Là, dans l'humidité qui sourdait du sol, il se sentit revenir à la vie, au naturel, il chassa le fracas de l'orchestre qui emplissait le jardin, le parc, les façades sombres et lugubres des hôtels particuliers.

Venue à lui, elle était venue à lui, la même, celle qu'il venait de contempler, si fière et offerte à la fois. De nouveau il serra les poings... Si offerte... Soudain il se souvint de sa nudité dans la montagne, de l'indécence sauvage qui était la sienne, cette bestialité foudroyante qui l'avait anéanti de stupeur. Oui, mais sa main frêle dans les jardins du casino, oui, mais sa tête de petite fille cherchant refuge au creux de ses bras... Oh oui, celle-là, la vraie, l'unique, avait besoin de lui. N'était qu'à lui. Il se redressa. L'orchestre se tut au même instant. Les plastrons et les chemises blanches miroitaient sous le soleil des lustres, de là où il se trouvait on aurait dit la mer à midi, la mer en été. Il escalada le mur, il ne commandait plus à ses gestes, une force le tenait, un élan plus fort que sa volonté, plus fort que la peur elle-même. Maintenant il était en suspens. D'un côté la nuit et ses ténèbres, le silence, la fuite, la tranquillité et le désespoir, de l'autre la lumière, le scandale et Elle. Il se laissa tomber du côté de la lumière, ses bottines à grosses semelles firent un fracas du diable. Des têtes se tournèrent, des têtes d'oiseaux de proie, des têtes de vampires aux dents aiguës, et toutes ces têtes poussèrent un grand cri, le même cri outragé qui se transforma en hurlement de crainte. Un fou ! Il y eut un envol de robes, une débandade de jupons, les femmes refluèrent dans le fond de la salle comme un vol de mouettes regagnant le large. Il tenait les bras détachés du buste, le corps encore ramassé tout entier dans le mouvement de son escalade et de sa chute. Le visage grenelé d'une barbe de trois jours, couvert de poussière et de terre, il ressemblait à l'un de ces vagabonds des rues que l'on croise sans jamais les regarder. Soudain il gonfla sa poitrine et à pleins poumons lança : « Vive l'anarchie... » Il était sûr de l'effet... La peur bleue, la décomposition horrible de la suffisance en déliquescence. L'effroi que soulevait le mot anarchie s'empara de ce Paris de l'argent et du pouvoir, ce fut une tempête, un blizzard, les redingotes et les queues-de-pie allèrent s'enliser dans le magma féminin qui obstruait les portes de sortie. Alors ces hommes de réputation, ces hommes de la France républicaine, ces hommes au gousset plein se jetèrent sur les frêles épaules, les corsages furent arrachés, les robes piétinées. Un ravage, une horde sauvage en smoking et Légion d'honneur à la boutonnière. « Vive l'anarchie... » Il hurla une nouvelle fois. Il avançait. Où était-elle ? Il avançait et les hommes fuyaient. Il se planta au milieu de la salle, au cœur du cœur, là où, quelques instants auparavant, les danseurs se mêlaient les uns aux autres, enivrés par les flonflons de la polka piquée. Et là, de toute sa force, de toute sa passion, de tout son amour, de tout le dégoût et l'espérance qu'il portait dans sa poitrine il cria : « Caroline ! » Dans le silence rendu opaque par la poussière et la fumée, sa voix retentit avec la puissance du tonnerre. Des regards s'échangèrent : quel est cet assassin qui connaît la maîtresse de maison ? Après s'être oublié de peur, on était prêt à rire sous cape. L'ironie, cette arme triste des cœurs secs, revenait au galop.

De Cheley parut. Il était noir, il était maigre, il était hâve. Il flottait dans un costume devenu trop large. Son visage blême, sa démarche raide, tout chez lui sentait la mort. Il se détacha du groupe des plastrons, seul son regard était vivant, un regard halluciné. Ce regard où se lisait la haine croisa celui de l'explorateur. Les deux hommes soutinrent l'échange, un long, un très long moment. Et les deux regards s'avouèrent leur désespérance, le chagrin inéluctable qui les menait à s'affronter.

— Sortez, monsieur ! fit d'une voix blanche de Cheley.

Jacques ne bougea pas. Il contemplait cet homme meurtri, brisé, cet homme en lambeaux, il pensa : Voilà son amant.

— Je vous plains..., murmura-t-il.

— Que dites-vous ? souffla de Cheley.

— Je vous plains, monsieur...

Le comte esquissa une grimace.

— Monsieur, si vous ne sortez pas à l'instant, je vais être

obligé de vous faire reconduire par mes gens. Je serais désolé de devoir utiliser la force envers ce qui n'est sans doute qu'un moment d'égarement.

— Mais où est-elle, bon Dieu ? hurla Legueret.

Il bondit, devant lui la forêt des plastrons blancs et des décolletés se dressait.

— Je suis là, fit Caroline, surgissant du jardin, de la poussière de lune posée sur ses cheveux et le duvet de sa nuque.

Il se tourna vers elle.

— Caroline, je suis venu vous chercher, je vous enlève, vous n'êtes pas faite pour eux, vous êtes pour moi... Venez, partons, ça sent mauvais ici, ça pue, je vous le dis, ça pue la décadence... Vous êtes une reine, Caroline... Eux, des esclaves...

Il n'eut pas le temps de finir, une armée de valets appelés par le comte se jeta sur ses épaules.

— Faites-le taire, rugit de Cheley, faites-le taire.

Ils le saisirent à la taille et à la gorge, tentant de le soulever. L'explorateur, plein d'une force terrible, s'échappa, rejaillit à l'air libre, laissant derrière lui la valetaille.

— Venez, Caroline !

— Jacques, soyez raisonnable, partez, je vous en supplie.

— Non, pas sans vous.

La foule échangeait des mines contrites... La belle et le vagabond. De quoi rire. Décidément on avait tout vu, à Paris, ces dernières années.

— Emparez-vous de lui, bande d'empotés, lança le comte hors de lui.

L'hallali ; dix bras le ceinturèrent, dix poings le frappèrent, l'écrasèrent, le projetèrent sur le parquet luisant, le beau parquet à polka, à valse, à enlacements...

— Sortez-le, sortez-le ! éructait de Cheley.

Il clamait son amour, il le clamait sur le parquet, piétiné, écartelé, un cri de bête blessée, s'élevant jusqu'aux lambris...

— Caroline... Caroline...

Ce n'était qu'un râle, le souffle étouffé d'un mourant.

— Laissez-le, ordonna Nina à la valetaille, écartant de ses bras les fauves s'acharnant sur ce pantin qu'ils n'arrivaient pas à réduire au silence.

— Comte, s'insurgea-t-elle, rappelez vos chiens de garde, je m'occupe de lui.

De Cheley hésita un instant, puis d'un ton las :

— Comme il vous plaira, après tout il vous appartient.

Les valets abandonnèrent l'explorateur à moitié évanoui au milieu de la piste de danse.

L'incident était clos, l'orchestre reprit vie, une valse lente pour permettre aux esprits de se calmer. On entendit le claquement des bouchons de champagne, les rires, les conversations, le tournis de la fête. Jacques se releva, son visage n'était plus qu'une énorme ecchymose, du nez et sous la paupière gauche, suintaient deux filets de sang qui venaient aboutir sur la lèvre supérieure. Caroline le saisit sous les épaules tout en le dirigeant lentement vers le perron.

L'air frais de la nuit... Il respira à fond... La tête lui faisait mal, ses oreilles bourdonnaient, il s'accrocha au bras de Nina. A l'abri des massifs, là où l'ombre frémissait sous la brise nocturne, il murmura :

— Partons... Partons !

Maladroitement, il essaya de l'entraîner... Nina s'arcbouta, refusant de le suivre.

— Je ne viens pas avec vous, Jacques. Vous vous faites des illusions. Voyez dans quel état vous êtes maintenant.

— Laissez-moi vous sauver, Caroline, je vous en prie.

— Je n'ai besoin d'être sauvée par personne.

Il la lâcha, recula de quelques pas.

— Caroline, quoi que vous ayez fait, il est encore temps, ces gens-là n'ont ni cœur, ni âme, ni conscience, ils vous dévoreront et vous rejetteront comme un vieil os.

Nina sentit un frisson la parcourir. Elle ne voulait pas entendre.

— Taisez-vous. Ce monde me convient, moi non plus je n'ai pas d'âme, pas de cœur, rien... Oubliez-moi, c'est le mieux, oubliez-moi...

Il recula, son visage s'estompa lentement. Après un long moment, il sembla à Nina que la lueur incandescente de ses yeux flottait encore parmi les ténèbres, comme une étoile perdue. Alors, et alors seulement, elle laissa ses larmes se libérer.

De Cheley vint la chercher, noir dans son costume noir, il s'inclina.

— Vos invités vous attendent, Caroline.

Sans un mot elle le suivit, les épaules glacées par la brise d'automne.

Ma chère Caroline,
Adieu et pardon ! Après vos paroles de cette nuit, je sais que je n'ai plus droit à l'espoir. Je m'en vais dans un autre monde où je souffrirai moins. Je vous ai aimée et vous aime encore plus que tout au monde, mais je ne veux pas être pour vous la cause du moindre tourment. Je pars au Bois, là même où nous avions le bonheur de nous retrouver, là même où nous avons partagé des heures incomparables, là même où vous avez eu la gentillesse de me prêter attention.
Adieu ! Ma dernière pensée sera pour vous. Adieu, Caroline, adieu, je vous attendrai de l'autre côté, là où il n'y a plus d'amis ni d'ennemis.
Un cœur qui vous adore.

J. Legueret.

P.-S. : Pardon, mais je ne pouvais plus vivre ainsi.

Nina lut et relut la lettre que lui avait tendue Irma.

— Vite, dit-elle, que l'on prépare la voiture !

Elle fut prête en quelques minutes. Tout allait s'arranger.

Legueret était si jeune, si entreprenant, l'avenir lui apparte-nait, l'avenir et l'Afrique, les bêtes fauves, les jungles inconnues... Il allait mourir bêtement au Bois, comme l'un de ces mondains à la pâle figure faisant passer leur incapacité de vivre pour une grande douleur ! Elle le sauverait !

Elle descendit le grand escalier qui menait des chambres dans le hall d'entrée, quand au bas des marches surgit de Cheley.

— C'est trop tard, fit-il.

Il lui tendit *Le Figaro*. Un encadré annonçait sous le titre : « Le suicidé de la Belle Otero » la mort de l'explorateur. Un corps avait été trouvé au Bois, non loin de la cascade, le crâne fracassé. Le suicide ne faisait aucun doute, Jacques Legueret s'était tiré une balle dans la tête pour les beaux yeux d'une demi-mondaine.

Elle laissa tomber le journal. L'idiot, pensa-t-elle, oh, l'idiot ! Elle arracha son chapeau et ses gants désormais inutiles. Suivie du comte, elle regagna sa chambre et se laissa tomber sur un divan couvert de velours rouge.

— Pourquoi lui ?

— Parce que c'était un honnête homme, répondit à voix basse le comte, et qu'il vous aimait de tout son cœur. Un cœur pur, ce que n'est aucune de vos autres relations, un homme simple et sensible. Certaines choses sont difficiles à imaginer pour un être sincèrement épris. La question qu'il se posait était simple finalement : vivre avec l'insupportable ou disparaître. Lui a eu le courage...

Dans la pièce on n'entendait que le tic-tac d'une jolie horloge Louis XV. Une petite merveille avec deux angelots joufflus de chaque côté du balancier. Un tic-tac insouciant au cœur du silence épais. Brusquement Nina se leva, saisit l'horloge et la jeta de l'autre côté de la pièce. Le mécanisme mourut avec un bruit de ressort cassé, à peine un déclic, poliment et joliment, comme il avait vécu.

— Partez, dit-elle au comte, laissez-moi seule.

De Cheley glissa plutôt qu'il ne marcha en direction de la porte.

On pouvait donc mourir d'amour ?

Nina se déshabilla sans l'aide d'Irma et se coula entre les draps défaits de la nuit précédente. Elle aurait voulu évoquer Legueret, sa mort solitaire près de la cascade, le fracas du crâne qui éclate, le corps qui chute d'une pièce. A-t-on mal ? Combien de temps ? Elle aurait aimé pleurer et se maudire mais elle n'y arrivait pas. L'image de l'explorateur fuyait sans cesse, elle se forçait à l'imaginer mort mais il surgissait vivant, avec son beau regard clair. Peu à peu, même cette image disparut, il ne resta rien, un vide peuplé d'une immense interrogation. Était-elle capable d'aimer ? Elle se répondit oui, sans réfléchir. Mais justement, en y réfléchissant, elle savait bien qu'en vérité elle ressentait des coups de cœur, des emballements, de la reconnaissance... Son cœur avait battu pour Pacco, pour Guilelmo : elle avait ressenti de la tendresse pour Jurgens... Et pour lui ? Un coup de foudre spirituel, un engouement de l'âme... De l'amour, non. L'amour ! Tous savaient, connaissaient le sens de ce mot et elle, l'objet de cet océan, de cette tempête, de ce raz de marée, qu'en savait-elle ? Rien. Elle se releva essoufflée, prise soudain d'une grande peur. Était-elle normale ? Tout simplement normale ? Tu n'es qu'un corps, rien qu'un corps que l'on prend, que l'on jette... Un corps ! Elle se précipita devant la glace. Belle ! Belle Otero... Elle éclata en sanglots... Jacques était mort pour ça, pour ça ! De rage, elle se déchira à coups d'ongles les cuisses et le haut des seins. Quand elle vit apparaître de longues traînées rougeâtres sur sa peau, elle se calma et alla chercher une serviette mouillée qu'elle posa sur les blessures. Il n'est pas mort pour ça et tu le sais bien... Il est mort parce que tu ne voulais pas ressembler à l'idée qu'il se faisait de toi. Quand il a cru te connaître il ne l'a pas supporté. C'est cela, la vérité.

Journal d'Irma

*D*ÈS *le début, j'avais senti le désastre, les désagréments. Nina s'était toquée de ce farfelu d'explorateur. J'ai eu beau dire. Elle ne m'écoute que lorsque ça lui va. Aujourd'hui la presse se déchaîne : « Une dévoreuse d'hommes », « La sirène du suicide ». Otero la gitane, l'envoûteuse, la jeteuse de sorts. Le diable, pas moins.*

Le coup que ça m'a fait ce fameux matin, je buvais un café dans une brasserie quand un marchand de journaux est entré en hurlant : « Le suicidé de la Belle Otero » ! Je me suis précipitée et en tremblant j'ai lu : « Voilà où nous mènent les mœurs nouvelles, les mœurs de l'époque de décadence où nous vivons ! Il n'y en a que pour les théâtreuses, les danseuses, les étoiles du music-hall. On ne peut pas ouvrir un journal sans lire la description de leurs toilettes, de leurs bijoux, des fêtes qu'elles donnent ! Nos meilleurs chroniqueurs sont les historiographes de leurs faits et gestes. Elles sont avec celui-ci, elles ont quitté celui-là, elles ont des procès avec leurs fournisseurs, elles ont perdu au jeu, elles ont gagné au jeu, elles se sont promenées au Bois tel jour. Décadence... Décadence ! »

Bien sûr, il y avait tous les détails sur le suicide de ce pauvre garçon. J'ai trouvé ma Nina dans un état épouvantable. Elle m'a chassée carrément de la chambre. De Cheley, lui, paraissait ailleurs, comme si tout ça ne le concernait plus. Un automate.

202

Nous avons vécu des heures sombres. Nina restait au lit sans adresser la parole à personne. Durant une semaine, on aurait cru que le mort était chez nous et que toute la maisonnée le veillait. Je désespérais quand, un beau matin, Nina m'a fait appeler pour sa toilette. Je l'ai trouvée encore plus belle qu'avant les événements, amaigrie, pâle, le corps lustré par le repos et le sommeil. Elle m'a demandé de lui préparer son bain comme si de rien n'était. Prudente, je me suis tue. Avec Nina, vaut mieux attendre que les choses viennent d'elle, elle m'a demandé de préparer les valises, nous partions pour Monte-Carlo. Je sais ce que cela veut dire : le jeu, encore le jeu. Voilà ce qu'elle a inventé pour se consoler ! Mais enfin, zut, elle ne l'aimait pas ce garçon, sans fortune, pas même beau ! Pour moi c'est un mystère ! A mon avis, elle aurait mieux fait de reprendre la vie d'avant et d'oublier. Je la connais bien, ma Nina, c'est pas quelqu'un à se confiner dans le souvenir d'un amour défunt. Mais quand j'ai essayé de protester elle m'a foudroyée du regard.

Évidemment, cela s'est passé comme prévu, Nina a perdu, un peu plus que d'habitude, tout l'argent mis de côté depuis des mois : une fortune, de quoi s'acheter un hôtel particulier. J'en aurais pleuré. Le plus triste : elle est venue pour ça... Peut-être pour se punir, allez savoir ?

La nouvelle m'est tombée sur le râble ce matin : nous partons pour Moscou ! La Russie. Qu'est-ce qu'on va bien pouvoir trouver dans ce pays de barbares ?

De Virballen à Moscou, il reste encore mille soixante-sept verstes, plus de trente heures de chemin de fer. Par la fenêtre du wagon-lit le gris et le blanc se succèdent, avec parfois l'éclat noir d'un arbre solitaire rompant la monotonie plate du paysage. Depuis le départ de Paris, quarante-huit heures se sont écoulées. A la frontière de Virballen on a changé de train. Des commissionnaires empressés se sont emparés des bagages. Irma, plus par habitude que par conviction, a lancé des ordres d'une voix aiguë. Les porteurs ont fait semblant de comprendre, le visage empreint d'un large sourire. Les buffets des gares avec leurs samovars fumants et ces petits sandwichs que l'on croque sans bien se rendre compte de quoi ils sont faits, la soupe chaude, les garçons qui courent affairés, il faut servir le maximum de personnes en très peu de temps, les coups de sifflet des locomotives apportent la seule distraction à un voyage interminable.

La Russie ! Nina sourit en pensant à papa Otero qui lui parlait avec terreur de ce coin de terre où le soleil ne se levait jamais et où les ours dévoraient les petits enfants calfeutrés dans leur isba. Le bout du monde, pour un Andalou, la terre des frimas et des sombres légendes. Ce qu'elle apprécie en ce début de l'année 1894, ce n'est pas la découverte des grands espaces, ni même cette neige de velours fragile qui brûle les doigts quand on la caresse, mais d'être loin, loin de Paris, du souvenir de Legueret, des mois terribles qui ont suivi son suicide. En prenant le train pour Moscou elle ne part pas en voyage, elle va à la découverte d'une nouvelle vie.

Sans hésiter elle avait accepté la proposition mystérieuse lui offrant un séjour à Moscou et un contrat au Strelnia, le cabaret en vogue. L'invitation pour elle et sa dame de compagnie contenait deux billets de chemin de fer, aucune signature, aucun signe distinctif.

— Nous partons, avait-elle dit à Irma, fais les valises.

Dix-huit valises renfermant des tenues pour toutes saisons et les bijoux rescapés de la flambée ravageuse du jeu.

De la Russie, elle savait peu de chose, ce que tout le monde pouvait en connaître à travers les journaux : un empire de cent vingt millions d'habitants s'étendant de la Pologne à la Sibérie. Avec à sa tête une sorte de père de la nation, le Tsar. La Russie venait de vivre l'une des plus importantes réformes de toute son histoire : l'émancipation des serfs. Cette libéralité n'avait pas empêché son auteur, le tsar Alexandre II, de périr déchiqueté sous les bombes des anarchistes. Son successeur, Alexandre III, une force de la nature capable de tordre une barre de fer avec les mains, inspirait crainte et confiance. Pour lui, seuls l'ordre, la tradition, la discipline pouvaient sauver du chaos la Russie éternelle. Les intellectuels le détestaient mais le petit peuple voyait en lui le « père » retrouvé.

Le pays était dominé par une caste qui étalait sa richesse, ses prérogatives, toute une alchimie de traditions moyenâgeuses, tandis qu'une bonne partie de la population illettrée vivait dans la superstition. L'aristocratie et la grande bourgeoisie s'exprimaient en français. Enfin, par expérience personnelle, Nina se souvenait que les deux ou trois Russes de sa collection étaient de grands amoureux, pas très raffinés mais très vigoureux.

La Russie ! Des bouleaux, des sapins, quelques villages aux

maisons de bois, des traîneaux luttant quelques instants avec la locomotive poussive dont le sifflet retentissait lugubrement au-dessus des étangs gelés.

— Y a-t-il seulement des êtres humains ? s'inquiéta Irma, rabougrie au fond de la banquette.

— Il y en aura toujours trop, répondit négligemment Nina.

Puis vint la nuit, une nuit épaisse que les pâles lumières jaunes des gares parvenaient difficilement à percer. Un employé trop gros dans son pantalon bouffant alluma les quinquets, suivi d'un autre avec du thé brûlant qu'il servit dans des petites tasses dorées. Une douce chaleur de salon berçait les corps et les esprits. De l'autre côté des vitres le froid, indifférent au charroi illuminé qui le traversait, soufflant et souffretant, impact brutal et éphémère de la civilisation, se refermait immédiatement derrière la bête étrange, dans toute sa force immémoriale, son immensité colossale. Nina ramena contre elle les plis de son étole de fourrure. Plus qu'une nuit et demain : Moscou. Elle s'endormit bercée par la musique du train, avec ses sifflements de vapeur rassurants dans la nuit opaque.

Moscou ! Moscou ! Un frémissement parcourt le convoi, Nina se précipite, des deux mains elle s'arc-boute, baisse la vitre, une bouffée de gel lui coupe le souffle... Tant pis, elle se penche, se penche encore et, au détour d'un bosquet, apparaît une forêt lumineuse de coupoles et de clochers captant la lumière dorée du soleil d'hiver, une constellation d'étoiles scintillant en plein jour. Auréolées de brume, les pointes de toutes ces églises, de tous ces palais, paraissent irréelles, et leurs arabesques se dressent dans le bleu profond de l'horizon. Le désert, et puis soudain ces coupoles par dizaines, par centaines, ce crépitement de pierre, de bois, d'or, d'argent, ce flamboiement de la foi, immobile et orgueilleux.

« Vous serez attendues à la gare », précisait le mystérieux message. Le train à peine immobilisé, une armée de porteurs s'emparent des bagages, sans un mot, des hommes aux longs cheveux pisseux vêtus de blouses grises nouées à la taille par une grosse ceinture noire. Sur le quai, un immense bonhomme, surmonté d'un drôle de chapeau rond, engoncé dans une gigantesque houppelande, s'incline et grogne quelque chose d'incompréhensible.

— Je crois qu'il nous fait signe de le suivre, murmure Irma, terrorisée.

Entre la barbe noire et frisée et le chapeau profondément enfoncé, on ne distingue que les yeux, des yeux charbonneux habités d'une étrange lueur jaune. Des yeux qu'il fixe sur les deux femmes sans ciller, les avalant, semble-t-il, avec ses prunelles étincelantes.

— Il me fait peur, cet homme.

— Tais-toi, idiote.

Les deux femmes emboîtent le pas au géant qui traverse la gare droit devant lui avec l'implacabilité d'un bélier en action. Ce qui étonne Nina, c'est la multiplicité des races, des couleurs, des tailles ; elle croyait la Russie blanche, elle découvre un pays chamarré, du jaune citron au marron clair, du blond des blés au noir de jais, des visages lisses et ronds, étroits et ovales, des visages labourés par le désert. Mais, quelle que soit la race ou la couleur, les yeux se fixent sur ces deux Européennes dont les bottines fantaisie s'enfoncent dans la boue neigeuse. Le géant écrase sous son poids le minuscule siège du traîneau attelé de trois petits chevaux nerveux. Les deux femmes prennent place, le cocher claque de la langue, les chevaux s'envolent.

Un brouillard s'élève devant les yeux des deux passagères, mélange d'irisations et de larmes. Les places, les rues, les larges avenues, les palais et les humbles maisons de bois semblent baigner dans cette vapeur pailletée. Les flancs des chevaux dégagent des nuages de fumée qui accentuent l'irréalité de la ville. Plus vite, encore plus vite, la place immense, avec son amoncellement de bulbes, de coupoles, de dômes où se le disputent l'or, le rouge, le bleu, le jaune, le vert, ces croix larges et épaisses se détachant sur un champ de neige : « C'est bien le Kremlin ? » Oui, le Kremlin, le cœur de la Russie. Nina se dresse pour mieux voir, trop tard, le traîneau file dans des rues étroites où se pressent des militaires en casquette, des femmes en fourrure, des matrones à fichu, des moujiks comme suspendus à leur barbe en pointe, des prêtres à la robe maculée de boue, des employés en redingote grise, et partout cette lumière poudreuse qui festonne les devantures et les enseignes des charcutiers, des pâtissiers, des bijoutiers, une collision de cochonnailles et de frivolités que la vitesse du traîneau fait exploser dans un bouquet éclatant de couleurs.

Puis, sans transition, c'est la campagne, avec ses sapins givrés, le vert des bosquets saupoudrant de taches sombres un tapis blanc, tantôt doux et vallonné comme la statue immobile d'un corps de femme, tantôt abrupt et revêche.

Un portail festonné, une allée qui n'en finit pas, un lac gelé, moiré par le soleil, et tout au bout une villa, avec un double escalier accédant à un perron. Sur chaque marche, un laquais vêtu à la française : livrée et cheveux poudrés. Quand enfin le traîneau s'immobilise, une armée de paysans s'emparent des bagages. Sans un mot. Le cocher et son traîneau prennent le chemin des écuries, un corps de bâtiment en contrebas de la bâtisse principale. Sur la plus haute des marches, apparaît un majordome vêtu d'un baudrier ouvragé de motifs d'or. Droit et sec, l'homme s'incline et, dans un français impeccable :

— Si Madame veut bien me suivre.

Le hall scintille sous le soleil déversé par de grandes baies vitrées. Les commodes, les fauteuils, les canapés, les meubles sont français. Aux murs, un Fragonard côtoie des

208

maîtres hollandais, scènes champêtres et fêtes de village. Le majordome s'arrête devant une porte et, la désignant à Irma :

— Vous, c'est ici.

Puis, s'inclinant devant Nina :

— Madame, nous sommes presque arrivés...

La jeune femme, toujours précédée du majordome, pénètre dans un salon plus modeste, presque intime, avec ses plantes vertes, ses meubles de bois clair, le piano au milieu de la pièce, tranquille comme un gros chat noir au repos.

— Monsieur ne va pas tarder, Madame, dit le majordome en s'inclinant.

Nina reste seule dans le salon paisible où grésille un feu de cheminée. Dehors, la neige prend des couleurs bleutées. Une porte s'entrouvre doucement et apparaît un homme d'une soixantaine d'années, vêtu à l'européenne d'un costume portant la patte d'un tailleur londonien. Le visage est beau, de cette beauté particulière que confèrent les épreuves surmontées. Une douceur intelligente marque le sourire et les yeux, des yeux limpides qui n'excluent ni la tristesse ni le chagrin mais au contraire les apprivoisent sans cesse, comme de vieux compagnons avec lesquels il faut apprendre à vivre.

— Je suis le grand-duc Pierre Nicolaïevitch, j'aime la France, que je connais très bien, et à travers vous l'Andalousie que je connais bien moins et enfin, madame, je vous aime infiniment. Si vous le voulez bien, nous allons passer à la salle à manger.

— Dois-je me changer ?

— Vous ferez cela plus tard, il s'agit juste d'une collation.

Le majordome reparaît et ouvre en grand les deux battants de la porte du fond donnant sur une vaste salle. Une longue table recouverte d'une nappe aux parements d'or partage la pièce en deux. Malgré le grand jour, une succession de chandeliers d'argent jettent aux murs des reflets chatoyants. La pièce est déserte mais, sur la table, il y a de quoi nourrir une centaine de personnes, un extraordinaire amoncellement de caviar frais et pressé, de saumon froid, un cochon de lait au raifort, des harengs, des esturgeons fumés, du concombre aux aromates, des pâtés à la viande, au chou, au poisson. Dans d'immenses saladiers remplis de glace, des dizaines de flacons de vodka aux flancs lustrés reflètent les lumières des chandelles.

— Je vous ai fait préparer quelques zakouski, nos hors-d'œuvre à nous, je vous recommande le caviar, si vous n'aimez pas la vodka, nous avons quelques bouteilles de champagne français.

— De la vodka, je n'en ai jamais bu...

— Mangez un peu avant de boire, je vous recommande la blanche pour commencer, la pure, la meilleure à mon avis, vous avez celle au poivre aussi, mais je crois qu'il faut commencer par la naturelle, en revanche je vous recommande pour tout à l'heure la zoubrovka, elle est très parfumée, avec une herbe spéciale appréciée par les bisons qui, excusez-moi mais c'est ainsi, pissent dessus, ce qui lui confère un arôme incomparable.

Nina picore d'un plat à l'autre, la vodka lui rafraîchit agréablement le palais. On lui a tellement parlé de la force de cet alcool qu'elle le trouve un peu mièvre. Les verres se succèdent, des verres minuscules dont le contenu s'avale d'une lampée. Il est beau, se dit-elle en détaillant le grand-duc. Vraiment parfait, un peu distant peut-être, mais délicat. Une chaleur agréable monte en elle, ça lui vient du ventre comme un désir et pourtant c'est autre chose, une sensation inconnue, un vertige délicieux qui amollit et rend heureux à la fois. Une nappe liquide qui vous enveloppe d'un sucre savoureux, vous fait fondre, bonbon tendre. Quel bonheur ! N'être plus qu'un sucre, se dissoudre soi-même lentement, lentement, dans une chaleur de plus en plus moelleuse. Si moelleuse que les jambes viennent à manquer, que les murs et les meubles vacillent. Mais non, c'est elle qui chancelle, ce trouble, ce bien-être, soudain elle en découvre la cause, là, au fond de ce petit verre, dans cette eau blanche, si pure, si câline au palais. Saoule certainement, mais si insensiblement, si élégamment, dans un tel état d'appartenance à la vie, au monde, à la terre de Russie...

— Grand-duc, votre mixture qui se boit sans faire attention me joue des tours.

— Généralement, c'est effectivement l'effet produit. Il faut manger, ma chère, une bouchée, une lampée, une habitude à prendre, nous autres Russes sommes voués à la vodka comme le Français au vin rouge. La vodka constitue un lien entre nous, parfaite pour la joie, irremplaçable dans le malheur. Or, comme nous sommes souvent en proie à l'un ou à l'autre, forcément la vodka tient un grand rôle dans notre vie.

— Mais vous, vous ne buvez rien ?

— Vous aurez sans doute l'occasion de me voir boire, ce qui s'appelle boire, là pour l'instant, je n'ai besoin de rien.

Nina se laisse choir dans un canapé aux coussins de satin. Il faut que je me reprenne, se dit-elle sans en avoir envie une seconde.

— C'est aimable à vous mais entre nous je voudrais savoir où et quand vous m'avez vue. Je prendrais bien un de ces petits pâtés au chou, mais j'ai peur de me lever...

Surgi de nulle part, un maître d'hôtel se précipite avec un plateau chargé de zakouski qu'il pose sur une console à côté de la jeune femme.

— Je ne vous ai encore jamais rencontrée, dit le grand-duc de la même voix mélodieuse et posée que pour vanter les différentes sortes de vodka.

Nina, malgré sa douce griserie, sursaute :

— C'est impossible !

— Mais si, votre réputation est venue jusqu'à nous, je suis un solitaire, je vis loin de la Cour et de Saint-Pétersbourg. Je partage mon temps entre l'étude et une œuvre personnelle qui me tient à cœur. Je suis la bête curieuse parmi une flopée d'oncles, de grands-oncles, de cousins et de neveux, vous savez, nous sommes plus d'une centaine qui constituons la famille de Sa Majesté le Tsar. Nous occupons des postes à la tête de l'Empire, la plupart du temps ce sont des titres honorifiques qui permettent à mes cousins de s'amuser tranquillement et de mener la grande vie. Vous verrez, nous vivons une sorte de décadence, la noblesse a passé la main à ce que nous appelons la bureaucratie, des gens de mérite mais sans naissance. Je vous ennuie ?

— Pas du tout ! Mais tout cela ne me dit pas comment ni pourquoi je suis là.

— Pourquoi ? Pour m'accorder, si vous le voulez bien, votre beauté, votre charme, tout ce qui fait votre réputation au-delà de vos frontières. Je vous ai aimée par procuration, pour ainsi dire. Allez savoir pourquoi le charme a opéré, je me suis dit que ce serait ce qui viendrait éblouir la fin de ma vie, même si cet éblouissement ne devait m'illuminer que quelques instants. Je ne me suis pas trompé, vous êtes celle que j'attendais, que tout homme attend, je pense.

Il la berçait, sa voix descendait en elle, aussi brûlante que la vodka, brûlante, et sirupeuse comme le jus d'un fruit d'été.

— J'aurais des regrets de vous décevoir.

— Vous ne me décevrez pas.

Nina baissa la tête, la vodka, toujours cette traîtresse de vodka... S'il pouvait dire vrai, si pour une fois elle pouvait ne pas trahir, ne pas faire mal, ne pas déchirer, ne pas abîmer. Elle eut envie de lui dire de tout arrêter là, qu'il allait souffrir. Elle leva les yeux. Trop tard. Il allait souffrir, il devait souffrir, quoi qu'elle dise désormais.

Une jeune fille aux cheveux recouverts d'un fichu lui prépara un bain mousseux. Une garde-robe l'attendait. Elle choisit un ensemble de velours gris, simple et droit, une paire de bottes en cuir souple, des bottes comme elle n'en avait jamais vu, des bottes qui sentaient encore la bête que l'on vient de tuer, s'emmitoufla d'une fourrure épaisse et soyeuse du même poil de zibeline que la toque qui adoucissait son visage. Me voilà russe, se dit-elle, en se contemplant dans le miroir, me voilà russe...

La vodka, sans doute... Moscou lui parut bleu, bleu de la neige, bleu de l'air, bleu des lampadaires dans le brouillard léger du soir. Bleu vif du crépuscule teintant d'une tristesse mélancolique les arbres du parc Petrovsky.

— Grand-duc, vous me rendez heureuse.

Elle ne savait pas pourquoi elle lui avait dit cela abruptement. Il lui baisa la main. L'idiot l'aimait... Tout le monde l'aimait...

— J'aime être aimée.

Il l'embrassa. On entendait le crissement des patins sur la glace, des dizaines de points noirs dans tout ce bleu, des dizaines de points noirs valsant au son d'un orchestre en uniforme. Des femmes élégantes volaient sur un pied dans l'air du soir, leur robe révélait un bout de cheville au-delà de la bottine. Elles tournaient et glissaient, les mains enfoncées dans des manchons de fourrure. Dans la nuit qui s'installait, leurs rires montaient jusqu'au ciel. Des rires de cristal que la pénombre rendait plus fragiles encore. Des hommes les suivaient, fiers, ils se déplaçaient comme de grands oiseaux polaires. La vie était un bal, un immense bal, et Moscou un tournis de valses dans le halo des réverbères. Des enfants tombaient et pleuraient. Des néophytes avançaient prudemment. Moscou était là, qui jonglait dans la clarté ouatée des étoiles naissantes.

— Allons manger une tartelette au café Philippof.

— Je veux apprendre à patiner.

— Ce ne sera pas très difficile pour une danseuse comme vous.

Elle voulait... elle voulait... Des jets de buée s'échappaient de ses lèvres entrouvertes, une buée lumineuse, blanc et bleu comme Moscou, comme la nuit maintenant entièrement descendue. Des couples pressés les dépassaient, laissant derrière eux le voile de leur haleine précipitée. Dans la nuit, la neige luisait de tous ses diamants transparents, ses gemmes éblouissantes.

A l'angle de la Tverskaïa et du Glinichtchevsky Pereou-lok, à quelques pas des vitres scintillantes de Philippof, un moujik dépenaillé, cheveux ruisselant dans le cou, la blouse maculée de taches, la houppelande traînant dans la neige, s'écroula aux pieds de Nina. Il ne s'était pas agenouillé mais laissé tomber de tout son poids, ses genoux s'enfonçaient dans la glace, formant des taches sombres. Nina fit un bond en arrière mais Pierre la retint, l'obligeant à demeurer immobile. Le moujik brusquement releva ses yeux fiévreux, poussa par deux fois un cri de vénération, puis silencieux se signa. Aussi vite qu'il était tombé, l'homme se releva et s'éloigna dans la nuit.

— N'ayez crainte, dit Pierre, un illuminé, nous en avons beaucoup chez nous. Ce sont nos saints, parfois nos démons.

— Mais pourquoi est-il tombé à mes pieds ?

— Parce qu'il vous a prise pour une image de la Vierge.

Nina resta quelques instants immobile avant de pénétrer dans la pâtisserie. Des larmes mouillaient ses paupières.

— Oh non ! murmura-t-elle. Oh non, pas cela...

L E Strelnia surgissait des ténèbres neigeuses, telle une énorme glace d'anniversaire pavoisée de l'intérieur. Le toit, les murs du cabaret étaient vitrés, des palmiers velus, des fleurs des pays chauds s'entrelaçaient jusqu'au plafond, portant au cœur de leurs palmes le parfum du caviar et des sauces au champagne. Une serre tropicale étrange, inquiétante, lorsque à travers les vitres les flocons de neige dansaient leur pavane.

Ce soir-là, le grand-duc Pierre ne fit pas attention à l'orchestre hongrois égrenant des airs d'opérette ni même au silence respectueux qui suivit son entrée. Le Strelnia était réservé aux riches marchands amoureux de musique tzigane et de belles bohémiennes. On l'installa à la meilleure place, près d'une cascade bruissante dont l'eau s'éparpillait aux flancs des roches d'une fausse grotte. La salle bondée attendait « la Perle de Séville », « la Merveille Andalouse », dans son numéro de danse lascive. Le grand-duc goûta à peine au caviar, encore moins aux foies au madère, il but juste une coupe de champagne frappé « à la russe » avec des aiguilles de glace en suspension dans la bouteille. Pour la première fois, il allait la voir danser. Elle arriva en bohémienne, sa tunique, constellée de bijoux, des perles, des saphirs, des rubis gros comme des cœurs, flambait dans la pénombre. Elle s'élança, se cambra, l'orchestre fit éclater un long soupir de violon, son ventre se tendit, se durcit. Chacun de ses gestes, de ses pas s'inscrivait comme une brûlure dans le cœur du grand-duc, ce cœur qu'il croyait éteint. Malgré la présence de tous ces hommes excités, de leur fièvre palpable dans l'air, il savourait son plaisir, loin des autres, loin de tout.

Les gros marchands, les négociants, toute cette classe nouvelle entre les doigts de laquelle coulaient les roubles et l'or à flots, n'avaient jamais rien vu de plus sensuel, de plus profondément charnel. Cette fille donnait envie de faire l'amour rien qu'en agitant l'un de ses bras à la peau couleur de sable.

Au Strelnia, la coutume pour les danseuses et les chanteuses était de « faire » les cabinets particuliers après le spectacle. Là, les hommes pleins de vodka et de champagne pleuraient et riaient au son des balalaïkas. Ils pleuraient et sombraient, la tête dans le corsage des bohémiennes. Ils voulaient l'amour. Certaines l'acceptaient. D'autres se contentaient de faire boire et encore boire, jusqu'au terrassement final, l'instant où les serveurs venaient ramasser le corps pour le remettre au cocher qui depuis des heures faisait le pied de grue auprès d'un feu de fortune. Il emballait le paquet dans une fourrure et prenait la route du retour, au plus froid de la nuit, quand l'aube s'annonce d'une lueur jaunâtre.

Nina, les épaules recouvertes d'un châle doré, la poitrine encore haletante des efforts de la danse, vint rejoindre un moment le grand-duc avant de faire la tournée des cabinets.

— Comme tu es belle !

Le duc ferma les yeux. Quand il les rouvrit, une lumière de sérénité et de bonheur les habitait. Nina en fut enveloppée d'une douceur inhabituelle. Ce seigneur un peu raide aux cheveux blancs lui apportait quelque chose de tendre et de protecteur. Bien sûr, comme les autres il la voudrait, bien sûr, comme les autres il la posséderait, bien sûr, comme les autres il en serait jaloux et malheureux.

Il commanda une bouteille de champagne, saisit la main de

la jeune femme, la caressa, l'embrassa longuement, puis d'une voix bouleversée :

— Ninotchka, ruine-moi si tu veux mais ne me quitte pas.

Alors commença une vie double, toute de fureur et de passion au Strelnia, toute de douceur et d'apaisement dans la villa. Deux vies mais une seule femme. Nina dansait comme jamais, les hommes se précipitaient au-devant d'elle, la suppliaient pour un baiser, un regard. Elle se jetait dans la nuit avec la furie de son être, tout le feu qui était en elle, cette force belle et cruelle, sauvage et méchante, qui la terrorisait lorsqu'elle y pensait aux heures calmes. Au Strelnia, les riches, les plus riches, se l'arrachaient pour un moment. Elle arrivait encore toute brûlante de danse et de champagne, les Tziganes arrachaient à leurs violons des plaintes saisissantes. Entre tables et canapés, à quelques pas du front en sueur de l'homme, elle faisait vibrer son ventre, sa poitrine, toute sa peau parfumée. La musique, cette musique de la terre et du ciel, de la glace et du feu, la pénétrait comme une épée, elle dansait à l'unisson, emportée par elle, mêlée à elle, gémissant la même complainte désolée, empreinte d'une gaieté terrible. Qu'importe si l'homme tombé à ses pieds lui sort des liasses de billets froissés, la supplie, l'implore, elle rit d'un grand rire, l'enjambe et passe à côté où l'attend un autre homme, un prince, un marchand de peaux, un propriétaire de chemin de fer, l'un de ces maîtres de la Grande Russie habitués à ce que tout et tous plient. Elle, Otero, ne fait que passer et quand l'un d'eux se fait menaçant, agite sa panse trop nourrie, la foudroie avec des yeux noyés par la vodka, elle se contente de le fixer avec un regard d'impératrice outragée, un regard noir, si noir que l'homme ravale sa rage et son désir.

Nina découvre la volupté du refus, le pouvoir pur, absolu, du refus. « Ruine-moi, mais ne me quitte pas ! », cette phrase du grand-duc Pierre la hante Elle veut être fidèle. Tenter l'impossible gageure.

Chaque nuit il l'attend au plus tard qu'elle rentre, encore tout odorante de fumée, de sueur, d'alcool, frémissante de désir. Elle le trouve digne et droit dans sa robe de chambre de laine, lisant ou écrivant, sourire aux lèvres. Confiant. Elle se jette dans ses bras et ils font l'amour, ils font l'amour de tout l'amour semé, éparpillé durant la nuit. Dans cette rage nocturne, Pierre ne se pose aucune question sur sa vigueur retrouvée ou la nature de l'exploit accompli, l'élan que lui transmet Nina se situe bien au-delà, dans un territoire inexploré, la terre vierge du plaisir.

Plus qu'avec la passion de Pierre, c'est avec l'amour que Nina fait l'amour. Dans son être s'ouvrent les avenues où circule le désir ; l'homme qu'elle serre entre ses cuisses, l'homme qu'elle griffe, qu'elle vide comme une coupe de champagne n'a pas de visage, de nom, de singularité, il figure la matérialisation de l'envie générale, le raz de marée qu'elle suscite. Sa soudaine fidélité exacerbe ce sentiment, et lorsque, frénétique, elle se jette dans les bras de Pierre, elle étreint à travers lui l'adoration de tous les hommes. Cette étreinte unique la lave de mille et un regards salaces, de mille et une mains frôleuses, de cette mer de luxure qui, l'aube venue, l'écœure.

Au début de l'après-midi, à son réveil, la villa respire doucement, toute activité suspendue. Elle aime ces longs moments où le soleil d'hiver baigne d'une poussière argentée les pièces spacieuses, où les tableaux fondent leur clair-obscur dans une lumière nacrée et étale. Une pièce la séduit particulièrement par son odeur de vieux cuir, son plancher craquant, où, assis à une petite table, travaille Pierre, au pied d'une muraille de volumes reliés grimpant au mur, s'élevant au plafond, tout le savoir du monde, en russe, français, anglais, italien, toute la mémoire du monde sagement rangée, classée, quelques grains de poussière voletant d'un livre à l'autre venant seuls troubler l'ordre, le bel ordre de la bibliothèque. Nina s'assoit et regarde cet homme de soixante ans se levant chaque matin et s'installant là, devant sa rame de papier, alignant des mots par centaines, par milliers, des mots pour lui tout seul, des mots que peut-être personne jamais ne lira, en vain cherche-t-elle à établir une relation entre cet être de papier et l'animal enfiévré de la nuit.

— Tu connais Shakespeare ? lui a-t-il dit un matin où une neige épaisse voilait le paysage.

— *Roméo et Juliette ?*

— Exactement. Eh bien, j'en fais une traduction nouvelle, un travail de longue haleine parfaitement inutile, il existe déjà beaucoup de traductions, certaines très bonnes, mais cela n'a pas d'importance, je le fais pour mon plaisir. J'espère seulement avoir le temps d'achever ma tâche avant de mourir, c'est si vaste, Shakespeare, parfois j'ai le sentiment de m'y perdre, de manquer d'air, je désespère, puis la foi revient et je me remets au travail.

Un après-midi, en traîneau, dans l'immense forêt voisine, elle lui demanda s'il croyait en Dieu. Il la regarda curieusement :

— Je m'arrange avec lui mais je ne le fréquente guère. En Russie, nous mêlons trop Dieu à toutes nos petites affaires, Dieu est partout et finalement nulle part. Je suis trop français et trop voltairien pour croire à l'illumination. Chez nous, la foi est illumination ou elle n'est pas. J'aime le Dieu charitable, le Dieu du péché et du salut, je n'aime pas celui de Tolstoï, l'auteur d'*Anna Karénine*, un très grand livre, je te le recommande, l'histoire d'un adultère, plutôt la condamnation d'un adultère... Je n'ai que faire d'une morale qui condamne la chair, nous promet l'enfer quand nous faisons l'amour. Moi j'aime la chair et j'ajouterai même que j'y rencontre parfois Dieu.

— Tu exagères ! La chair ce n'est pas Dieu, crois-moi, ce serait plutôt le diable, enfin, si le diable existait ce serait plutôt lui.

— Quand nous faisons l'amour, il ne te semble pas que nous nous approchons de Dieu ?

— Non.

Pierre tira sur les rênes des chevaux de la troïka.

— Toi, la reine du plaisir, tu ne crois pas à la divinité de la passion physique ?

— C'est trop compliqué pour moi, tout ça !

— Mais tu aimes l'amour ?

— Peut-être, mais par moments je le déteste. Je me déteste.

Il voulut lui prendre la main sous la grosse couverture de fourrure, elle se déroba.

Ils retournèrent au palais sans un mot, dans la lumière verte du crépuscule.

Au printemps, ce fut le grand déménagement pour Saint-Pétersbourg. Tout éloigné de la Cour qu'il se voulait, le grand-duc Pierre ne pouvait éviter de se rendre au moins une foi l'an dans la capitale.

— Une erreur, une erreur énorme, soupira-t-il. Le Tsar se doit d'être au cœur de la Russie et le cœur de la Russie c'est Moscou, certainement pas cette ville inventée de toutes pièces, qui n'a rien de russe, coupée du reste de la nation, bien trop européenne. Le peuple ne la sent pas. Le tsar Pierre le Grand, en l'édifiant, voulait tourner le dos à la Russie traditionnelle et s'ouvrir à l'Occident. A mon avis, nous paierons un jour cette faute. Vous allez découvrir, Ninot-chka, une sorte de Versailles glacial où l'aristocratie du pays vit en vase clos, se complaisant dans la futilité et la jalousie. Plus d'un million de personnes, toutes les administrations, tous les fonctionnaires, des avocats, des aventuriers, voilà Saint-Pétersbourg ! Là-bas, lorsque l'on croise un moujik c'est qu'il vient parfois de très loin solliciter un quelconque fonctionnaire, gratte-papier en attente d'avancement.

Il plut du commencement à la fin du voyage. Nina et le

grand-duc partageaient un compartiment à eux tout seuls. Les domestiques et Irma occupaient deux autres voitures. Par la vitre, se déroulait, toujours identique, un paysage de terre pelée, de forêts aux branches nues et désolées, de marécages reflétant un ciel noir.

— Je préfère la neige, se plaignit Nina.

— Vous verrez, Saint-Pétersbourg vous plaira, on y donne des bals magnifiques, les hommes y sont beaux, riches, arrogants et fiers, les femmes ressemblent à des biches dans l'attente du chasseur qui les dévorera.

— Mais je n'en ai pas envie du tout...

— Au contraire, fit Pierre en allumant un cigare, c'est exactement ce qu'il vous faut. Considérez Moscou comme un heureux intermède. Maintenant, la Belle Otero doit faire la conquête de la capitale de l'Empire.

Nina croisa les jambes. Il l'ennuyait, à la fin, à précéder ses propres pensées et parfois même, comme à l'instant, à les formuler avant qu'elle n'y songe réellement.

A la gare une véritable tempête les attendait, un vent chargé d'humidité et de sel marin balayait les quais, les hommes couraient, protégés par d'immenses capotes, les femmes trottinaient dans des bottines en caoutchouc, s'enfonçant dans les flaques d'eau. La fin du monde doit ressembler à quelque chose dans ce goût-là, se dit Nina accablée de tristesse et de mauvaise humeur. Elle évoqua l'Andalousie, Monte-Carlo, le soleil, elle revit l'image de Legueret et un grand écœurement la saisit. Jeune encore, elle avait vécu et connu trop de choses.

Il se profila à contre-jour : immense, un géant, droit comme un militaire à la parade, un visage raviné avec une bouche aux lèvres épaisses, une bouche à embrasser et à dévorer que surmontait une moustache blanche aux poils drus comme des épis dans un champ en été, en s'approchant on croyait en sentir l'odeur de foin coupé. Mais ce qui fit que Nina s'immobilisa, paralysée et aimantée à la fois, ce fut la puissance du regard, un regard comme elle n'en avait jamais vu. Ses yeux évoquaient deux bêtes vives, intenses, brûlants, capables de vous tuer ou de vous confondre de caresses, glauques et lumineux, pervers et tendres, cruels toujours. Sa démarche était celle d'un gros ours de la montagne, impression que renforçait une pelisse de fourrure grise.

— Nina, je vous présente mon cousin le prince Alexandre, un séducteur, je vous préviens. Il a toutes les femmes, n'est-ce pas, cher Alexandre ?

Le prince partit d'un énorme éclat de rire qui parcourut la gare, chassant devant lui les rafales de la tempête.

— C'est parfaitement vrai, et celle-là aussi je l'aurai.

Sa voix ressemblait à un fleuve charriant des cailloux, dans sa bouche le français prenait des consonances étranges, boueuses. Des voitures attendaient les voyageurs. Alexandre prit place avec Nina et Pierre dans un landau couvert d'une capote où s'écrasaient les gouttes. Ils s'enfoncèrent dans un mur de pluie d'où surgissaient des avenues et des palais fantomatiques, de larges avenues droites et vides se perdant dans un horizon de brume verdâtre. Dans la tourmente, une mer de parapluies noirs tentaient tant bien que mal de protéger une foule grise dont rien ne venait signaler la spécificité russe. Seul le monumental plaidait pour une contrée immense se confondant avec le brouillard et la mer. La foule avançait, entre deux rangées de pierres balafrées d'une humidité spongieuse, flot continu sans un éclat de rire, une couleur vive.

Dans l'espace réduit de la voiture, Nina se sentit chamboulée par ce regard cru de sauvage. Cet homme-là devait être né dans l'un des étangs lugubres que le train avait longés avant de pénétrer dans la gare, une bête des premiers temps, un dinosaure conservé dans les glaces. A chaque tour de roues, elle s'attendait à ce qu'il lui saute dessus sans un mot, juste un grognement de fauve affamé.

Lorsqu'ils arrivèrent à la demeure du grand-duc, Alexandre en guise d'adieu posa des lèvres gloutonnes sur la main de Nina.

— Il me fait peur, votre cousin, je n'aimerais pas me retrouver seule avec lui.

— Pourquoi ? C'est un Russe, un vrai, que pourrait-il vous arriver ?

La lourde porte du palais se referma sur eux.

SAINT-PÉTERSBOURG se jeta sur la danseuse espagnole qui avait conquis Moscou. Otero ! Le nom courait les canaux et la perspective Nevski. Les princes et les grands-ducs envoyaient des fleurs et des bijoux. L'engouement de la capitale dépassait tout ce que Nina avait connu auparavant. Le Malinka Théâtre, où elle dansait chaque soir, se transforma en succursale du Palais d'hiver. Les plus grands se pressaient, curieux et excités. On lui promettait la lune et on la lui donnait. On patientait des heures pour la voir, lui glisser un billet, lui faire parvenir une parure. Tout était excessif, avec ces Russes sentimentaux et violents.

Chaque soir, après le spectacle du Malinka, on noyait au champagne les défis et les paris. Qui l'enlèverait à ce vieux barbon de grand-duc ? Car Nina résistait. Fidèle sous l'avalanche des présents et des propositions, se débarrassant des plus empressés par une boutade, un sourire, une vague promesse. Mais ce qui au début l'avait séduite par une sorte de jouissance du refus devenait de plus en plus pesant. Désormais, ses retours à l'aube n'avaient plus rien de passionné, elle préférait se coucher et dormir plutôt que de faire partager à Pierre son incandescence.

— Je ne vous ai pas fait jurer de m'être fidèle, Ninotchka, lui dit-il l'un des premiers matins de printemps de la saison. Faites ce que bon vous semblera, renouez avec le goût de vivre et par la même occasion l'envie de me le faire partager.

— C'est une promesse que je me suis faite à moi-même mais vous avez raison, j'aime trop les hommes pour m'en passer longtemps. Je voulais simplement être différente avec vous...

Le grand-duc la serra dans ses bras. A travers l'étoffe légère, il sentit la peau tiède, soyeuse, il accentua la pression, ses doigts s'enfoncèrent.

— Surtout, ne changez rien à votre nature, c'est vous que j'aime, telle que vous êtes : belle, fringante, conquérante, autoritaire, cruelle, généreuse et infidèle... Il y a tant de femmes sur cette terre, pétries de vertus domestiques, laissez-leur ce mérite.

Nina lui baisa doucement les mains.

— Vous allez souffrir, Pierre.

— Certainement, mais je préfère la souffrance avec vous que la paix avec une autre.

Avec le début de l'été, Saint-Pétersbourg perdait de son austérité, les palais, les colonnades roses, jaunes, rouges prenaient des allures de décor à l'italienne. Le long de la Neva se croisaient les équipages, les toilettes luxueuses des femmes sûres de leur beauté, de leur rang, de leur fortune. Le vent d'été propageait les bruissements des orchestres jouant dans les kiosques et les cafés des îles. Une gaieté électrique qu'avivait la fièvre des nuits blanches. Le soleil blême se couchait à l'ouest pour se lever quelques minutes plus tard, rougeoyant à l'est. Pour oublier ce jour éternel, on s'enivrait de danses, de fêtes, de champagne, de vodka, de luxure et de suicides. La vie, dans ces instants où le temps s'abolissait, n'avait guère plus d'importance qu'une interminable mauvaise plaisanterie. Les corps énervés se cherchaient, se trouvaient, se quittaient, se retrouvaient dans un tournis mêlant allégresse et désespoir, délire et amertume. Saint-Pétersbourg s'amusait à perdre haleine, d'un flonflon à l'autre, d'un bal à un restaurant, d'un concert à un défilé des Chevaliers-Gardes. L'armée et les femmes voltigeaient l'une vers les autres jusqu'à l'instant où les deux entités ne formaient plus qu'un corps chamarré tourbillonnant au son de la valse.

Au cœur de cette nuit qui n'en était pas une, aux heures où l'eau de la Neva embrasse le ciel d'une pâleur verdâtre, à l'instant où les lampions eux-mêmes paraissent s'affadir, où les violons tremblent et se taisent, abasourdis de fatigue, Nina au bord de la mer, dans une des villas des îles, Nina jouait. Elle perdait, elle gagnait, son visage se creusait, ses yeux se cernaient, l'alcool et la fatigue lui donnaient ce teint gris des petites heures du jour. Autour de la table, les autres joueurs venaient faire cercle, curieux d'observer l'alliance de la beauté et de la passion dévastatrice du jeu, comme si les deux ne pouvaient cohabiter, l'une devant forcément à un moment prendre toute la place, étouffer l'autre. A la roulette, on la laissait seule affronter le plateau et sa boule. Elle misait dans un état second, peu lui importait le reste de la table, son *alter ego* était cette mécanique aveugle qu'elle devait dominer. Au baccara, rares étaient ceux qui osaient l'affronter.

Tous sauf un, qui semblait la suivre ou même la précéder dans ces villas transformées pour quelques heures en casinos, et cet homme qui se dressait de toute sa carcasse déployée était le prince Alexandre. A chaque banco, il la fixait de ses yeux luisants. Lui se moquait de lui plaire, ce qu'il voulait c'était la mettre à genoux. Il la voulait terrassée, le suppliant de lui rendre grâce. Leur rencontres devenaient des joutes dont le lendemain, jusque chez le Tsar, tout le monde parlait. Sans se donner jamais rendez-vous, les deux fauves se retrouvaient, se jaugeaient, se soupesaient, jubilaient de s'affronter à nouveau.

Nina arrive toujours la première, s'installe à la roulette une heure, parfois plus, jusqu'au moment où la rumeur traverse les salons : « Le prince ! Le prince est là... » Alors Nina ramasse ses jetons et se dirige vers la table de baccara. Les deux adversaires ne se saluent pas, ne se regardent pas, chacun s'installe d'un côté de la table, le croupier peut commencer la taille. Ce que tous ignorent, le prince le premier, c'est ce trouble qui lui serre la poitrine, une sensation de peur et d'exaltation. A la première coupe ses mains tremblent parfois légèrement, elle est certaine que le prince s'en aperçoit, qu'il devrait s'en apercevoir, lui qui ne cille jamais, fixant son regard sur elle le temps de la partie, dût-elle durer des heures. Statue de marbre affalée sur deux chaises, un cigare au coin de la bouche, buvant bouteille de champagne après bouteille de champagne. D'ailleurs il ne boit pas, il lampe ; il ne respire pas, il souffle ; il n'avale pas, il éructe... La foule pousse des cris chaque fois qu'un banco est réussi par l'un ou l'autre des joueurs. Nina joue l'indifférente, s'efforçant de ne rien laisser paraître de sa joie ou de sa déception, tendant à la même impassibilité que le prince. A la différence que lui ne simule pas. On le remarque à sa façon d'abattre les cartes d'une seule main nonchalante, toujours le même mouvement des heures durant. La partie pourrait s'éterniser une vie entière, rien, absolument rien ne viendrait troubler ce mouvement inscrit une fois pour toutes dans l'air lui-même. Nina s'acharne au calme mais plus le temps passe et plus cet acharnement devient le but essentiel, faisant passer au second plan le jeu lui-même.

A l'aurore elle se lève, perdante. De grosses sommes, la valeur de plusieurs parures, un rang d'émeraudes, un collier de perles. Mais la jeune femme se moque de l'argent englouti, une fois de plus le prince l'a humiliée, laissant enfin percer un sourire. La colère bouillonne en elle. Comme elle le hait, à cet instant où plus rien n'est possible, où elle doit s'éloigner avec, sur les épaules, le poids de la défaite.

Dehors, dans le jardin qui descend en pente douce vers le fleuve, Nina s'éloigne seule, se protégeant de la fraîcheur matinale en se drapant d'une cape noire qui allonge sa silhouette. Le soleil encore bas dessine de grandes ombres sous les chênes dont les feuilles perlées de fraîcheur gouttent doucement. Un calme de commencement du monde avec là-bas, plus bas, le sourd grondement du fleuve. Les coupoles et les clochers de la ville surgissent, nimbés d'un brouillard transparent. Un souffle épais, puissant, elle se retourne. Il est là, à contre-jour, masse ténébreuse se détachant sur un tapis d'herbe verte. Brusquement il tend le bras, elle recule, elle n'a pas réfléchi à son geste, un sursaut naturel...

— Vous avez peur ?

Sa voix épaisse, cette voix de nuit et de fumée, incongrue dans la pureté du matin.

— Oui, vous me faites peur.

A la clarté du jour, son visage apparaît noirci, comme si les mille cigarettes de la nuit avaient laissé chacune un peu de leur cendre sur sa peau.

— C'est bon, la peur. Vous aimez... je sais.

— Laissez-moi, prince.

— Vous laisser ?

Sa carcasse rebondit, secouée d'un rire qui couvre le fracas du fleuve.

— Jamais ! J'attends.

Alors la colère explose en elle, elle se rapproche de lui, à quelques centimètres.

— Vous pouvez attendre une éternité, je suis la maîtresse de votre cousin et...

— Ça n'a pas d'importance.

— Mais je ne vous aime pas.

— Mon cousin non plus...

— Ce n'est pas la même chose.

— Je vous aurai.

— Jamais.

— J'achèterai.

— Je ne suis pas à vendre, prince !

— Assez...

Cette fois elle n'a pas le temps de reculer, la main du géant s'abat sur le revers de sa cape. Il la tire à lui, elle se sent soulevée, fétu minuscule, il la presse contre sa poitrine, un souffle chargé de tabac ruisselle dans son cou. Elle ferme les yeux. Il la prendrait, il l'embrasserait, elle serait à lui... Il la relâche. Elle le déteste. Elle court dans l'herbe mouillée, rejoint la route, la voiture qui l'attend... poursuivie par le ricanement du prince.

Toute la Cour a fui dans les villas des îles la ville saisie par la canicule. Le grand-duc Pierre n'a pas bougé, il lit, écrit, s'occupe de ses fleurs. Nina passe en coup de vent, change de toilette entre deux bals... Lui raconte l'empressement des officiers, ses tocades, ses amants d'une heure, d'une nuit...

— Tu vois, dit-elle, je ne te cache rien...

— C'est bien, répond-il.

— Tu souffres ?

— Non, j'ai décidé d'être ton esclave, un esclave ne souffre pas, il n'a pas d'amour-propre, c'est un avantage.

— Tu mens !

Bien sûr qu'il souffre, elle le sait, elle le voit. Il souffre comme les autres... Elle voudrait qu'il le lui dise, qu'il lui demande de cesser. Peut-être en aurait-elle la force ? Mais il sourit, éternellement heureux. Heureux même quand elle lui demande de l'argent pour jouer chaque jour un peu plus.

— Pour vaincre le prince, dit-elle.

— Tu ne gagneras jamais.

— Pourquoi ? Dis-moi pourquoi.

— Parce que lui ne connaît pas le prix de l'argent, et toi oui. Il aura toujours la poignée d'or en plus, celle qui te manquera. On ne s'attaque pas à l'argent avec de l'argent. A partir d'un certain chiffre, la fortune est un rempart contre le hasard.

— Je réussirai !

Sans sourciller, le grand-duc empile les roubles sur la table du jardin, entre les tasses de thé et les petits gâteaux aux raisins.

Le cœur léger, Nina s'envole vers le jeu, vers la danse, vers l'amour. Est-ce l'effet de ces journées qui n'en finissent jamais, de la présence continue du soleil comme un œil immense, tantôt brûlant, tantôt cotonneux et glacé, mais Nina n'a jamais autant senti son corps vibrer, chamboulé d'élans chauds et humides qui la laissent dolente et nerveuse. Elle, toujours maîtresse de ses émois charnels, se découvre des rages d'amour inconnues. Elle se livre et se laisse aller à la jouissance dans un tourbillon de partenaires, tous beaux, tous jeunes, tous officiers, ducs, riches héritiers... Elle les oublie aussitôt l'acte accompli, à l'aventure de chambres identiques où n'en finit plus de mourir la pâle lumière du jour. Souillure ! Elle se souvient des mots de l'explorateur... Mais non, son corps est toujours aussi galbé, rutilant... Pas de trace, aucune flétrissure...

Champagne... Touffeur de la nuit sans nuit. Parfum exubérant des fleurs. Dans une guinguette, là-bas, un accordéon triste chante le chagrin des amours brisées. Chez Cuba, le cuisinier français, une bande de Chevaliers-Gardes exaltés attend le grand événement de la soirée, de la saison, de l'année... Ils ont déboutonné leurs uniformes, visages luisants de sueur. Soudain les lumières s'éteignent, les ombres s'allongent, un silence pesant étreint les poitrines. Enfin, venant de la salle de restaurant déserte, s'avance doucement sous les arbres, portée par quatre hommes, un immense plateau couvert d'une nappe brodée et sur la nappe, allongée sur le flanc, Caroline Otero. Deux bougies jettent sur sa chair des flammes douces, oignant sa nudité d'une lumière d'église. Un cri, un long cri s'élève de dizaines de poitrines, un cri d'étonnement, de ravissement, d'admiration. Nue dans toute sa splendeur dévoilée au regard des hommes, nue comme si déjà immortalisée par un peintre fou de formes et de chair, nue comme une vierge de Vélasquez ou de Murillo. Nue comme la femme-déesse se livrant en offrande... Nue comme ne s'appartenant plus. Nue dans le délire d'elle-même et de sa beauté, révélant à cette poignée de militaires entre terre et eau l'essence même de son être, ce corps sans vertu que l'on adore à genoux. Les officiers se prosternent, le plateau se balance au-dessus des têtes. Nina, lointaine, regarde les étoiles dorées, luttant avec un soleil livide pour la conquête du ciel. Sent-elle l'adoration monter vers elle ? Cette brûlure éperdue des regards ? N'est-elle pas l'incarnation vivante et sacrée du désir fait femme ?

Journal d'Irma

Moi qui m'étonnais déjà du nombre d'hommages qui montaient comme un encens autour de ma Nina, je n'avais rien vu avant d'être à Saint-Pétersbourg. Cela devient du délire. Quelle admirable existence que la sienne ! Quelle jouissance à sentir que, sur son passage, tous les cœurs s'enflamment. Parfois l'atmosphère en devient irrespirable. Moi, je suis là, à veiller que ma belle ne fasse pas de bêtises. La bêtise suprême étant de tomber une nouvelle fois amoureuse. Avec le grand-duc, je suis tranquille, mais ce prince Alexandre, je m'en méfie. L'autre matin, Nina est rentrée toute retournée à cause de lui. Alexandre a une réputation terrible. Les femmes ont peur de lui mais sont attirées tout autant.

Méfiance donc, mais en attendant, avec ces fous de Russes, mon bas de laine grossit dans des proportions considérables ! Pour remettre une lettre à Nina, pour connaître l'emplacement de sa chambre, je reçois d'assez coquettes sommes. Bientôt je serai riche. Plus tôt que je ne le pensais. Pour accélérer les choses, j'ai mis au point un stratagème qui, je l'avoue — Dieu me garde —, fonctionne aux petits oignons. Voici ce dont il s'agit : en début d'après-midi, lorsque, fatiguée par ses nuits sans sommeil, Nina s'endort sur la chaise longue de la véranda, je dispose une mantille sur son visage, la drape dans un châle broché et aux visiteurs (il y en a beaucoup) qui viennent lui offrir leurs hommages, j'accorde la faveur de la contempler endormie. Le drapé moule les formes sans les dévoiler, le résultat est vraiment très saisissant.

L'image vaut la peine !

Mes Russes sont comme en extase... Ce petit divertissement m'a déjà rapporté de quoi m'acheter une belle ferme avec tout ce qu'il faut dedans, quelque part chez nous, en France, loin de tous ces détraqués.

Je n'ai pas l'impression de faire mal ou de voler ma « patronne ». Quelle réclame pour elle ! D'une façon ou d'une autre, nous nous y retrouvons toutes les deux.

L'AUTOMNE arriva, avec ses pluies et ses vents déjà chargés de glace venus du Grand Nord. Après le jour interminable, la nuit perpétuelle, au noir profond succédaient quelques heures de clarté maussade.

Les cloches sonnèrent à la volée, les hommes et les femmes se signèrent le long des trottoirs : en Crimée, Alexandre III venait de mourir. La Russie perdait son père, les moujiks se frappaient la poitrine, de grosses larmes dans les yeux. Nina assista à ce chagrin immense, cette peine profonde s'abattant sur les épaules de tout un peuple. A son grand étonnement, elle vit Pierre s'abîmer en prière à genoux dans la bibliothèque. Pourquoi une telle désolation pour un tyran qui avait envoyé au bagne des milliers d'opposants politiques, comment un homme aussi intelligent que le grand-duc pouvait-il s'identifier à ce deuil national ?

— Parce que, répondit-il, le Tsar est beaucoup plus qu'un dirigeant, plus même que vos anciens rois. Le Tsar est l'émanation de la patrie, nous l'aimons à la mesure où nous nous aimons nous-mêmes. Le jour où les Russes ne se respecteront plus, ils renverseront le Tsar. Que Dieu nous protège d'un tel désastre.

— Il me semblait que vous ne croyiez pas en Dieu ?

— L'homme civilisé à l'européenne n'y croit pas, mais aujourd'hui c'est le Russe qui pleure et prie.

234

Nina se sentit à son tour profondément émue par ce sentiment palpable de désolation qui émanait de la terre, des eaux et du ciel. Saint-Pétersbourg prenait la couleur d'un linceul.

Aux obsèques solennelles, dans la tribune réservée aux invités de marque, elle se retrouva à côté du prince Alexandre. Depuis la matinée dans le parc, elle ne l'avait plus revu, ni devant une table de jeu ni dans un salon. Il portait la tenue blanche des Chevaliers-Gardes et un casque surmonté de l'aigle à deux têtes. Son visage cuivré, son maintien impassible, la rectitude de l'uniforme lui donnaient l'aspect d'une statue. Une beauté de bronze qui glaça le sang de Nina. Il la regardait à peine, fixant toute son attention sur le cortège des dignitaires de l'Église et de l'armée, une houle de bonnets de fourrure, de plumets, de croix, de médailles, d'épaulettes. Un chant s'élevait du cortège, litanie profonde et nocturne. Des encensoirs balancés à bout de bras par les popes s'élevait une fumée bleuâtre. Et au cœur de cette foule marchait au pas lent des chevaux Nicolas II, le nouveau Tsar, mince silhouette imprécise et pâle, seul sur son alezan au milieu d'un cercle respectueux. Derrière, la future impératrice Alexandra, dont le deuil de la Cour retardait la cérémonie des noces, suivait dans une calèche attelée de six chevaux recouverts de crêpe noir. L'œil du prince s'appesantit sur cette jeune femme en grand deuil d'un beau-père qu'elle n'avait pas eu le temps de connaître. Puis, assez fort pour que Nina l'entendît, il grogna en français : « Un oiseau de malheur ! » Nina se hissa sur ses talons pour essayer de mieux voir celle qui provoquait chez le prince cette terrible prédiction : Alexandra possédait un beau visage, empreint d'une tristesse qui n'était pas seulement de circonstance, la bouche mince exprimait un caractère mélancolique.

Durant la cérémonie, à l'intérieur de la cathédrale Saint-Pierre-et-Saint-Paul, une vague de prières s'éleva sur la place, sur la ville entière, avant d'aller mourir doucement dans l'eau boueuse de la Neva. Ces femmes, ces hommes à genoux, Nina sentit que leur peine infinie était celle d'un pays où au même instant des millions d'individus partageaient la même affliction, de l'Oural à l'Ukraine. Un seul cœur pour un seul trône, un seul dieu vivant pour une multitude de peuples. Un pays pleurait son père. Dans cette émotion vibrante, le prince parut à Nina porteur de quelque chose de fort et de grand, sa beauté grave, ses yeux sombres où se reflétaient les étendards et les nuages courant dans le ciel symbolisaient le souffle et l'âme de la Russie. La Russie frappait, la Russie battait en lui comme un cœur sanglant et souffrant. Elle eut envie de le prendre dans ses bras, elle rêva de protéger ce monstre, de le bercer comme on berce une grosse bête pataude.

Brusquement il se tourna dans sa direction, porta sur elle son regard terrible. Elle ravala tous ces élans, jambes coupées. Elle cligna des yeux, vacilla, chercha un appui et ne rencontra que le vide. Les cloches se mirent à sonner, les dignitaires précédèrent le catafalque sur le haut des marches de la cathédrale. Toute l'assistance tomba à genoux, certains hommes frappant le sol de leur front... « Seigneur..., Seigneur », gémit le prince. Nina respirait avec difficulté. « Seigneur... » Le prince Alexandre pleurait ! Des larmes silencieuse glissaient le long de ses joues. La Russie priait.

Les cloches cessèrent, il y eut une minute de silence total. Puis ce fut le pas des chevaux sur le pavé mouillé, la procession de la foule hébétée s'écartant doucement. Nina emboîta le pas au prince jusqu'à la voiture. Un prince encore plus sombre et buté que de coutume. Il lui proposa de la raccompagner. La moitié du trajet se passa sans qu'aucun mot ne fût prononcé, par la vitre de la portière il suivit du regard la foule des moujiks rentrant chez eux, cette immense foule grise des pauvres, cette masse sans visage, pieds nus dans des savates de corde, dos courbé. Plusieurs de ces hommes et de ces femmes marcheront plusieurs jours avant de retrouver leur cabane, des milliers de verstes... ils marcheront dans la pluie et la boue, le ventre vide, avalant juste un peu de soupe et de thé chauds, mais le cœur heureux d'avoir rendu un dernier hommage à leur maître suprême. Fatigué du spectacle, Alexandre se laissa glisser au fond du siège. Il marmonna quelque chose que Nina ne comprit pas. Elle n'osa pas lui demander de répéter. Mais pour lui seul le prince maugréa une seconde fois : « Les misérables, tant qu'ils dorment... Mais le jour du réveil, alors... » Il eut un mouvement de la main évoquant le couperet d'une guillotine. Ils se quittèrent sur un simple salut. En grimpant les marches de l'hôtel particulier du grand-duc Pierre, Nina sentit une solitude infinie s'emparer d'elle.

L'automne ne dura pas, l'horizon devint net, lavé de tout nuage, la terre se durcit, le ciel s'installa au bleu ardent et ne le quitta plus. Il gelait chaque jour un peu plus, l'air se cristallisait, la Neva charriait de la glace, puis un beau matin elle fut entièrement prise, gelée d'une rive à l'autre. L'hiver régnait, un poing énorme suspendu sur la ville et les forêts, les champs et les étangs. Une force que, la nuit venue, on croyait entendre vrombir à travers les avenues trop larges, les places trop grandes. La ville se calfeutra, s'enveloppa de fourrures épaisses, se noya dans le thé bouillant et la vodka pure. Le Palais d'hiver scintillait dès cinq heures du soir. Bâtisse du bout du monde, dernier repère des lumières avant les glaces éternelles, dressant ses dentelles de pierre, ses frontons, ses tourelles élégantes dans un dérisoire pied-de-nez de la civilisation à la monstrueuse morsure des éléments.

A Saint-Pétersbourg beaucoup plus qu'à Moscou, Nina se heurtait à l'hiver dans toute sa violence. L'hiver ici était plus qu'une simple histoire de froidure, il constituait un État à l'intérieur de l'État lui-même. L'hiver existait comme une personne, un monstre redouté et adoré.

Le succès au théâtre de la Malinka ne se démentait pas. On

venait admirer la gitane de feu. Pour ne pas la priver du plaisir d'être adulée, le grand-duc, au contraire de ses habitudes, décida de passer l'hiver dans la capitale. Nina lui en sut gré, elle se rapprocha de cet homme qu'elle aimait de passion tendre. Avec l'hiver revenu, elle s'assagit, fidèle à nouveau. Parfois elle évoquait le prince, son cœur battait plus vite, elle s'en voulait de cet émoi, le chassait de toutes ses forces. Heureusement, le prince disparut après les obsèques du Tsar. Elle questionna négligemment Pierre sur ce départ.

— Dieu seul sait, répondit-il en haussant les épaules.

Le froid déclina, il neigea pendant plusieurs jours et plusieurs nuits, fomentant un silence de ouate qui angoissait Nina. Dehors, elle chantonnait pour rompre cette absence de bruit qui ressemblait à la mort. Une mort blanche à perte de vue. L'effervescence du théâtre, les flammes vives dans la cheminée, la chaleur craquante du bois brûlé la rassuraient. Après le spectacle, elle aimait prolonger cette quiétude à l'abri des terreurs de l'extérieur, on ouvrait des bouteilles de champagne et l'on buvait une partie de la nuit en chantant de vieilles chansons que Nina apprenait avec facilité. Elle n'en comprenait pas les paroles mais leur tonalité, les refrains joyeux ou tristes lui plaisaient. Sa loge était la dernière à rester allumée. On s'y retrouvait, on poussait la table, on s'asseyait à même le sol, retardant le plus possible l'instant d'affronter les ténèbres. Quand Nina décidait de passer la nuit à boire avec ses amis, on chassait les admirateurs dès la fin du spectacle, les fleurs, des dizaines de bouquets de fleurs, prenaient le chemin d'une loge vide où l'habilleuse les entassait. Seuls les étuis à bijoux se retrouvaient sur la coiffeuse. Nina les triait, offrait les bijoux fantaisie et gardait pour elle boucles d'oreilles et pendentifs de rubis et de diamants. La petite cour assistait, éberluée, à cette pêche aux trésors.

Ce soir-là, la moisson avait été plutôt maigre quand on frappa à la porte de la loge. Une danseuse en déshabillé alla ouvrir. Il emplit tout l'espace, la neige fumait autour de sa houppelande immense, couleur fauve. Sur son visage, des cristaux de glace fondaient lentement. Avec le prince, l'hiver entier pénétra dans le nid douillet, glaçant le petit groupe nonchalamment installé.

Nina se dressa. Il était là. Muet. Gigantesque. Issu de la nuit, tel le fantôme d'Ivan le Terrible. Dans quelle contrée de fin du monde avait-il erré, de quel igloo de gel et de neige sortait-il ? Il sentait la forêt, l'odeur du bois en hiver. Un parfum de brume chassa celui de la poudre de riz et la fadeur du champagne éventé. Il ne dit pas un mot, se contentant de la regarder, elle, ignorant les autres. La petite cour s'envola, en quelques instants elle fut seule face à lui. Il avança d'un pas et grogna :

— Venez.

Elle hésita, tenta de sourire, de trouver une réponse et finalement se réfugia derrière le paravent pour enfiler sa robe en s'embrouillant dans les agrafes et les nœuds. Elle surgit échevelée, il la saisit par le bras. Elle le suivit. A travers l'étoffe, elle sentait la chaleur de sa poigne, sa puissance. Une voiture les attendait. Il lui rabattit sur les jambes et la poitrine des couvertures de fourrure. La voiture glissa silencieusement, la nuit scintillait, les étoiles brillaient si fort, si violemment, qu'on aurait dit qu'elles étaient là, à portée de main. Les arbres s'allongeaient dans l'ombre jaune de la lune. C'était comme un soleil de givre, une nuit de cristal. Il m'emporte, se disait-elle, et jamais un homme, l'enlevant, ne l'avait fait pareillement trembler. Le froid n'y était pour rien. Amoureuse ? Amoureuse... Elle le regarda du coin de l'œil. Rien, une masse obscure, un mur de silence, un fauve immobile. Était-il humain ? Que lui importait ! Ce qu'elle voulait goûter, c'était lui, lui le prince, cette montagne de ténèbres, le mystère granitique dont il était fait.

La voiture s'arrêta devant le perron d'une grande demeure, au fond d'un parc plongé dans l'obscurité. Un vieux serviteur vint leur ouvrir, une lampe à la main, il les précéda le long d'un couloir interminable. Il s'arrêta enfin devant une porte que le prince ouvrit lui-même. Noir, noir complet, non, deux yeux rouges, puis deux autres jaunes, Nina eut un mouvement de recul, le prince la poussa devant lui. Les yeux de feu miroitaient sous quatre icônes de la Vierge. Un grand lit couvert de peaux de bêtes tenait toute la place, ne laissant d'espace que pour un coffre clouté. Les quatre icônes étaient placées de chaque côté du lit. Le prince se dirigea vers la cheminée, une flamme claire s'éleva. Nina laissa tomber son manteau, le prince le ramassa et le jeta au serviteur qui s'éclipsa avec son butin. Il était trop grand, trop large pour ce boudoir sinistre. Soudainement elle eut envie de fuir. La peur lui serrait la gorge, une peur étrange, surnaturelle. Il s'empara d'elle, la souleva, la fit tourbillonner avant de la reposer brutalement.

— Je t'avais dit que tu serais à moi, déshabille-toi.

— Non !

Le cri s'échappa de ses lèvres avant même qu'elle ne puisse le contrôler. Elle sentait son souffle épais sur son visage. Elle se révolta.

— Jamais.

La poigne du prince s'abattit.

— Alors, gitane, tous et pas moi ?...

— Non, pas vous, je vous hais.

Il ricana, et d'un geste fit sauter les boutons de la robe, arrachant le haut de la chemise de soie.

— Tu ne peux pas t'échapper.

— Je crierai.

— Crie si tu veux.

Dédaigneusement, il la lâcha. Sa voix grumeleuse demeurait calme, bien trop calme. Nina étouffait, la chaleur, le feu, ce rustre sûr de lui, jouant avec elle comme avec une poupée.

— Moi, on ne me viole pas, prince !

Il lui semblait qu'elle hurlait, mais sa voix mourait dans les rideaux. Il se saisit d'elle à nouveau, sa main possédait la puissance d'une tenaille. Elle se débattit dans la nuit rougeâtre, ses seins surgirent, luisants, dressés par la terreur. Ongles en avant, elle cherchait le visage, les yeux. Il s'empara de ses bras et la fit tomber sur le lit.

— Maintenant, ça suffit. Assez de simagrées... Sois sage et douce, allonge-toi, ma tourterelle.

Elle se redressa.

— Vous me répugnez, je préfère faire l'amour avec un moujik plutôt qu'avec vous.

Le front du prince se plissa, ses traits s'empourprèrent ! Le sang vrilla ses yeux. Nina ne vit plus qu'eux : deux éclats de forge. Elle s'élança, ivre de rage, elle allait lui crever ces deux éclats d'enfer qui la faisaient mollir comme une chatte en chaleur. Mais déjà il la pressait contre lui. Elle mordit cet amoncellement de chair dure comme de la terre gelée, lui ouvrit la chemise en grand et, s'emparant de la pointe de ses seins, y enfonça les dents de toute la force de sa répulsion, de toute la délectation de sa passion. Il poussa un hurlement. Seigneur, il pouvait donc ressentir de la douleur ! A toute volée il la gifla, elle vacilla, se cogna au lit, avant de s'étaler sur le sol de marbre. Il allait la tuer, elle en était sûre... Il se laissa tomber sur elle... Elle étouffait... Il l'immobilisa... Son visage ruisselait de sueur, à quelques centimètres du sien. Il pouvait l'écraser, l'anéantir, la pénétrer, l'éventrer... Il se souleva maladroitement, une longue traînée de sang barrait sa poitrine. Ce sang, elle en possédait encore le goût dans la bouche. Fuir ? La tentation de lui céder, de lui donner finalement raison. Tout son orgueil se rebiffait... Elle se vendait, elle se donnait aux hommes. Jamais ils ne la prenaient, pas plus le prince qu'un autre. Elle entendait son souffle entrecoupé de gémissements de douleur... Qu'il souffre, qu'il geigne... D'un bond elle fut à la porte, elle tourna la poignée... Ouverte ! Elle courut dans le couloir, dans la nuit, elle courait pour échapper à son envie folle de retourner dans la pièce aux icônes cicatriser de ses lèvres la douleur du prince, le couvrir de baisers, de caresses, le saisir dans ses cuisses, le faire basculer sur elle, en elle, lui pétrir le dos de ses ongles amoureux, les lui enfoncer dans la chair, cette chair si ferme, si infiniment tentante. Rugir avec lui, devenir plus sauvage, plus inhumaine, plus féroce que lui...

Elle traversa le vestibule, à travers la baie vitrée la lune ressemblait à un soleil, un grand, un vaste soleil, elle ouvrit la porte et ce fut toute la brûlure glacée de la nuit russe qui la pénétra. A demi nue, en chemise de soie légère, elle s'enlisa dans la glace, suffoqua... Un trou noir, immense, s'ouvrit en elle. Elle n'en finissait plus de dégringoler, de descendre, au fond, toujours plus au fond. Elle leva son visage momifié par le givre et aperçut là-haut le soleil grinçant de la lune. Puis ce fut le froid, puis ce fut le fond du noir, et elle ne vit ni ne sentit plus rien. Évanouie dans un désert de glace et de neige.

D'abord une douceur, une boule de poils chaudes, puis des mots incompréhensibles. Elle revenait... Incapable de prononcer une parole, incapable d'ouvrir les yeux, juste ce cœur qui battait plus fort, ce sang circulant à nouveau dans ses veines. Deux bras la soulevèrent, elle sentit sur son visage le souffle d'un homme. Il la frottait, la secouait, l'ensevelissait sous une montagne de peaux de bêtes. Lentement, ses membres perdirent leur rigidité... Puis ce fut un traîneau glissant sur la glace. L'homme grommelait tandis que les chevaux prenaient de la vitesse. La vie... un peu de vie, elle ramena sur son visage les peaux à la puissante odeur de bois brûlé. Comme leur tiédeur était bonne ! Le noir, l'odieux trou noir s'éloignait. A cet homme dont elle ne distinguait que le dos elle aurait tout donné, ses plus beaux bijoux, son corps à embrasser. Bel inconnu, tu m'as sauvé la vie. Bel inconnu, quel miracle que tu traînes à quatre heures du matin dans le désert blanc de Saint-Pétersbourg... Où la conduisait-il ? Aucune importance, qu'il l'emmène où il veut, pourvu qu'elle puisse continuer à être une petite bête emmitouflée dans un nid de fourrure. Je suis bien... Pas la force de parler... Sommeil... envie terrible de dormir, dormir...

Il la soulève, l'emporte, pousse une porte, la chaleur d'un gros poêle au milieu d'une pièce... Pas de lit, les enfants, une dizaine, dorment à même le sol. Il l'allonge près du poêle rougeoyant, une voix de femme sans âge, l'homme va et vient, verse dans une casserole un liquide et le met sur le feu... Silence. Dormir... Entre ses lèvres, sur sa langue, la brûlure de la vodka bouillante. Il faut boire... Oui... Tout boire. La femme sourit, un beau sourire, un sourire de lumière... Toute la vodka... Encore et encore. Une lave bouillante dans ses entrailles qui s'étend, s'épanche. Un bonheur de brûlure. La vie... Elle s'endort, elle revoit le prince penché sur elle, elle le repousse, le repousse, les couvertures valdinguent sur le sol, patiemment la femme aux grands yeux limpides les replace... Dormir... Si seulement il n'avait pas voulu la prendre comme on prend une fille... Si seulement... Elle s'endort... Un bain de douceur alcoolisée lui ferme les yeux... Elle rêve, le prince lui tend la main, elle la saisit et l'embrasse. Elle est heureuse. Elle rêve... Amoureuse... Saoule... Ressuscitée d'entre les morts.

Le grand-duc Pierre est là, elle n'a pas la force de lui demander comment il sait. A Saint-Pétersbourg, un grand-duc n'a aucun mal à tout savoir. Il récompense l'homme et son épouse. Nina les embrasse avant de les quitter. La femme lui passe la main sur le front en faisant le signe de croix.

Elle ferme les yeux, elle était bien dans l'isba de l'homme au traîneau... Merveilleusement bien à dormir et rêver.

Un lit douillet et un grand feu de cheminée avec des troncs entiers de bouleau l'attendaient. Pierre ne disait rien, se contentant d'être encore plus doux et prévenant que d'habitude. Nina passa une semaine au lit, dans une voluptueuse vapeur de fatigue, partageant ses repas avec le grand-duc, immuable. Il s'installait au pied du lit, grignotait une aile de poulet... N'y tenant plus, un soir enfin elle lui demanda :

— Que comptez-vous faire ?

— A quel sujet, mon adorée ?

Nina crut qu'il se moquait d'elle.

— Mais votre cousin a voulu me violer, j'ai failli mourir. Il vous doit au moins réparation.

Pierre acheva son poulet, s'essuya les mains, puis de sa voix chaleureuse, un peu étouffée, répondit :

— Rien, absolument rien ! Ici, Nina, on ne fait pas d'histoires pour un viol.

— Et si j'étais morte ?

Le duc fit une mimique de protestation.

— Nina, Nina, vous n'êtes pas morte, Dieu merci, n'en parlons plus.

Effectivement, ils n'en parlèrent plus. Pierre évoqua le retour à Moscou. L'engagement au théâtre Malinka prenait fin...

Succédèrent des jours désenchantés. Nina ne se sentait aucun goût pour rentrer à Moscou et reprendre la vie d'avant. Elle en avait assez du froid, de la neige, assez d'être considérée comme une reine... Une reine qu'on laissait mourir au coin d'une rue. Quelques jours avant le départ, arriva de Paris un courrier lui proposant un engagement pour les Folies-Bergère. Les Folies-Bergère... Le rêve, le sommet d'une carrière ! Irma prépara les bagages.

Le grand-duc se contenta de sourire quand Nina lui annonça la nouvelle.

— C'est une grande chance.

Elle l'embrassa tendrement.

— Je me souviendrai toujours de vous.

Pierre en souriant répondit :

— Et moi donc !

Les Folies-Bergère... Chaque tour de roues qui les ramenait à Moscou les rapprochait de Paris. Par la portière, elle regardait l'étendue neigeuse, l'interminable, l'infinie plaine blanche, sous un ciel blafard. Puis ce bout de ciel lugubre lui-même disparut, la neige tombait serrée, envahissant tout, oblitérant terre et ciel. La fin du monde. Folies-Bergère... Folies-Bergère... Nina pleurait doucement le long de la vitre, des larmes qu'elle cachait soigneusement au grand-duc, des larmes qu'elle aurait voulu se cacher à elle-même. Puisque les grands-ducs dans ce pays savent toujours tout, sur tout le monde, le prince devait bien savoir qu'elle partait, qu'elle était partie... Et que désormais il ne la reverrait plus. Elle allait oublier les nuits de soleil, les jeunes officiers, les îles de la Neva, les valses, l'accordéon, les tourbillons, elle allait oublier, tout oublier, tout, sauf lui. Il surgissait en elle, grandissait en elle, elle n'en pouvait plus de son poids. S'en débarrasser et dans le même temps fermer les yeux pour mieux voir et détailler son visage. Cet homme, ce rustre, cet ours, elle en était amoureuse. Amoureuse. Pour la première fois, la tenaille se refermait sur elle. C'était donc cela ?... Ce pincement qui donne envie de pleurer, cette ivresse sourde qui vous enténèbre l'esprit ? L'image d'un être comme un écran perpétuellement tendu entre vous et le reste du monde ?

Les quais gris de Moscou, la noria des porteurs ; le train de Paris ne partait que dans quatre heures. On se réfugia au buffet. Personne n'avait faim, on but du thé pour passer le temps qui ne passait pas. Quoi se dire, que se dire de plus, des riens, des conseils bêtes, des idioties. Dans la lumière blême, le grand-duc Pierre, avec les poils blancs de sa barbe poussée durant le voyage, n'était plus qu'un vieillard fatigué par l'attente, fatigué de chagrin, fatigué de la vie.

— Je préfère que vous partiez, fit Nina, j'ai horreur des adieux sur les quais de gare. Tout va bien. Je me débrouillerai avec Irma et les porteurs...

— Si tel est votre désir.

Le grand-duc ne se retourna pas. Nina suivit sa silhouette mince et fragile dans la pénombre de l'immense hall :

— Seigneur, murmura-t-elle, pourquoi donc tout toujours est-il si difficile... si triste ?

Des sifflets annoncèrent l'entrée en gare du train pour Paris, les porteurs se précipitèrent. La neige tombait sur les voies, silencieuse, là où elle se mêlait avec la fumée, une vapeur de condensation s'élevait, brouillait la lumière des quinquets, transformant en nuées de fantôme les employés du chemin de fer qui s'activaient dans les wagons de marchandises derrière la locomotive. La machine crachait, grognait, se préparait au long voyage dans la nuit livide de gel. Les ténèbres et l'inconnu commençaient là-bas, au bout du quai, après le dernier lampadaire.

Une boue de neige fondue et d'huile rendait le quai gluant et glissant. Nina dérapa, une main l'empoigna. Elle la reconnut. Inutile de se retourner. Surgi de nulle part, comme à son habitude... Un souffle violent de chaleur l'empourpra : il était venu... il était là... elle tomba dans ses bras. Ils s'embrassèrent pour la première fois. Elle trouva à ses lèvres un goût de viande salée. Un goût merveilleux. Le prince claqua des doigts, une dizaine de porteurs se saisirent des bagages.

— Vous partez ? chuchota-t-elle.

— Je vous ai dit que vous ne m'échapperiez pas.

Le train s'impatientait, gémissait, soufflait. Il hurla, une longue plainte qui traversa toutes les voies et alla mourir loin en avant dans la campagne désolée.

La carcasse du prince emplissait le wagon, Nina se fit une petite place dans les replis de sa houppelande. Désormais il pouvait bien neiger toute la nuit.

En descendant du train à Paris, Nina ne s'appartenait plus, éprise, follement éprise, le goût même de revoir la capitale l'avait quittée. Elle n'avait plus de sentiment, d'envie, d'élan, d'énergie, de faim que pour le prince, ses bras, son sexe, son ventre, sa puissance, sa force, la fourrure qui couvrait sa poitrine. Elle se répétait : Voilà, je suis une femme comme les autres... Jusqu'ici je jonglais, maîtresse de mon corps, maîtresse de ma jouissance, maîtresse de m'abandonner si je le voulais. Un moujik m'a ôté ma liberté.

Dans Paris, il paraissait encore plus immense, elle le regardait des heures marcher, boire, manger, elle regardait son silence, elle regardait son sommeil, elle le regardait respirer. Elle... L'aimait-il ? Il était venu, il l'avait prise... Il ne disait rien, il ne lui disait pas : Je t'aime, j'ai envie de toi... Il la prenait et c'était tout. Il la prenait comme un ours grimpe sa femelle, cherchant uniquement sa satisfaction. Sans fioritures, sans caresses inutiles, sans se poser de questions sur ce qu'elle pouvait ressentir. Et c'était cette bestialité aveugle qui la réjouissait, cette pogne sur ses hanches, ce bélier en elle, cette force tendue qui lui coupait le souffle.

Elle triomphait aux Folies-Bergère. L'amour donnait des ailes à ses jambes, ses bras, son torse. L'amour et la danse, elle n'avait que cela. Pour bien danser, il faut ressentir du plaisir, du plaisir partout, comme une houle, un torrent. Alors on donne tout. Elle donnait tout. Il ne venait pas la voir. La danse ne l'intéressait pas. Elle dansait. Il jouait.

Mais lorsqu'elle rentrait à l'aube dans l'appartement qu'il avait acheté avenue Kléber, il l'attendait, engoncé dans sa pelisse, col relevé, bottes jusqu'aux genoux, les pieds sur les accoudoirs du divan, une bouteille de vodka à portée de main. Elle poussait la porte, son étole de fourrure, froufroutante de saphirs et de taffetas, souple et légère, étincelant dans la pénombre. Elle glissait vers lui. Il levait le bras, la saisissait. Elle gémissait. Il la tenait au-dessus de lui pendant qu'elle ôtait ses vêtements, ses boucles, ses colliers, son corsage. Elle prenait ses seins à pleines mains et les lui présentait, il les faisait glisser sous sa langue, doucement puis de plus en plus vite, de plus en plus fort, jusqu'à la morsure. Elle lui disait, elle lui murmurait, elle lui balbutiait : « Je t'aime, je t'aime... » Dans la nuit elle saisissait la lueur de ses yeux, deux flammes terribles qui jamais, jamais ne s'éteignaient. Alors oui, elle s'avouait qu'il l'aimait, lui aussi, tout comme elle !

Pour la première fois elle exigeait qu'un homme soit à elle, lui appartienne tout entier. Elle n'avait plus de retenue, elle mettait son oreille sur sa poitrine, elle écoutait son souffle. Elle voulait savoir. Savoir quoi ? La raison de cet amour qui lui donnait le vertige. Elle entendait le cœur du prince battre, le ruissellement du sang dans les artères. Comprendre ? Mais elle n'y arrivait pas. Elle était folle, voilà tout. Elle aurait aimé le couvrir d'or sans le vexer ou l'humilier. Elle se contentait de lui offrir des épingles de cravate, des mouchoirs de soie, des riens qu'il acceptait avec un sourire. Elle restait des heures éveillée sans percer le mystère de cet homme endormi à côté d'elle. Elle qui se méfiait tant des mots aurait aimé qu'il parle enfin, lui explique. Mais non, il s'en moquait bien. Qui était-elle pour lui ? une esclave en adoration ? une belle étrangère que l'on oubliera bientôt ?

Elle ne souffrait pas, elle était heureuse de lui caresser la peau. Et peut-être n'était-ce que cela, une histoire de peau.

A la fin l'incertitude la tuait, elle lui demanda :

— Et si je vous trompais, Alexandre ?

Il n'éleva pas la voix, ne la regarda même pas.

— Je tuerais d'abord l'homme et vous ensuite.

Il ne plaisantait pas. Il ne plaisantait jamais. Elle en conclut qu'elle lui appartenait et qu'il venait de lui octroyer la plus belle déclaration d'amour de toute son existence.

Le lendemain, il sortit un revolver de sa poche.

— Chargé, fit-il.

A partir de ce jour-là, il ne s'en sépara plus, le plaçant sous l'oreiller avant de s'endormir. A partir de ce jour-là, elle n'eut plus le droit de rencontrer un homme, de parler à un homme, d'évoquer l'existence d'un homme. Parmi les quelques phrases qu'il prononçait quotidiennement, la mort revenait inlassablement. La mort en général, et plus particulièrement celle de Nina et la sienne propre.

Sans le vouloir, elle avait enfin trouvé un ressort sensible sous la carapace, l'intérêt pour la mort. Bientôt elle s'aperçut que cet intérêt reflétait en vérité une véritable passion. Elle découvrit que, chaque jour, il se rendait dans une salle d'armes où il s'entraînait à tirer. Il visait debout et assis, à jeun et complètement saoul. Il visait et il touchait, toutes les balles en plein centre de la cible. Ses journées se passaient à boire, jouer au baccara et s'inventer des ennemis terribles qu'il crucifiait régulièrement. La nuit, il suffisait d'un peu de retard pour déclencher des colères effrayantes, des tourmentes durant lesquelles il brisait les verres et les bouteilles. Un déluge, une cascade de cristal. Il jurait en russe tandis que les flacons cognaient contre le mur. De temps en temps, il lâchait un mot de français :

— Chienne !

Elle le trouvait extraordinairement beau dans ces moments-là, sa stature immense portée par l'ombre des chandelles et des bougies. Elle avait envie de sa bouche écarlate, humide de vodka, envie de se livrer à la tempête qui s'en échappait. Humble, elle se taisait. Elle savait qu'il finirait par l'étreindre, la posséder, et que cette tempête ferait d'eux des amants frénétiques.

Les scènes se renouvelaient toutes les nuits, comme une musique préliminaire à leurs ébats. Il s'en prenait à ses amants anciens, un tel, un autre, tous y passaient, même le grand-duc Pierre, il disait sa rage de l'imaginer jambes en l'air. Jambes en l'air, c'était son expression, il en était révulsé. Puis il s'attaquait au temps présent, à son numéro, là-bas, aux Folies... Elle ne l'écoutait plus, elle ne se défendait même pas. Cela faisait partie du jeu. Mais ses colères devenaient de plus en plus violentes, elle craignait l'instant où cette main voltigerait sur sa tête et la broierait.

Abattu, l'alcool à fleur de peau, les yeux injectés, le prince attend. Une tristesse effrayante pèse sur lui.

— Je dois partir pour Saint-Pétersbourg...

Il laisse sa phrase en l'air, pleine de menaces.

— Quand pars-tu ?

Il se redresse, on dirait qu'il va rugir. Elle voudrait lui dire qu'il va lui manquer, que la nouvelle la bouleverse... Il ne lui en laisse pas le temps.

— Que feras-tu pendant mon absence ? L'absence c'est pire que la mort... parce qu'on ne sait pas !

— Mais tu sais que je t'aime...

Il éclate de son rire énorme.

— Toi, m'aimer !

Il reprend souffle.

— Personne, voilà la vérité, tu n'aimes personne, ni moi ni les autres. Pas deux jours parti, un autre embrassera tes lèvres, ton corps... je préfère te savoir morte... je vais te tuer, toi, puis moi après.

Il l'aime donc à ce point! Enfin il se dévoile, enfin il avoue.

— Il faut absolument que tu partes?

— Oui, le Tsar me réclame... Viens avec moi.

— Impossible. Mon contrat...

Contrat, le mot n'a aucune signification pour le prince. Lui avouer qu'elle n'a pas envie de quitter Paris et les Folies-Bergère? Impossible.

— Nous en reparlerons demain...

— Non, maintenant!

— Il y aura un dédit et...

— Je paierai, Alexandre paiera... Nous partons après-demain.

Elle pourrait résister, elle n'a pas peur du revolver, elle ne pense pas à la mort, elle ne l'envisage même pas. Elle pourrait résister, tout casser, tout briser. Non, elle a trop besoin de lui. Elle ne résistera pas, elle n'en a jamais eu l'intention.

— Je t'accompagnerais au bout du monde.

Une phrase de midinette qu'elle prononce avec le ravissement de la domination acceptée, louée, consentie.

— Tu as peur de mourir, Ninotchka?

— Au contraire, j'ai envie de vivre.

En faisant l'amour, un peu plus tard sur le divan, elle sentit dans son dos le contact glacial du revolver. C'était affreux... c'était divin.

Journal d'Irma

L'APPARTEMENT de l'avenue Kléber est splendide. Vraiment, ce Russe voit grand. Dommage qu'il soit fou à lier. A peine arrivés, nous sommes repartis pour Saint-Pétersbourg. Nous passons notre vie dans les chemins de fer. Que faire ? Nina aime le prince. A Saint-Pétersbourg, le grand-duc Pierre, toujours aussi gentil, lui a trouvé un engagement au Cirque d'été. Le prince, ça l'a rendu fou ! Il s'en est suivi des scènes affreuses et pénibles. Il la veut à côté de lui comme une plante verte, jour et nuit, nuit et jour. Enfin, l'amour a ses limites ! Lui il a ses distractions, la chasse, le jeu, son rang à la Cour. Et la pauvre Nina ? Une fois, elle lui a dit qu'elle aimerait bien se rendre à l'un des grands bals de la saison. Il a hurlé de rire, l'a regardée comme si elle était une crotte. Le bal de la Cour est réservé à la noblesse. Nina n'y a pas sa place. Je crois surtout que le prince craignait qu'elle n'y fasse la rencontre de ses anciens amants. Effectivement, il devait s'en promener pas mal sous les lambris. Il y est allé tout seul à son bal, en uniforme de général de je ne sais plus quoi. Ce soir-là, Nina a cassé toute la vaisselle (quel gâchis !). Quand mon Russe est rentré, saoul comme un cosaque, il s'y est mis aussi, ils ont tout massacré : les verres, les assiettes, les plats. Lorsqu'il n'y eut plus une soucoupe intacte, ils s'en sont pris aux meubles. Le lendemain matin, on aurait cru un tremblement de terre.

Il la tient en laisse. Il l'attend à la sortie du théâtre, pas question qu'un prétendant y traîne ses bottes, rien qu'à le voir avec ses deux mètres de haut, le prétendant fuit à toutes jambes. Elle finira par le haïr. Elle le haïra mais l'aimera, vous comprenez ? Moi pas. Ils deviennent durs et méchants, excités par le chagrin que chacun fait à l'autre. Ils se saoulent d'entêtement et de cruauté.

Je prends peur, il m'arrive même de penser quitter Nina. Désormais, j'ai de quoi.

Hier soir, elle lui a dit qu'elle voulait retourner à Paris. Il le lui a interdit. Ils se sont disputés comme jamais. Il lui reprochait de ne rien vouloir sacrifier de sa vanité, elle l'accusait de faire d'elle une esclave. Ils se regardaient comme deux ennemis. Brusquement, une force les a jetés dans les bras l'un de l'autre. Vous devinez le reste. Le prince devait se rendre à Moscou. Il n'y va plus. Nous sommes repartis pour Paris.

Ouf !

ILS jouaient avec la mort, ils jouaient avec le jeu, ils jouaient à l'amour fou. Ils jouaient éperdument. Ils aimaient à se déchirer sans s'apercevoir que c'était cette déchirure qui les liait encore. Nina vivait dans une tourmente perpétuelle, un remous qui ne lui laissait aucun loisir de regarder un autre homme que le prince. Il y avait le jeu et l'amour, jour et nuit, comme le reflet l'un de l'autre. Baccara, roulette et corps enlacés dans le même incendie des sens, le même oubli de toute réalité. Pendant les temps morts, l'alcool était là pour galvaniser et chasser la moindre tentative de réflexion. Depuis leur retour de Russie, ils menaient une vie d'errance, de ville d'eaux en casino, à la recherche d'ils ne savaient quel renouveau qui aurait apporté paix et silence à leur déchaînement. Recherche vaine, à tel point que certains matins embrumés de vodka, repus de plaisir, ils ne savaient plus s'ils se trouvaient à Monte-Carlo ou à Venise, à Montreux ou à Vichy. Les tables de jeu, partout, sont drapées du même tapis vert. La nuit engluait leur vie et le jour n'avait plus le temps de se lever. Je vais mourir, se disait parfois Nina, affalée devant le miroir de la salle de bains... Je n'en peux plus, je vais mourir. Elle avait peur, peur des flétrissures, du teint cireux que laisse l'alcool, des nuits sans sommeil, de l'acharnement au plaisir, peur de ce revolver sans cesse présent, ce revolver qu'il brandissait dès le réveil avec un mauvais sourire d'alcoolique, peur de ce visage sur lequel elle croyait enfin déchiffrer un signe : celui d'une cruauté sans fin. Une cruauté qui aurait dû la faire fuir et qui la voyait ployer, consentante jusque dans son dégoût.

Le brouhaha de l'Hôtel de Paris. Il est en smoking, elle est en robe de soirée. Que fait-elle là ? Elle, la grande Otero, la reine des reines, elle qui vaut un empire et mille royaumes. Elle est là, dans cette chambre, vacillante, ébouriffée. Je suis une chienne, rien d'autre qu'une chienne...

Il lui reproche d'être ce qu'elle est, d'avoir été ce qu'elle a été. Il la méprise. Il la veut pure, virginale, rien que pour ses grosses pattes noires, son sexe sans cesse brandi, inépuisable. Le verra-t-elle un jour vaincu, ce sexe, incapable de lever la tête, pliant sous la torture du désir que l'on n'est plus capable de satisfaire ? A-t-il encore quelque chose d'humain, ce totem insatiable ? Le lui arracher, le fouler, le réduire en chair morte. Que de haine accumulée ! Elle cédera, elle cède toujours, et l'étouffement se transformera en baiser, elle suppliera, gémira, pleurera... Elle hurlera cette jouissance qui la jette hors d'elle-même, puis elle implorera encore et encore, jusqu'à l'abandon final, ce dérèglement de tout son être qui la laisse écartelée, béante, prostrée. Honteuse. Jamais je n'ai tant détesté un homme, se répétera-t-elle, le corps flageolant, les membres tremblants de fièvre.

Les réverbères s'allument, une lumière bleue envahit les jardins du casino. Le matin, en rentrant de la roulette où une fois de plus ils ont perdu, Nina a croisé dans le hall le grand-duc Grégory, un de ses amants du temps du duc Pierre. Il lui a baisé la main. Elle lui a répondu par un sourire. Sans nostalgie. Grégory se confond avec le lot des passades de cet été où la nuit ne venait jamais, cet été où les corps se ressemblaient tous. En lui rendant son salut, elle imaginait déjà les éclats de rage du prince. Il sortira son infâme revolver, menacera de la tuer puis de se tuer d'une balle dans la tête. Il menacera la terre entière. L'hôtel entier vibrera sous les rafales de leur dispute. Mais l'hôtel entier ne s'alarme plus. A Monte-Carlo, Caroline Otero est aussi célèbre que le prince régnant. Nina peut faire ce qu'elle veut, avec qui elle veut, casser les glaces, la vaisselle, tirer des balles dans le plafond. L'hôtel possède une patience d'ange, récompensée par une pluie d'or.

Ils n'ont pas allumé l'électricité. Le prince s'est changé en silence, ôtant ses vêtements de ville pour le smoking du soir, entrecoupant chaque mouvement d'une rasade de vodka bue directement à la bouteille. Pour la énième et énième fois, Nina observe cette immense carcasse qui a pris toute la place, ce visage de roc, ces yeux de sang, et pour la énième et énième fois elle frémit devant cette insoupçonnable beauté, cette beauté pour elle seule, cette masse minérale, obscure, qui la révulse, l'inquiète, la bouleverse, la réduit à l'état de jeune fille tombant en pâmoison devant l'ours au fond de sa fosse.

Elle allume une petite lampe douce près du lit, la glace renvoie le reflet du brocart rouge qui moule sa poitrine. Je suis encore belle ! Absorbée par son image, elle ne l'a pas entendu s'approcher. Brusquement il est là, dans la glace, bouteille à la main. Elle sent son souffle dans son cou. Il commence toujours ainsi : une litanie chaude, douce, et si ce n'étaient les mots, les terribles mots, elle pourrait se bercer et se rouler dans cette voix nocturne, lourde et onctueuse.

— Oui, tu es belle, regarde, regarde bien... Tu aimes te regarder ! Tu te regardes avec tous les yeux des hommes, ça te plaît d'imaginer leur sale regard sur ta peau, ton ventre, tes seins, plus bas encore, hein... là...

Le doigt s'avance, se pose sur le brocart, à l'emplacement du sexe.

— Dis-le que ça te plaît d'imaginer tes cuisses ouvertes, grandes ouvertes. Comme j'ai mal, mon Dieu, de te savoir si salope, avec tes cuisses ouvertes et tout ce remue-ménage dans ton ventre... Combien ? Dis, combien d'hommes en toi ? Honte, honte sur moi, toute ma vie dans la boue à cause de toi, oui, regarde-toi bien, démon !

Maintenant il va pleurer et gémir, oh, elle le connaît par cœur, par cœur. Pourquoi tant de souffrance ? Pourquoi cet enfer ? Tant d'amour, si peu de pitié.

— Alexandre, arrête, arrêtons-nous, tu veux bien ? S'il te plaît. Juste ce soir. Tu es beau, ce soir, je t'aime encore plus que les autres soirs, je t'aime, je te désire. Les autres, je ne les désirais pas. Aucun.

— Grégory, c'est pour lui que tu veux la paix ce soir, pour être plus belle, le faire te désirer à crever. Pauvre Grégory, je vais le tuer, mais avant je lui couperai les couilles, je le jure devant Dieu, je lui couperai les couilles dans les jardins du casino et les jetterai à la mer. Après je te jetterai toi aussi, tu finiras au fond du port, pleine de mousse verte. Seigneur Jésus !

Il tombe à genoux, joint les mains. Il prie, le salaud, il prie ! C'est moi qui vais le tuer, elle pleure de rage, se redresse, le bouscule.

— Je te hais, Alexandre, toi et tes simagrées de fumier de Russe. Dieu à la bouche et l'ordure à la tête, je te hais, pauvre abruti, immonde ivrogne. Je suis Caroline Otero. Je ne me laisserai pas insulter une seconde de plus par un moujik puant.

Il se relève d'un bond.

— N'insulte pas la sainte Russie, maudite Espagnole. Tu es à moi pour l'éternité de l'éternité, Dieu est témoin.

Qu'il aille au diable, elle ne l'écoute plus. Ce soir elle le quitte. Ce soir, toute l'aristocratie de la Côte d'Azur sera présente, elle n'aura que l'embarras du choix. Elle partira au bras de l'un de ses admirateurs. De sa vie elle n'est jamais restée aussi longtemps avec un homme. Otero est volage, Otero a besoin de bras nouveaux, de l'odeur d'une peau nouvelle. Pourquoi s'embête-t-elle depuis tant de temps avec cet ours ivrogne ? C'est dit, il faut qu'elle brille. Du coffre à bijoux, elle extrait la splendeur des splendeurs, un collier de perles ayant appartenu à la maîtresse du duc d'Aumale, acheté par le prince cinq cent mille francs.

— Pourquoi mets-tu ce collier ?

— Pour te faire honneur.

— Je ne veux pas que tu le mettes sans mon autorisation.

— Mais il est à moi, tu me l'as offert, n'est-ce pas ?

Dans la pénombre les perles étincellent sur la peau cuivrée, épousant la forme du cou, plongeant dans le creux des seins, dessinant le sillon d'un arc de lumière phosphorescent.

— Enlève-le !

— Non.

La patte du prince s'abat sur le collier et, avant même que Nina puisse esquisser un mouvement, les perles se répandent sur l'épais tapis.

— Tu n'aurais jamais dû faire ça, maintenant je te hais pour de bon.

Elle se jette contre cette montagne de chair, griffes et dents en avant. Elle veut faire mal, elle veut tuer. Le tuer. Le revolver est là, glissé dans la ceinture du smoking. Ce revolver qui doit lui donner la mort un jour ou l'autre, ce revolver, témoin de leur guerre et de leurs luttes amoureuses, ce symbole de mort qui ne le quitte jamais, comme pour lui rappeler, au cœur même de leur plaisir, que la tragédie est la seule issue à leur liaison.

Le contact froid de la crosse, l'arme entière dans sa main, le doigt sur la détente, tout cela se fait si naturellement, si facilement, une légère crispation du doigt et le coup part. Une détonation violente dans le satin de la nuit monégasque. La balle fracasse la glace, traverse le mur. Le prince chancelle, regarde sans comprendre le minuscule trou aux commissures brûlées dans la manche de sa veste, à quelques centimètres près, la balle lui traversait la poitrine. Nina demeure avec le revolver au creux de la main. Elle ne pense même pas à s'en débarrasser. Elle aurait pu le tuer, elle a failli le tuer, elle ne ressent rien, ni affolement ni peur. La logique des choses, un événement inscrit dans le ciel entre elle et lui, qui fatalement devait arriver. Le personnel accourt, puis le directeur. Otero a voulu tuer le prince ! Elle l'a raté ! Mais un peu plus, elle atteignait un industriel hongrois dans la chambre voisine. Un miracle !

— Après tout, personne n'a été tué, susurre l'inspecteur de l'hôtel. Est-ce bien utile de prévenir la police ?

Je ne l'aime plus, se dit Nina, sinon jamais je n'aurais pu appuyer... Même mort, il me serait indifférent.

— Je vais changer de veste, bougonne le prince, tandis que la femme de chambre remet de l'ordre et qu'Irma ramasse les perles éparses sur le tapis.

Ce soir-là, Caroline Otero ne refusa pas une seule danse, elle virevolta dans son fourreau rouge, se confondant avec l'éblouissement des lustres. Le prince invita les plus belles femmes, les duchesses et les baronnes, les biches comme les filles à marier, à toutes il souffla sur les épaules son haleine de barbare alcoolisée. Aucune pourtant ne refusa un tour de piste. Les deux amants n'échangèrent pas un mot, se contentant de partager bouteille de champagne après bouteille de champagne. A la fin de la nuit, le prince disparut en compagnie d'une Roumaine que l'on disait un peu espionne. Une aventurière à la chevelure flamboyante dont la robe de soie avait du mal à maintenir prisonniers deux globes pâles parsemés de légères taches de rousseur. Nina resta seule sous les regards enflammés de l'assistance. Allait-elle les tuer tous les deux ?

Elle se coucha, délicieusement vide, de nouveau disponible à elle-même. Le prince s'estompa dans le brouillard du sommeil. Elle étira ses jambes dans le grand lit, savourant ce bien-être ignoré depuis tant de temps : dormir seule. Dormir enfin.

III

LA DAME

« CHAQUE après-midi, à l'heure où le soleil chauffe la promenade des Anglais, une très vieille femme, vêtue d'un manteau gris passé de mode et coiffée d'un feutre noir au bord rabattu, vient s'asseoir sur un banc face à la mer devant le Negresco, le palace le plus somptueux de Nice. Qui soupçonnerait, en ce début d'année 1965, que cette vieille dame qui baisse craintivement les yeux dès que le regard d'un passant se pose sur elle fut l'une des reines de Paris, une des femmes les plus belles, les plus riches et les plus courtisées du monde, la plus célèbre des belles de la Belle Époque : la Belle Otero ?

« Vieille, oubliée, ruinée, Caroline Otero qui, de 1900 à 1914, perdit au jeu des fortunes colossales, vit misérable dans une chambre meublée de Nice. »

A quelque chose près, tout cela il aurait pu l'écrire sans quitter Paris. Non, il faut qu'il la rencontre, qu'il lui parle. L'apercevoir de loin ne lui suffit pas. Ce matin, de sa chambre, face au Novelty, rue d'Angleterre, il l'a vue à sept heures donner à manger aux pigeons. Elle a regardé dans sa direction. Hasard ? On dit qu'elle est une sorcière. Sur le lit il a étalé les photos, des centaines de photos, de cartes postales, avec et sans chapeau, fière, arrogante, superbe, glorieuse toujours avec ses parures de bijoux. Des photos, des cartes jaunies qui viennent du fond des temps ; trente, quarante, cinquante, soixante ans en arrière, si peu, si loin... La même, cette vieille dame et la jeune femme pulpeuse à la chair ensoleillée, qui dresse sa beauté sur fond de faux ciel et de velours plissé, comme une déesse un peu poseuse, détentrice de l'absolue beauté ? On la voit en Carmen, un poignard à la main, l'œil noir et la lippe voluptueuse, ou encore en Andalouse surmontée d'un chapeau noir, les mains posées sur les hanches dans une attitude de torero, provocante de toute sa poitrine dressée sous le drapé du tissu, fragile de toute l'innocence qui perle de ses yeux. Sur cette carte-là, on dirait une enfant, une enfant grandie trop vite. Pourtant, quel âge avait-elle ? Trente ans ? plus ? L'époque des équipages, des quinze domestiques, de l'hôtel particulier de l'avenue Kléber. L'époque où, avec le prince, ils défrayaient la chronique de leurs disputes homériques. Lui, vague cousin du Tsar, aussi amoureux que jaloux. Ils se tiraient dessus à coups de revolver. Ils s'aimaient.

Ah, l'entendre ! Entendre sa voix de rocaille évoquer l'époque du prince ! Il faut... Il le faut, devrait-il soudoyer cette servante boulotte qui monte chez elle toutes les fins d'après-midi. Asunta ? Oui, c'est cela, Asunta. La veille, il l'a accostée.

— Je m'appelle Georges Reiller, je suis journaliste. Je voudrais rencontrer Mme Otero.

Elle avait éclaté de rire.

— Mme Otero ! Il y a des années que Mme Otero ne reçoit plus. Vous n'avez aucune chance.

Elle semblait ravie de lui ôter tout espoir.

Il n'insista pas. On l'avait prévenu. De grands journaux avaient proposé des sommes très importantes à Caroline Otero pour obtenir une interview. Elle n'avait jamais répondu. Moi je l'aurai par surprise, pensait-il, comme ça, au débotté. Et d'abord, pourquoi ne se présenterait-il pas tout simplement ? Il frapperait à la porte et elle lui ouvrirait ou ne lui ouvrirait pas ! Ça valait la peine d'essayer.

Le hall d'entrée du Novelty, sombre, anonyme, dans le fond un bureau de réception vitré. Ici, toute gaieté, tout espoir, toute joie paraît insensée, ici on vit pour survivre, pour dormir, pour dormir et attendre la mort. Un escalier grinçant s'échappe en direction des étages. Derrière la vitre du bureau, une longue femme noire aligne des chiffres sur un livre de comptes. Malgré le soleil du dehors, une lampe sans abat-jour répand une lumière grisâtre derrière la vitre.

— Mme Otero, quel étage ? demande Georges Reiller.

La femme en noir lève à peine la tête, une tête où tous les traits tirent vers le bas pour finir par se concentrer autour de la bouche.

— Mme Otero ? Deuxième étage, mais Mme Otero ne reçoit plus depuis des années, monsieur.

— Je peux essayer ?

— Si vous réussissez, demandez-lui les trois mois de loyer qu'elle me doit, dites-lui aussi que j'en ai assez...

— Je ferai la commission, n'ayez crainte.

Le deuxième étage, un couloir aux tapis usés, à l'éclairage nauséeux, une série de portes ne portant aucun nom, juste des numéros.

Forcément ce doit être à gauche, se dit Reiller, puisque sa chambre donne sur la rue...

— Elle n'ouvrira pas !

Il ne l'a pas entendue venir, une vieille en combinaison, un pot de chambre à la main.

— Elle n'ouvre jamais, ricane la vieille, elle sort la nuit, vous savez... Si, monsieur, je vous dis, la nuit. Je l'entends, moi, qui fait monter des hommes. Oui, monsieur. Des hommes, c'est une femme de mauvaise vie...

La vieille ricane, brandissant son pot de chambre sous le nez du journaliste.

— Quelle porte ? bredouille-t-il.

— Elle n'ouvrira pas, en face, là, là, là, là.

265

Elle tend le pot de chambre en direction de la porte, le mouvement déplace son chignon de cheveux blancs, révélant un bout de calvitie rose. Elle se déplace, bringuebalante, s'appuyant d'une main au mur. Georges Reiller frappe à la porte indiquée, des petits coups, puis de plus en plus fort. La vieille lance son ricanement de casserole rouillée.

— Elle ouvrira pas, elle ouvrira pas...

Une autre porte s'entrouvre plus loin, laissant apparaître le visage desséché, les lèvres blanches d'une mégère en peignoir sale.

— Elle n'est pas là, monsieur. Mme Otero n'est là pour personne.

Il tape du poing, la porte chancelle, elle ouvrira, elle ouvrira, une obstination rageuse...

Soudain un bruissement, là, derrière, un mouvement, un traînement de pantoufles, un souffle...

— Ouvrez, madame, je vous en prie.

— Revenez...

Une voix étouffée, rauque, mais avec à l'intérieur comme un éclat, une fulgurance d'impertinence.

— Quand ?

— Demain.

— A quelle heure, madame ?

Pas de réponse. Elle ne dira plus rien. Demain elle ouvrira, il en possède l'absolue et incompréhensible certitude.

— Ah ! Ah !... Demain elle n'ouvrira pas, ricane la vieille au pot de chambre.

Elle s'étouffe, s'appuie au mur pour prendre un peu d'air... Le rire reprend de plus belle.

Vite... Partir... Respirer. Le soleil, les bruits de la rue, et là-bas, à quelques centaines de mètres, les convois de chemin de fer, le roulis apaisant de la vie.

Le lendemain il pleut, comme il pleut parfois à Nice, des averses crépitantes, torrentielles, se déchaînant sous un ciel d'abîme.

Derrière le journaliste, l'eau s'égoutte sur le tapis qui n'a plus d'âge. Pas de femme au pot de chambre, personne, seulement la pluie ruisselant à l'extérieur et l'obscurité. Une panne d'électricité, le noir. Il frappe. La porte s'ouvre immédiatement.

— Je ne croyais pas que vous viendriez par ce temps.

Élégante dans un ensemble fuchsia doux et vaporeux, tache de lumière dans la pénombre. Sa voix ! Eraillée, distinguée, presque précieuse.

Il pénètre sur la pointe des pieds.

— Excusez-moi, je dégouline.

— Aucune importance...

Il la regarde, elle se déplace lentement en s'appuyant sur une canne, s'assoit à même le lit et lui désigne une chaise. Il entend la pluie contre la vitre, une voiture au loin. Caroline Otero est devant lui. Une vieille dame poudrée et maquillée, les lèvres roses luisent dans le gris de la pièce.

— Que me voulez-vous ?

— Réaliser une interview.

— Je n'en donne plus, j'ai tout dit cent fois, mille fois. Quand comprendrez-vous que je suis une autre ? Les vieux se ressemblent, ce sont tous des vieux. Le reste n'a aucune importance.

— Non, pas vous, madame.

Il l'aurait reconnue, la belle Otero des photos, par ce qui émane de ce vieux corps caché sous des voilages trop voyants, trop chichiteux, trop d'un autre temps, d'un autre siècle, par ce qui en émane de grâce. La grâce. Il ne trouve pas d'autre mot, la grâce, au-delà du caractère, de la volonté, de la vieillesse, même. La grâce, indéfinissable, envoûtante.

La pluie, toujours la pluie, et la nuit qui envahit la pièce.

— Je vous offrirais volontiers du thé... Mais avec cette panne d'électricité, j'ai peur de ne pas assez y voir.

— Merci, madame, ça ne fait rien...

— Savez-vous pourquoi je vous ai reçu ? Ce que vous ont dit les deux folles hier sur le palier est exact, je ne reçois plus personne, depuis quinze ans. Sauf Asunta, ma gouvernante. Vous comprenez, je n'ai plus besoin des autres, je ne veux plus de leurs questions, cette façon qu'ils ont tous de me regarder comme si j'étais une bête curieuse.

— Ils vous admirent.

— Non, certainement pas. Ils se demandent pourquoi je suis encore vivante, ça les gêne, je suis outrecuidante de traverser les âges. Il y a quelque chose d'indécent à avoir été belle, riche, célèbre et à vieillir laide, pauvre et oubliée au fond d'un garni. Avec les ans, je suis devenue immorale.

Elle rit, un rire léger flottant, un rire de gorge, un rire vif et feutré, semblable à celui d'une jeune femme dans un salon, un rire qui s'évade par la fenêtre.

— Je vous ai ouvert ma porte parce que, depuis des jours, je vous vois fouiner, me suivre dans la rue. Vous avez bien du mérite à ne pas me dépasser, moi qui me déplace si lentement, bientôt je ne pourrai plus marcher.

— Madame...

— Non, je vous en prie, vous m'êtes sympathique, allez savoir pourquoi. Je m'ennuie aussi parfois. Asunta ne m'écoute plus. Oh, ce n'est pas que j'aie des choses à dire, mais enfin, un peu de conversation... Asunta, c'est ma gouvernante, enfin c'est la serveuse du restaurant d'à côté, elle ne comprend rien de rien à ce que je lui raconte, une vraie buse d'Italienne stupide. Ah, je la hais, monsieur, je la hais. Mais elle m'est utile pour les besognes ménagères. On trouve si peu de domestiques de nos jours. La race s'est éteinte avec la guerre de 14, comme tout le reste, les paysans, les employés. On en a tué par milliers, toute la piétaille, hop là, des bataillons entiers étripés. Moi je suis pacifiste, j'étais dans le clan de la paix avec Aristide... Mais je mélange tout, Aristide Briand, vous avez entendu parler ?

— Je pense... oui.

— Plus personne ne le connaît, plus personne ne connaît rien, un grand homme politique, pourtant.

Sous le rose factice des joues, transparaissent les vraies couleurs, un afflux de sang, une émulsion due à l'emballement.

Georges Reiller se sent rapetisser sur sa chaise, se transformer en oreille captatrice et rien d'autre, un déversoir...

Elle s'est tue, elle le regarde. Elle sourit. Elle se moque de lui. Les yeux pétillent.

— Alors ? Demandez-moi le nom de mes amants, la valeur de mes bijoux convertis en francs de Gaulle, le montant de mes pertes au casino, ce qui me reste dans mon portefeuille, mon coffre secret... allez-y, jeune homme. Tant pis, maintenant que je vous ai fait entrer.

Au-dehors la pluie tombe avec moins de violence, une lumière blanche se déverse dans la pièce, révélant la tristesse infinie de ces quatre murs que tapissent une quantité de portraits, de photos, de coupures de journaux, l'amoncellement d'une vie, la seule richesse de la chambre avec sa commode de bois ordinaire, ses chaises défoncées, son réchaud à gaz, sa penderie que voile un rideau poussiéreux, le lavabo blanc chirurgical, si présent qu'on finit par ne plus voir que lui et son œil de cyclope. Caches secrètes, les malles s'étagent, laissant échapper des flots de dentelles, de tissus damassés, des trésors que l'on devine, des trésors sans importance avec peut-être, au milieu, des rivières de diamants, des couronnes de perles, des étincellements de rubis sauvés du naufrage, des îlots de lumière resurgis du passé, les fanaux d'une vie de fête livrée aux ténèbres, ternie à jamais.

Sa voix à nouveau un peu plus cassée que tout à l'heure, sa mélodieuse voix de rocaille :

— Je vais vous avouer quelque chose, monsieur, vous

pourrez écrire que la Belle Otero a passé plus d'années dans sa vie à ne pas faire l'amour que d'années à le faire... Et Dieu sait pourtant si je l'ai fait ! C'est vous dire si je suis vieille. Plus vieille que les pierres, monsieur, plus vieille que les arbres, plus vieille que les cathédrales...

— Madame... madame...

Il se lève... Il veut... Elle le fait rasseoir d'un geste de sa main à la peau transparente.

— Maintenant, toutes les femmes font l'amour, un coup ici, un coup là, c'est devenu aussi naturel que manger ou respirer, maintenant les femmes sont libres. Moi j'ai été un précurseur, une pionnière de la liberté des femmes, indépendante toujours, libre de mon corps, de mes sentiments, de mon esprit. La Simone, comment déjà... de Beauvoir, oui, il paraît qu'elle a écrit des choses sur moi, que j'étais une sorte d'esclave. Il paraît, je ne l'ai pas lu... je ne peux plus lire. Et puis même, je m'en fiche. Elle n'a rien compris... qui c'est au juste, une institutrice ?

— Un professeur...

— Oui, professeur, les professeurs ce n'est pas fait pour comprendre la liberté, qu'est-ce qu'ils en savent de la liberté ? Les professeurs, ce sont des soldats en civil. Esclave, moi ! Une rebelle... Je n'ai jamais appartenu à personne, monsieur, pas même mariée, ce ne sont pas les propositions qui m'ont manqué pourtant. Mais qu'est-ce que j'avais à faire du même homme toute une vie... Non... Non...

Elle explose, brandit sa canne, le regard encore plus noir, plus menaçant.

— Louée, oui, vendue, jamais. Avec moi, ils savaient à quoi s'en tenir, les hommes, je les prenais, je les pressais d'un seul coup, pas comme leurs épouses qui les épuisaient à petit feu. Toute une existence à se faire entretenir par le même bonhomme ! Quelle honte ! J'aurais voulu la voir, tiens, la Simone, réussir ce que j'ai réussi, mener une vie de reine juste avec ma beauté et mon charme. Je la mets au défi.

— Je crois que Simone de Beauvoir milite pour l'égalité des sexes.

Elle pousse un cri, ses yeux étincellent. Elle a dix, vingt, trente ans de moins !

— Je croirai à l'égalité des sexes quand toutes les femmes seront belles et intelligentes.

Elle rayonne. Elle est belle. Dieu oui, encore belle. Toujours belle. Georges Reiller ne sait plus comment se tenir sur sa chaise. L'interroger à propos du prince ?... Après tout, il est venu pour cela. Le grand amour de la Belle Otero.

— Madame, j'aimerais que vous me racontiez votre aventure, enfin je veux dire votre... votre... votre histoire avec le prince...

L'avait-elle remarqué, détaillé, jusque-là ? Avait-il existé autrement qu'en interlocuteur, n'importe lequel ? Elle le regarde, un regard qui le traverse et le transperce. Nulle trace de vieillesse ou de ramollissement mais une lueur acide et racée à la fois, un beau regard de femme curieuse, surprise.

— Pourquoi ?

Un ton sec, sur la défensive.

— Excusez-moi mais j'ai eu entre les mains des papiers de votre ancienne gouvernante Irma...

— Une salope ! Elle m'a volée, pillée... Je lui confiais mes factures, elle n'en payait que la moitié, conservant le reste pour elle. Ça m'a valu des procès avec les fournisseurs. Les bijoux aussi, à la trappe, ou plutôt dans sa poche. Elle me vendait morceau par morceau : un châle, un corset, une jarretière. Elle vendait aussi l'emplacement de ma chambre pour que de vieux grigous me reluquent avec une longue-vue. En Russie elle m'a carrément exposée, comme un monstre de foire. Je l'ai chassée, monsieur. Trop tard, elle avait fait sa fortune sur mon dos. Ensuite elle a continué de se faire payer ses confidences, très cher, par les journaux : ma vie secrète, mes amours cachées, mes blessures intimes. Si j'y croyais, je dirais qu'elle brûle en enfer. Mais non, de la

271

poussière, seulement de la poussière, c'est ce qui reste d'elle, comme de nous tous, hein, de moi bientôt, de la poussière. Hop là...! de vous aussi un jour. Enfin, dans longtemps.

— Madame, je..

Se reprendre, ne pas se laisser émouvoir, embarquer, interrompre. Il sort son carnet, décapuchonne son stylo...

— Je disais donc que dans ses papiers, sans doute réunis pour un livre qu'elle n'a jamais écrit...

— Je l'en ai empêchée... J'ai racheté ses cahiers à prix d'or. Il n'y avait, rien dedans d'ailleurs... rien sinon ce que tout le monde savait déjà. Mais je vois qu'une fois encore, elle m'a bernée.

— Oui... Elle évoque cette passion pour un prince russe, unique, véritable grand amour de votre vie. Elle précisait, excusez-moi, que, sans doute pour la première fois, vous éprouviez un réel emballement. Enfin, c'est ce qu'elle...

— Assez!

Est-ce l'effet du jour pluvieux répandu dans la chambre? mais son visage est devenu gris. Il s'en veut... Elle ne dira plus rien. Accablée, fatiguée, une vieille dame bientôt centenaire, perdue dans des effets trop larges, un bout de femme sur un lit de fer aux couvertures passées. Elle a du mal à se tenir assise, penchée sur le côté, yeux fermés... Respire-t-elle encore? Il faudrait l'allonger... Il n'ose bouger de place. Il range carnet et stylo. Et si elle mourait là, par sa faute! Il tousse, froisse un papier dans sa poche pour la faire réagir.

— Aidez-moi, monsieur...

Il se précipite, la saisit par les épaules, sous le tissu la chair semble inexistante. Une pellicule infime recouvre le squelette. Il a peur de lui faire mal, d'enfoncer trop fort ses doigts, de lui briser les os.

Là... Elle lui indique comment il faut faire, relever les oreillers, les coller derrière son dos, sous sa nuque. Durant la manœuvre elle pousse un gémissement.

— Je vous ai fait mal ?

Elle crispe les lèvres, un sourire dérisoire. Puis, d'une voix à peine audible :

— Je suis fatiguée, très fatiguée, revenez demain.

Il a peur, peur de cette femme minuscule au milieu du lit, peur de son teint gris de nuit, de ses lèvres où le rouge s'est délité. Il reste un moment immobile debout, comme on le fait au chevet d'un mourant, sans savoir quelle contenance prendre.

— A demain.

Le voilà dans la rue d'Angleterre, il l'a abandonnée, seule, là-haut, sur son grabat. Il court jusqu'au restaurant d'Asunta. La serveuse effectue la mise en place du déjeuner, le visage hébété. De quelle aide peut-elle être pour cette dame si fine, si intelligente, si vivante ?

— Mademoiselle, je viens de quitter Mme Otero, elle ne m'a pas paru aller très bien, si vous pouviez passer.

— Ben oui, je passerai comme d'habitude.

— Elle ne va pas très bien, je vous dis.

— Vous en faites pas, c'est un passage à vide.

— Peut-être faudrait-il appeler un médecin.

Soudain, Asunta se détourne.

— Écoutez, j'ai pas que ça à faire, moi, m'occuper de la vieille ! Dans dix minutes je commence le service, je la verrai après, si ça peut vous faire plaisir.

— C'est pour elle, mademoiselle, pas pour moi.

— Elle, elle n'a plus besoin de rien à son âge.

Il a pensé qu'elle allait mourir, tout bêtement, comme ça, presque dans ses bras. Il est si jeune. A peine sorti de l'adolescence. Avant, ils n'avaient pas cette allure, les hommes de la trentaine. Déjà bouffis, décrépits... Lui a du charme, un quelque chose. Elle ne lui a pas dit d'heure. Mais il viendra, avec son carnet et son stylo. Elle va se lever et se maquiller. Moins qu'hier, elle avait mis trop de rouge, ça lui a déplu, elle a tout de suite vu ça.

Elle est déjà prête, il est bien trop tôt, elle approche le réveil de ses yeux, tout près, huit heures. Évidemment, ce n'est pas une heure convenable pour rendre visite à une vieille dame. Il faudra qu'elle lui dise de venir plus tôt, le matin elle a les idées claires, après, mon Dieu, ça se gâte. A midi le fourbi s'installe dans sa tête. Elle lui demandera de préparer un bon thé aujourd'hui, l'électricité fonctionne, il y a même du soleil. Elle s'est installée comme la veille, sur le bord du lit, elle a coiffé ses cheveux gris-blanc en arrière, revêtu un chemisier de soie et une longue jupe grise qu'elle avait achetée dans les années cinquante, une des dernières belles choses avant la pénurie complète. Pourquoi s'inté-resse-t-il tellement au prince ? Qu'a-t-elle bien pu écrire, cette garce d'Irma ? Elle a tout tronqué, sali, vendu, surtout vendu. Quelle horreur ! Quelle importance... Paix à son âme. Mais elle n'en avait pas. Le prince ! Bien sûr, un journaliste intelligent ne peut que s'intéresser à lui, plutôt qu'aux autres qui ont compté si peu. Le bottin du gotha. Et alors quel intérêt ! Aujourd'hui ils sont tous oubliés. Pourquoi cet acharnement à ressusciter les morts ? Dans la fosse de l'Histoire, voilà une expression qu'elle apprécie, la fosse de l'Histoire. Ça dit bien ce que ça veut dire.

Il paraît qu'après son départ il était inquiet, Asunta lui a raconté. Il parlait d'appeler un docteur. Comment elle a dû le recevoir, cette chipie sans cœur ! Pourquoi ai-je toujours entretenu des salopes autour de moi ? Je fais trop confiance. Pourtant, qui connaît les hommes comme moi devrait se méfier des femmes, de toutes les femmes. Les femmes, je les ai connues à travers leur mari, leur amant, leurs enfants, toutes jalouses, curieuses, insatisfaites. Elles m'ont toujours détestée, Asunta encore, aujourd'hui, avec son gros cul. Le cul faut l'avoir, ou alors inventer quelque chose qui le remplace. Asunta n'a rien, c'est pour cela qu'elle me hait. Un jour elle va m'empoisonner. Je devrais en parler à ce journaliste. Non, j'aurais l'air d'une vieille folle. Et pourtant...

Maintenant il est en retard. Elle s'impatiente, elle s'arc-boute sur sa canne, se dirige en direction de la fenêtre, chaque pas est un effort, une décision importante, un effet de la volonté. La voilà appuyée contre la vitre humide... Que cette rue est triste, le pire c'est qu'il n'y a rien à regarder, le traiteur en face, l'horloge au carrefour... Bon, il n'est que neuf heures après tout. Se rasseoir et attendre. Se rasseoir et lisser les plis de sa jupe, une jupe de dame comme il faut, elle aurait pu revêtir des atours extravagants, ceux qui font rigoler les mômes dans la rue. Mais non... Avec lui, elle n'a pas envie de jouer. Se souvient-elle de son visage, de ses cheveux : blonds, non, châtains, une belle bouche arrondie, un gamin, il n'a pas dû faire l'amour souvent, une impression, si gauche, si empêtré, mais fin, sensible. On frappe... Elle a ouvert la porte ce matin très tôt, il ne lui reste qu'à crier : « Entrez... » Il s'avance, timide, un peu courbé. Il s'installe sur la même chaise. Il a mis une cravate. Hier il n'en avait pas.

— Si nous faisions un peu de thé ?

Il se précipite, un bruit de casseroles, de tasses, de cuillers. Elle regarde ce grand garçon chercher le sucre, faire bouillir l'eau dans une casserole, il y a longtemps qu'elle n'a plus de bouilloire. Un jeune homme dans sa chambre, effectuant les gestes du quotidien. Pour elle ! Cela fait des siècles ! L'eau bouillante coule sur le thé, un thé très noir, très fort.

— Il faudrait peut-être une passoire ?

— Non, non, ça se dépose, c'est comme ça qu'il est bon, quand il est bien infusé.

Les deux tasses fumantes qu'il porte précautionneusement, qu'il place entre eux, sur la caisse qui fait office de table de nuit. Ils sort son carnet, son stylo.

— Je suis content de voir que vous allez mieux. Je serai bref, aujourd'hui.

— Pourquoi, je ne vous intéresse plus ?

— Oh, madame, au contraire, mais je ne voudrais pas vous fatiguer...

— A mon âge, un rien me fatigue, alors allons-y...

Il déplie une feuille de papier et la place sur ses genoux.

— Voilà, je vais vous lire ce qu'écrivait Irma lorsque vous êtes allées en Russie pour la seconde fois, en compagnie du prince : « Le grand-duc Pierre se croit encore le droit d'offrir quelques présents à celle qu'il a tant aimée et qu'il aime peut-être encore. Il a un caractère si doux, si charmant, il se rend si bien compte des choses. Il a fait cadeau à Nina de plusieurs émeraudes, des splendeurs. Pourtant, il se contente sagement de la fidèle amitié que la belle continue à lui accorder, et ce n'est peut-être pas la part la plus mauvaise. »

La dame trempe ses lèvres dans le breuvage bouillant.

— Hum, il est bon votre thé, c'est rare. Ça, elle me connaissait, la drôlesse, on ne peut pas dire le contraire, continuez.

— « Le prince, au contraire, est l'homme le plus exclusif et le plus jaloux qui soit au monde. Il fait des scènes terribles au grand-duc. Prêt à se battre avec son cousin. Il faut toujours beaucoup de doigté à Nina pour faire revenir le calme. Elle possède une adresse de diplomate. Je dois reconnaître, d'ailleurs, que je ne suis pas maladroite non plus. Je crois avoir trouvé le véritable filon : vis-à-vis du prince, j'ai l'air de trahir Madame en lui vendant très cher des rapports détaillés sur l'emploi de son temps, où je ne dis naturellement que ce que je veux bien dire... »

— Tu parles, elle inventait oui, elle jetait de l'huile sur le feu, comme si c'était nécessaire avec quelqu'un d'aussi fou que le prince. L'idiote, la triple idiote, toujours, toujours elle est intervenue dans ma vie, et toujours intéressée par l'argent. Qu'elle soit maudite.

La colère lui va si bien. Elle a encore un peu trop de rouge mais moins qu'hier ! Aujourd'hui, avec sa jupe, elle ressemble à une gouvernante.

— Je lis la suite : « Hélas, Nina est éprise à cœur perdu de ce sauvage, jamais je ne l'ai vue aussi émue. Un jour arrive où les feux qu'on a allumés un peu partout viennent à vous brûler. Si une femme veut rester maîtresse de sa destinée, il ne faut pas qu'elle soit gagnée par les passions qu'elle provoque. »

Elle lève la main, la laisse retomber.

— Oui, oh, tout ça... vous voulez savoir quoi, au juste ?

— Racontez-moi la fin de l'histoire avec le prince, mais d'abord est-ce vraiment votre unique histoire d'amour ?

Elle boit une gorgée de thé, hausse les épaules et se met à le regarder avec cette lueur ironique qui le met tellement mal à l'aise.

— Quand je parle de moi à cette époque, je crois parler

d'une autre, une femme que j'aurais connue sur la fin de ma vie et qui m'aurait raconté sa jeunesse... Oui, parfois, s'il n'y avait pas les lettres et les photos, tout ce fatras, je crois bien que je ne me reconnaîtrais plus, même comme ça j'ai du mal, la vision se voile, c'est terrible, vous savez, de se souvenir d'avoir vécu tant de choses, d'avoir souffert, d'avoir aimé, et de ne pas se reconnaître. Je suis étrangère à ma vie.

Elle se tut, il ne savait plus s'il devait respecter son silence ou la relancer. Par la fenêtre pénétrait un soleil qui éclaboussait la pièce, fragmentant les objets d'un voile aérien de poussière lumineuse.

— Vous avez revu le prince après l'algarade de Monte-Carlo ?

— Oui.

— Vous étiez guérie ?

— Non, je n'étais pas guérie ! Vous ne croyez pas qu'on puisse guérir d'une passion en le décidant ! Je me suis retrouvée arrachée à moi-même, comme si on m'avait ôté les entrailles. Retenez ça ! Otero vidée de ses entrailles. Ça plaira dans votre journal, les gens aiment bien que les princesses et les putains meurent d'amour. Ça les console. Le succès de la Dame aux Camélias, il est là, j'aurais dû mourir pulmonaire il y a soixante ans, quel destin aurait été le mien !

Pour la première fois, il sembla à Georges Reiller que la voix d'Otero, au-delà de la fatigue, se teintait de tristesse. Il rapprocha sa chaise du lit.

— A la fin de la guerre, au début de 1918, j'ai reçu une lettre de lui, il était blessé assez gravement. Il était soigné dans un hôpital du côté de Compiègne. Nous nous étions quittés vingt ans auparavant, cette fameuse nuit de Monte-Carlo. Depuis, pas de nouvelles. 1918 ! J'étais déjà une femme de cinquante ans. Oui, cinquante ans ! Un demi-siècle. J'y suis allée, j'ai remué ciel et terre dans les ministères. Heureusement, il me restait encore quelques relations. J'ai traversé les lignes dans une voiture de l'état-major. L'hôpital se trouvait au bout d'une allée défoncée par les tirs d'artillerie. Je n'avais qu'une inquiétude : est-ce que je le reconnaîtrais ? La chambre sentait l'éther et le suri. Il y avait trois lits et sur chaque lit un homme couvert de pansements. Ce furent ses yeux qui m'attirèrent. Les terribles yeux noirs et féroces du prince. Ils brillaient au milieu du visage, un visage pâle, amaigri, dévoré par les poils. Ses deux jambes tenaient suspendues à des attaches. Et lui ? Lui, me reconnaîtrait-il ? Il tendit la main : « Tu es venue ! Tu es venue, mon amour... » C'était la première fois qu'il me disait « mon amour ». Non, le temps n'était pas passé, mon cœur battait, je l'embrassai, son front brûlait. Je retrouvais le même, le même vieilli, mais le même, les mêmes yeux, la même bouche, beau, toujours beau malgré la souffrance, l'incroyable souffrance... « Tu es venue. » Il voulait que je me penche encore plus, mais j'avais peur de lui faire mal. « Nina, ma Nina, pardonne-moi, mais je n'ai aimé que toi, seulement toi... » Sa voix avait perdu de sa puissance, de sa force, mais elle restait suffisamment envoûtante pour me faire monter les larmes aux yeux : « Je sais, Alexandre, je le sais. » Je lui caressai les lèvres, le menton, les yeux. Quand je retirai ma main, elle était trempée d'une sueur âcre. Peu après, il est tombé dans une sorte de sommeil, il gémissait et soupirait. Une infirmière alluma les quinquets.

— Il ne faut pas rester là, dit-elle.

— J'ai l'autorisation.

— Pas ici, dans le couloir peut-être.

— J'irai dans le couloir.

— Il fait froid, la nuit.

Oui, il faisait froid, je me suis retrouvée seule dans la grande pièce, avec les trois mourants. Un silence glacial. Horrible. J'entendais des bruits de pas dans les profondeurs du bâtiment. Bien plus tard a retenti la canonnade. En venant, j'avais croisé des blessés, tous jeunes, allongés sur des brancards, les jambes fracassées, les bras arrachés, certains avaient le visage fendu en deux comme une pomme, un côté normal, l'autre méconnaissable. Cet hôpital n'était pas un hôpital pour soigner, mais pour mourir. Parfois un cri atroce traversait les murs. Au milieu de la nuit j'ai eu faim, je suis partie à la recherche de l'infirmière, elle était à l'autre bout du couloir, dans une petite pièce sans fenêtre, entourée de bocaux. Je lui ai réclamé quelque chose à manger.

— Il n'y a rien.

J'étais fatiguée, il faisait chaud, je me suis assise. Naïvement, j'ai demandé de quelles blessures exactement était atteint le prince.

— On lui a enlevé la jambe, enfin une partie seulement, c'était trop tard, la gangrène s'y était mise.

— On ne peut plus rien ?

— Plus rien, non.

Elle m'a proposé une tasse de thé. Elle avait envie de bavarder, les premiers convois de blessés n'arrivaient qu'à l'aube. Elle m'a demandé si j'aimais beaucoup le prince.

— Je l'ai beaucoup aimé, oui.

— On dit qu'il était amoureux fou d'une femme, une Française, et que c'est à cause d'elle qu'il est revenu en France et s'est engagé malgré son âge. C'était vous, la femme ?

— C'était moi.

— Il était votre mari ?

— Non.

— Vous n'avez jamais été mariée ?

— Non.

— C'est comme moi, je vais avoir trente ans pourtant.

Je m'endormais, le thé brûlant me réveilla. Je pensai au prince, seul, là-bas dans la grande chambre. Je voulus le rejoindre, dans le couloir un vertige me prit, je dus m'adosser au mur. La canonnade reprenait, beaucoup plus proche. Quand il me vit pénétrer dans la chambre, le prince se dressa, les attaches qui soutenaient ses jambes se balançaient dans le vide au-dessus du lit.

— Nous partons, me dit-il, j'ai fait atteler la voiture, nous partons pour le Midi, pour le soleil.

Il me fit peur, avec ses yeux démesurés qui lui mangeaient les joues, d'immenses yeux noirs. Il me repoussa.

— Laissez-moi, je n'ai besoin de personne, même sans jambes le prince tiendra debout. Il me faut du champagne. Apportez-moi du champagne. Il m'en faut pour l'accueillir. J'attends la plus belle femme du monde, mademoiselle. Pour elle, rien que pour elle, n'importe quelle marque, à la guerre comme à la guerre.

— Alexandre, c'est moi, je suis là !

J'avais peur, si peur qu'il ne me reconnaisse plus.

— Ah, c'est vous, mon amour. Vous savez, nous allons partir, excusez-moi de vous recevoir dans un tel état, mais tout va s'arranger.

Il se propulsa en avant, je ne pus rien faire, il roula sur le carrelage.

— Bon sang ! rugit-il. Bon sang !

Il voulut agripper la couverture du lit, mais ses bras retombèrent dans le vide. Il ressemblait à un chien battu. Je me précipitai dans le couloir, courus à la remise, l'infirmière n'y était plus. J'ouvris toutes les portes. Les quinquets étaient éteints, les lueurs de la canonnade jetaient des flammes blanches, éclairaient quelques instants les silhouettes des blessés. Certains me regardaient, yeux grands ouverts. J'imaginais le prince sur le sol glacé... J'appelai... « Mademoiselle... Mademoiselle ! » Je courus de l'autre côté du couloir, poussai la porte d'une pièce où se trouvaient une vingtaine de cercueils, en face, allongés sur une longue estrade, le même nombre de corps recouverts d'un drap. Les morts de la journée. J'appelai encore, cette fois on m'entendit. L'infirmière accourut, accompagnée d'un jeune médecin. Dans la chambre, le prince gisait toujours sur le sol. Le médecin constata qu'il était évanoui. L'infirmière bredouilla : « Comment va-t-on faire pour le recoucher ? » A moitié mort, il les impressionnait encore. Je m'emparai du torse et des épaules, désignai aux deux autres le bassin et ce qui restait des jambes. « Vous n'y arriverez jamais », grogna le médecin. « Oh si, j'ai l'habitude, quand nous faisions l'amour, je le soulevais sans problème. » Les pieds bien calés sur le carrelage, je nouai mes mains autour de la poitrine du prince et, en poussant de toutes mes forces, soulevai le haut de son corps. L'infirmière et le freluquet s'emparèrent du bassin et des fesses... « Maintenant, en même temps... » Dans un grand bruit d'air, nous le hissâmes. Je me penchai en travers du matelas : « Attention, ne lâchez pas... » Ils n'avaient plus qu'à pousser. « Il saigne... » Le toubib défit le pansement. Un amas de chairs mauves surgit. « Mettez un mouchoir... », lança-t-il. Je n'avais pas besoin de mouchoir, quand il eut terminé de changer la gaze et les pansements, j'ôtai la chemise du prince et lui enfilai une camisole en drap épais. « C'est tout ce que nous avons », regretta l'infirmière. « Ça ne fait rien, il a toujours aimé les tissus rêches... » Le prince tenait ses yeux grands ouverts. Ils n'avaient jamais été aussi limpides, dépourvus de la moindre trace de délire. « Alexandre ! » Il souriait. « Nina, c'est beau que vous soyez là pour ma mort. Dans mes rêves les plus fous, jamais je n'aurais cru que les choses se passeraient ainsi. — Vous n'êtes pas encore mort, Alexandre. » Je lui caressai les joues et le front. La fièvre avait disparu. Il me saisit les doigts et les embrassa. « Nina, Nina, ce que nous avons pu nous aimer ! et faire l'amour ! Si j'en avais la force, j'aimerais le faire une dernière fois avec vous. — Moi aussi, Alexandre. — On ne garde pas assez en mémoire ces choses-là, mais moi, Ninotchka, je n'ai rien oublié, j'ai encore la sensation de votre corps contre le mien, de sa douceur... je m'y enfonçais comme dans du beurre... vous vous en souvenez ? Oui, je vous sens comme si vous n'étiez jamais partie, c'est comme une brûlure, une brûlure agréable. » Le prince se tourna en direction de l'infirmière : « Mademoiselle, apportez-moi mon champagne. — Alexandre, vous délirez encore ! » L'infirmière me regarda avec un sourire : « Non, il a raison, une bouteille qu'il avait dans son paquetage, en arrivant. Il m'avait dit de la conserver pour votre venue... J'ai failli ne pas le croire mais je l'ai mise de côté... »

Il me restait quelques minutes, je m'allongeai au-dessus du prince et l'embrassai, il manquait l'odeur de la vodka et le goût du sel, il manquait la force, mais le satin des lèvres était toujours là. Il ferma les yeux. J'aspirai à moi toute la vie et toute la mort qui gisaient là, lentement, précautionneusement, comme pour endormir un enfant. Je sentis le souffle fléchir, puis s'amoindrir, s'apaiser, et disparaître. Je me détachai, retombai sur le côté. Il possédait un visage lisse, reposé. L'infirmière reparut avec la bouteille de champagne et trois verres à la main. « Donnez, j'ai l'habitude. » J'ouvris la bouteille, la mousse jaillit sur ma robe. « Il est trop chaud. » Je versai le liquide dans deux verres. « Vous savez, vous pouvez lui en donner, ça n'a plus d'importance. » Alors j'ai répondu : « Nous allons trinquer à sa santé, mademoiselle, le prince Alexandre est mort. »

Je trempai mes doigts dans le liquide et les portai à la bouche du prince, plusieurs fois... « A ta santé, Alexandre... »

Silence... Puis encore la voix de la dame, comme dans un rêve. Une voix éteinte.

— Aidez-moi à m'allonger, voulez-vous.

Il la prit à bras-le-corps, l'allongea précautionneusement.

— Voilà toute l'histoire... Vous savez tout. Vous reviendrez quand même ?

Il saisit sa main glacée.

— Dès demain, Caroline.

— Répétez.

— Quoi ?

— Caroline. Plus personne ne m'appelle comme ça depuis des siècles.

— Caroline...

— Carolina... Nina... le prince : Ninotchka... Mais Caroline, c'est ce que je préfère.

— Je vous le dirai encore. A demain, Caroline.

Georges traversa la chambre, franchit le seuil, referma la porte.

Voilà, je suis seule, pourquoi est-il parti si vite ? Comme ses bras sont musclés et chauds, que c'est bon un homme, mon Dieu ! Je lui ai tout dit. Demain, il viendra et puis... et puis il ne viendra plus. J'ai tout dit et rien dit, quelle importance ? Lorsque je ne trouverai plus rien, j'inventerai. L'essentiel est qu'il soit là.

Le rendez-vous était devenu quotidien, chaque matin à la même heure il montait les deux étages, frappait à la porte et l'ouvrait doucement. Elle attendait, assise en travers du lit, bien droite, la canne posée sur ses genoux. Peu à peu il se permettait des familiarités, il lui apportait des chocolats de chez Gainon, le meilleur chocolatier de l'avenue. Des riens. Une fleur, un échantillon de parfum. Des bêtises que l'on offre aux dames âgées. Il s'aperçut qu'il faisait fausse route quand elle lui offrit, comme pour le narguer, un chocolat de sa propre boîte. Elle ne les avait pas entamés. L'échantillon de parfum avait disparu, la fleur ne tint qu'un jour dans un verre à moutarde. Il se trompait, bien sûr. Le jour suivant, il arriva avec une petite boîte de caviar d'Iran et une demi-bouteille de champagne brut.

— Il est frappé ?

Il acquiesça. Ils dévorèrent le caviar à même la boîte.

— Là, dans la commode, vous trouverez deux baccarats.

Ils trinquèrent, elle lampa son verre. Il la resservit.

— Buvez, fit-elle, moi, j'en ai tellement bu dans ma vie. Mais vous, vous commencez.

Elle soupira.

— Le champagne... C'est une bonne idée que vous avez eue. Mais la prochaine fois, prenez la bouteille entière. Une demie, ça fait hôpital, vous ne trouvez pas ?

Il éclata de rire.

Le salé, elle aimait le salé, pas seulement le caviar : le saucisson, le pâté et les petits farcis que réussissait si bien le traiteur du trottoir d'en face.

— C'est pour Mme Otero ?

— Oui.

— Alors prenez les oignons, c'est ce qu'elle préfère. Oh, elle a encore un bon coup de fourchette. Elle prend toujours des portions pour deux. Elle donne le change : faire croire qu'elle a encore des amoureux...

— Eh bien, aujourd'hui, elle en a un !

Arrivèrent les jours de carnaval, les cortèges le long de l'avenue, les cavalcades, l'armée des grosses têtes, les confettis en rafales. Toute la rumeur de la fête se déversait dans la chambre, les musiques ricanantes que scandaient les haut-parleurs, les cris des bandes de jeunes dévalant les trottoirs à la recherche de gamines que l'on bousculerait, profitant de l'aubaine pour leur écraser les seins tandis qu'elles pousseraient des hurlements émoustillés. A dix heures du matin retentissaient les premières fanfares, des airs martiaux. Les musiciens se regroupaient sous l'horloge du carrefour, à une vingtaine de mètres du Novelty, on les entendait rire et plaisanter, des gars solides dans leur costume folklorique, culotte courte et chapeau à plume. Un ordre claquait, les talons frappaient le bitume, les clairons et les trompettes résonnaient, la petite troupe se dirigeait vers l'avenue. Au même endroit, en début d'après-midi, prendraient place les chars et les grosses têtes en attente de la mise en branle, dans le tintamarre de la foule et des flonflons.

Georges ne croyait pas qu'elle parlerait ce matin-là, il fut étonné d'entendre sa voix, lointaine, étouffée, présente cependant.

— Pourquoi tout cet affreux boucan ? Avant il y avait des musiques à tous les coins de rues, des orchestres tziganes jouaient aux terrasses des cafés des valses, des polkas, des mazurkas. Une fois je me suis retrouvée sur un char, j'ai raflé le premier prix. Je revois toutes ces voitures couvertes de roses, d'œillets, d'anémones, de narcisses. On défilait devant la mer, on jetait des bouquets dans la foule qui vous les renvoyait. Le soleil tapait dur, un soleil blanc. Les femmes masquées surgissaient de corbeilles de roses du Bengale. Le mystère, c'était ça le charme, le mystère. Le casino, les théâtres, les clubs, les cafés, les grands hôtels resplendissaient de lumière.

Rêvait-elle ? Elle conservait les yeux fermés, loin, très loin. Il lui semblait écouter la voix éteinte d'un vieux disque égrené par un gramophone perclus. Brusquement il eut envie de pleurer, de se jeter sur elle, de la ramener au présent, ou plus exactement à lui. A lui, ici, dans cette chambre.

Dans un miroitement prodigieux, une effervescence lumineuse, il la voit au milieu des filles déguisées en Colombine, yeux pervers, luisant étrangement, venues là pour frôler, pour souper, pour embrasser. Dans les volants de sa robe fleurie elle descend un escalier, un escalier interminable en marbre blanc, un simple loup cache ses traits. Il la voit à cet instant, telle l'image des cartes postales, d'une sensualité intemporelle. Il avance la main, presque à la toucher, elle l'appelle dans un sourire. Un souffle de printemps l'enveloppe, le capte, le jardin est parsemé de banderoles jaune et rouge. Elle lui saisit la main. Ils avancent dans les salons décorés de guirlandes, ils croisent d'autres dominos, eux aussi jaune et rouge. Toutes les loges portent les mêmes couleurs. Les costumes sont de satin étincelant. Des couples s'enlacent, des femmes attendent dans les couloirs étroits et sombres. Elle se serre contre lui, elle l'emporte dans la valse, lui qui ne sait pas danser voltige sur la piste, sans entrave, sans honte. Joli garçon... Qui tangue et chaloupe... Quelle vélocité !... Des portes s'ouvrent, ils traversent des salons, des loggias, des jardins. Partout des orchestres, partout de la musique et des yeux qui brillent. Elle lui susurre à l'oreille, elle lui dit qu'elle sera à lui la nuit finie. Il frémit dans la pénombre. Veut l'embrasser... Se penche... Ses lèvres prêtes aux baisers... Des yeux ridés l'observent, deux yeux étonnés. Il se recule, cœur battant.

— Excusez-moi...

Entre ses doigts transparents et tachetés de son, elle triture un mouchoir, un petit mouchoir brodé. Il reprend sa place, confus. Mon Dieu, que va-t-elle croire ? Elle le regarde toujours, un vague sourire sur son visage couleur de plomb, à la peau si fine que l'ossature s'y découpe en relief. N'a-t-elle rien ressenti, rien deviné, rien vu de sa conduite folle ?

— Après le Veglione, dit-elle, toujours de cette voix étrange qui n'est plus tout à fait la sienne, nous allions souper dans les brasseries. On se débarrassait des mantes et des capuchons. Alors retentissaient les cris : « Le masque ! le masque ! » Il fallait ôter le loup. Les vilaines redevenaient vilaines. Les cris du populo étaient sans merci, quand c'était beau ils applaudissaient, quand c'était laid ils sifflaient. Je jetais mon loup, la salle se levait... Ah, Georges, je revois encore la fumée au-dessus des tables, les hommes en habit noir criant : « Hourra ! Hourra !... » Ah, comme ils m'aimaient, comme j'étais belle aussi...

Elle l'appelle Georges !

Dans son élan de souvenirs, elle veut se redresser, se mettre debout. Délicatement, il la saisit par les avant-bras. Elle bascule sur sa poitrine, rien, un fétu, un voile de cheveux gris. Elle reste là un moment. Il ferme les yeux. Dehors, un silence profond succède au tintamarre.

ELLE était restée éveillée une bonne partie de la nuit, prise d'une impatience fébrile qui la faisait frissonner, des fourmis picotaient ses jambes. Elle se serait bien levée, marcher jusqu'au balcon, il faisait si doux. Mais l'effort est trop grand, l'idée même de soulever son buste, de ramener les jambes et poser le pied sur le sol la terrorise. Alors elle rêve, elle rêve éveillée. Cet état entre veille et sommeil est devenu sa seconde vie. Là, tout est encore possible, possible de gambader, possible de frémir, possible, pourquoi pas, d'aimer. Aimer... C'est revenu de si loin, comme une saveur d'enfance sous la langue, comme une musique oubliée et qui frappe à la mémoire. Aimer doucement, infiniment, comme un miel calmant une gorge en feu. Peut-être est-ce l'approche de la mort, cette douceur parfumée de l'air ? Si ce n'était que cela, après tout ? Une douce mollesse qui vous lie et vous emporte au loin sans s'en apercevoir. Comme il a été bouleversé lorsqu'elle l'a appelé Georges ! Il a rougi, les blonds rougissent pour un rien, elle n'a jamais aimé les blonds, mais lui est plutôt châtain clair, des cheveux fous, un peu trop longs mais si fins. Il est fort pourtant, elle a pu s'en rendre compte quand il l'a soulevée. Son odeur, le visage enfoui contre sa poitrine, lui a plu, une odeur d'adolescence et de cigarette américaine. Les yeux ? De quelle couleur ? Entre le bleu et le vert amande, le joli mot, amande. Elle vérifiera demain. Demain ! Demain… Il sera là, il ouvrira la porte avec son grand sourire et sûrement des paquets-surprises pour la nourrir. Elle mangera pour lui faire plaisir. Demain, une fois encore, mon Dieu. Demain, c'est tout à l'heure !

Elle attend le petit jour, la voiture des poubelles. Le bruit infernal que font les éboueurs chaque matin la réconforte, lui assure l'existence d'un jour nouveau. En mars, le soleil commence à se lever tôt, par la fenêtre elle pourra voir sa lumière rouge courir sur les toits et aller éclabousser la verrière de la gare. Demain. Ils sortiront… Pourquoi refuserait-il ? Elle mettra l'ensemble vert bouteille cintré à la taille. Il faudra se tenir droite, raide plutôt, sinon la robe de guingois lui couvre une cheville et laisse la moitié de l'autre à l'air. L'important, qu'il accepte de l'amener prendre le thé chez Ganion ou peut-être au Palace, avec son orchestre de femmes. Elles jouent souvent des chansons d'autrefois, surtout lorsqu'elles l'ont repérée dans la salle. Des airs 1900 en son honneur.

Il la trouve debout, appuyée à la fenêtre avec la clarté du jour qui poudre ses cheveux. Aujourd'hui sa bouche ressemble vraiment à une cerise, comme posée sur le plâtre du visage.

— Nous sortons, fait-elle, nous irons sur la Promenade, puis cet après-midi vous m'inviterez à prendre le thé. Vous êtes d'accord ?

La première idée qui lui vient, c'est qu'elle n'aura pas la force. La panique un moment se saisit de lui : comment fera-t-il si une faiblesse s'empare d'elle ? Mais il est trop content, trop fier, il chasse les mauvaises pensées et lui tend le bras. La descente des marches est rude mais, une fois en bas, elle sourit, tout heureuse de son exploit. Ils sont dans la rue, une petite dame suspendue au bras d'un grand gaillard joli garçon. Les pas sont minuscules mais bien assurés, son regard porte devant elle autant que sa tête penchée le lui permet. Tout en elle semble dire : surtout pas d'apitoiement ni de commisération. Si l'idée n'était incongrue, en la voyant passer on pourrait affirmer qu'elle frétille. Les passants se retournent sur cette étrange vieille femme chamarrée d'écharpes et de bijoux clinquants, image vivante d'un temps révolu, ce fantôme curieux d'une pâleur impressionnante, qu'accentuent le rouge vermillon des lèvres et deux minuscules groseilles flanquées au creux des joues.

Elle contemple la mer longuement, sans ciller malgré la lumière intense et grise. Depuis un moment elle ne dit plus un mot, on dirait qu'elle respire la mer, la lumière. Tout à l'heure, en passant devant l'entrée de l'hôtel Négresco, elle lui a confié :

— J'y suis venue souvent. Pendant la guerre de 14, il y avait des blessés partout, des sans bras, des sans jambes, des beaux gars entourés d'une nuée de mondaines qui jouaient les infirmières. On retirait les blessés des hôpitaux du front pour les placer en convalescence sur la Côte. J'ai fait semblant moi aussi, mais j'ai vite compris que c'était de la mascarade, juste pour se donner bonne conscience. J'ai laissé aux dames du monde le plaisir de vider les pots de chambre. Je préférais animer les bals de bienfaisance. Des bals pour les blessés, les veuves, les mutilés, les orphelins, oh, ce n'était pas les occasions de danser qui manquaient, plutôt les hommes qui se faisaient rares.

Un ciel argenté les accompagne le long des rues tranquilles du début de l'après-midi, des pigeons s'écartent devant la canne de la mince silhouette cahotante. Pourquoi les larmes lui montent-elles aux yeux ? Comme elle tremble et vibre, pendue à son bras, cette belle femme, plus que belle, cette adorée plus qu'adorée. Il écoute son souffle précipité, le râle que suscite l'effort. Il lui prend la main. Seigneur ! comme elle est froide, sèche, osseuse. Il la réchauffe dans la sienne, lentement, posément, tout en marchant de ce pas qui n'en est plus un. Parfois elle s'immobilise pour reprendre sa respiration, mais elle préfère avouer que c'est pour regarder un immeuble à frises, un ancien hôtel transformé en appartements, l'un de ces palais où elle vécut, où elle aima, bien sûr, ici comme partout.

Ils arrivent au Palace avec les premiers habitués, des couples de retraités venus prendre un café, un digestif. Ils ont leur table, leur coin préféré. Sur l'estrade, au fond de la brasserie, les instruments sont encore recouverts de leur housse grise.

— Près de l'orchestre nous serons mieux.

Elle s'installe avec délectation au profond de la moleskine ridée. Une serveuse en robe noire et tablier blanc s'approche. Il s'apprête à commander les deux thés promis. Elle le saisit par le bras.

— Des clous... Suzanne, apporte-nous plutôt une bouteille de brut avec des gâteaux. Aujourd'hui c'est la fête... n'est-ce pas, Georges ?

Son regard a retrouvé toute sa malice, cet éclat de lumière ironique qui vrille, transperce et tranche.

Peu à peu la salle se peuple de son contingent quotidien de vieilles cocottes enturbannées de rouge, de violet, de vert pomme, toutes trop maquillées, peinturlurées. Elles viennent là l'après-midi, écouter l'orchestre, grignoter une tartelette, siroter un thé ou un chocolat, elles ont connu le début du siècle et des splendeurs peuplent leurs souvenirs. Elles lancent des sourires dans le vide, boivent en levant le petit doigt, fument en laissant de grosses traînées de rouge sur les filtres de leurs cigarettes anglaises. Si on les écoutait, elles diraient qu'elles ont toutes fréquenté des têtes couronnées, qu'elles ont été adulées, couvertes de présents, qu'elles ont dépensé des fortunes. Si on les écoutait... Mais personne ne les écoute. Entre elles elles se parlent peu, chacune à sa table, chacune fière d'elle-même comme un joyau de la Couronne dans son écrin. Certaines sont si vieilles qu'elles laissent mourir des miettes de leur gâteau sur leur menton. Certaines sont si seules au monde qu'on pourrait déjà les croire changées en momies si ce n'était le mouvement de leurs lèvres et le tremblement de leur gorge. Oui, certaines sont déjà mortes et empaillées, posées là dans l'attente des visiteurs amateurs d'antiquités.

Les musiciennes de l'orchestre sont toutes en longue jupe noire et chemisier blanc, les cheveux en frisottis. Elles s'assoient en silence. La chef porte un chignon et s'octroie la fantaisie d'une broche en perles. Pour jouer elles se lèvent toutes, sauf la pianiste, les violons déversent dans la salle les premières mesures de *Frou-frou*. Immédiatement, comme à un signal, la béatitude se lit sur les visages, les mentons dodelinent, les doigts tapotent sur les soucoupes. « Frou-frou... ça sent si bon la femme. » Le rêve passe. Ce qu'elles ont charmé et dansé sur cet air ! Elles ferment les yeux, oublient le visage revêche des musiciennes, leur côté fonctionnaires de la gaieté. *Frou-frou*, c'est à chaque fois la même chose, une ou deux mesures suffisent et s'effacent le néon, les automobiles, les téléphones, s'effacent l'âge, les rides et la mort prochaine. *Frou-frou*, oxygène, ultime bénédiction. Resurgissent les becs de gaz, les fiacres, les chevaux, reviennent la jeunesse, la flexibilité des membres, la joliesse d'un sein, d'une cuisse. Revient l'homme ! L'homme, elles ont vécu pour sa conquête, son plaisir... Elles ont essayé de toute leurs forces de tout lui prendre pour finalement échouer là, dans ce reliquat de café-concert, solitaires et abandonnées.

Elles jettent des regards courroucés à l'ancêtre des ancêtres, cette garce d'Otero encore capable de se faire payer du champagne. Quel culot, quand même ! La chance incroyable jusqu'à la fin... Elle a été la plus riche, elle a tout perdu, dilapidé, et la voilà à cent ans qui s'offre la jeunesse, le regard amouraché de ce godelureau en culottes courtes... Quelle injustice ! Que peut-il bien lui trouver ? Regardez ça, pas d'allure, plus de formes et quelle défroque, ce tailleur... Mon Dieu ! sorti de la naphtaline, une horreur, un oripeau pour faire peur aux moineaux de la Promenade. Quel âge peut-elle avoir ? Cent ans ? Peut-être plus ? Ça devrait être interdit de vivre aussi longtemps. Question de décence.

Elle n'a pas besoin de les regarder, la jalousie arrive jusqu'à elle, portée par les violons, elles ont bien raison de lui en vouloir. Il est rudement bel homme son chevalier servant, attentif et tendre. Pourquoi cette patience à son égard, que veut-il obtenir au bout du compte ? Des secrets ? Elle n'en a pas, ou si peu, ils ont si peu d'importance. Alors quoi ? Il reste pour elle, voilà tout. Si elle osait, elle lui prendrait la main, là, devant tout le monde. Elle le regarde du coin de l'œil, on dirait un Anglais, avec son côté sage, son pull trop grand et sa chemise au col boutonné. Il a de l'élégance, de l'élégance moderne, mais tout de même. Du chic, voilà, du chic. L'orchestre joue *Fascination,* il commence toujours par ces valses lentes, après ces dames passent au tango. On dirait un bienheureux devant sa coupe de champagne, sa cuisse contre la sienne. Il pourrait l'enlever, bouger d'un quart de poil. Mais non, cela lui paraît aller de soi. Peut-être est-il simplement poli. Voilà la vérité, c'est un garçon bien élevé. Il me supporte.

— Vous vous ennuyez, Georges, toutes ces vieilles autour de nous, ces airs d'une autre époque, vous êtes bien jeune pour supporter tout ça.

— Oh non, Caroline, je suis parfaitement heureux quand je suis avec vous...

— C'est vrai ?

Si elle en avait eu la force elle aurait poussé un cri de victoire. Elle s'est contentée de roucouler et de laisser échapper un rire de contentement. En confidence, juste pour lui. Mon Dieu, ce serait beau de mourir maintenant, et qu'elles aillent au diable, ces vieilles peaux.

Sa chance, arriver trop tard dans la vie d'Otero. A

l'époque de sa gloire, l'aurait-elle seulement regardé ? Certainement pas. Au mieux, il aurait fait partie des amants de passage qu'on s'offre le temps d'une soirée, que l'on choisit, que l'on cueille puis que l'on oublie au pied du lit. Sa chance... Aura-t-il le courage de lui avouer son départ la semaine prochaine ? Il sait tout sur le prince, sur les autres, il n'a plus d'excuse pour rester. Pourtant elle a besoin de moi, la Belle Otero a besoin de moi. Je dois encore rester. Jusqu'à quand ?

Brusquement il se tourne vers elle, comme s'il avait peur de la voir disparaître, se dissoudre dans la musique, s'évanouir dans l'espace enfumé. Une chanteuse est venue rejoindre l'orchestre, petite et brune, moulée dans une robe bon marché, le visage blême, l'œil cerné de noir, elle se tient les mains sur le ventre, les épaules rentrées. D'une voix puissante elle entonne *La Rue Saint-Vincent* puis *Les Roses blanches*. Sans reprendre souffle, elle enchaîne le malheur et les larmes, tout le répertoire réaliste, d'Eugénie Buffet à Damia. Ces ritournelles qu'il ne connaît pas et qui ont fait pleurer tant d'hommes et de femmes avant lui le bouleversent. Cette musique, c'est cette vieille dame dont il perçoit la cuisse maigre et dure contre la sienne. Je l'aime, oui, je l'aime. Et cet amour qu'il va quitter le rend soudain fou de chagrin.

— On savait faire pleurer à l'époque, vous ne trouvez pas, Georges ?

— C'est justement ce que j'étais en train de me dire.

— Faut pas se laisser aller !

— Non.

Alors, et alors seulement, par-dessous la table, elle lui saisit la main et la tient dans la sienne.

Les autres, toutes les autres, n'ont rien vu.

Dehors la nuit tombait déjà. Au travers de l'avenue, suspendus aux platanes, les motifs du carnaval s'illuminaient, lès haut-parleurs déversaient un autre genre de musique que celle du Palace. Indifférents, les passants arpentaient les trottoirs, surpris par la froidure. Allaient-ils rejoindre une femme, un homme, des enfants, un intérieur chaud, des lumières douces ?

Caroline et Georges avançaient doucement, ils quittèrent les éclairages violents, les flonflons, la circulation, la foule, pour se fondre dans le gris de la rue d'Angleterre. Pensait-elle à la chambre lugubre qui l'attendait, au calorifère grésillant, aux draps froids, à cette lumière chiche suspendue au-dessus du lit ? La fatigue l'emportait, une fatigue qui rendait ses membres pesants comme des troncs d'arbres gonflés d'humidité. Arrivés devant le Novelty, ils restèrent un moment immobiles devant le hall désert.

— Ne montez pas, fit-elle d'une voix brisée.

— Mais je...

— Non, je vous en prie.

Puis, après un long moment de silence :

— Merci de m'avoir fait voir la mer...

Elle s'éloigna, sa canne cliquetait contre le carrelage. Il la suivit du regard tout le long de l'interminable périple qui la conduisait jusqu'au premier coude de l'escalier, où elle disparut.

CELA fait deux jours qu'elle reste couchée. Elle tient sa bouche le plus souvent ouverte. On la croirait morte. Georges se déplace sur la pointe des pieds. Il s'assoit, elle ne bouge pas, ne dit rien. « C'est la fin », affirme Asunta. Le docteur est venu et reparti. On lui a demandé ce qu'elle avait, il a répondu en levant les bras au ciel :

— Rien. Elle est vieille, c'est tout.

— Elle va mourir ? a murmuré Georges en le raccompagnant dans le couloir.

— Il faudra bien que ça arrive. Ce soir, demain, dans huit jours ? Personne ne peut le dire.

Dans la chambre, Asunta bouge en faisant semblant de se rendre utile.

— C'est pas tout, mais moi je peux pas rester.

— Je resterai, moi.

Doucement il s'approche, se penche, à la place du cœur la chemise de nuit de Caroline se soulève légèrement. Si peu...

— Caroline, tu ne vas pas mourir, tu entends ? J'ai besoin de toi. Tu m'as appris tant de choses. Et puis je suis si bien, là, à côté de toi. J'aime m'occuper de toi. Asunta, elle voit ça d'un mauvais œil. L'idiote ! Mais tu ne me dégoûtes jamais. Peut-être que je fermerai les yeux pour certaines choses, par pudeur, pour ne pas t'offenser, même si dans ton sommeil tu ne t'aperçois de rien. Oui, tu m'as tant appris : à regarder

297

l'au-delà des choses, à ne pas croire bêtement. Avec toi, la méchante femme, je suis devenu tendre.

Rêve-t-elle dans ce long sommeil ? Où est-ce déjà la nuit et le néant ? A quoi peut-elle rêver ? Un jour, elle lui a dit qu'elle ne rêvait plus. Mais elle a menti, elle aime mentir pour le plaisir d'étonner.

Georges se lève, tisonne le petit poêle où se trouvent mêlés bois sec et charbon. Puis il tire la table de nuit, pousse les lunettes, la radio, le réveil, les cachets, étale la liasse de papiers qui gonfle ses poches. Ce qui devait être un simple article de magazine prend les proportions d'un monstre à la gloire d'une femme du temps passé, une sorte de journal au jour le jour de leur relation.

Il aime écrire le nom d'Otero, avec ce O qui cravache et caracole.

« Est-ce de l'amour que je ressens pour Otero ? Sans hésiter, je crois que je peux écrire oui. Oui, malgré l'impossibilité, ou peut-être à cause d'elle, de cette barrière infranchissable entre nous, personne jamais ne m'a été aussi proche. Il m'arrive même d'être jaloux. L'autre semaine, je l'ai surprise plongée dans l'un de ses innombrables cartons pleins de lettres, de carnets, de photos. Elle n'a pas levé la tête à mon entrée, elle paraissait émue, lointaine. Par curiosité, j'ai regardé par-dessus son épaule. Sur la photo elle rayonnait, le visage ombragé par un grand chapeau noir, dans le fond on entr'apercevait des feuillages, le scintillement d'un fleuve ou d'une rivière. Elle est restée ainsi un long moment en contemplation avant de se détourner et de murmurer avec une voix pleine de regret :

— Celle-là j'y tiens, c'est Legueret qui l'a prise, sur les bords de la Seine, ce qu'il faisait beau en ce temps-là. Il me parlait de la lumière, des particules de la lumière, et je comprenais tout, moi qui suis si peu instruite...

J'ai remarqué la dédicace tout en bas en travers de la photo, une écriture large et enfiévrée avec des lettres qui se chevauchaient avec beaucoup de difficulté, j'ai pu réussir à décrypter l'inscription : " A la beauté vivante, religieusement... " et c'était signé Jacques Legueret. J'ai senti ma poitrine se serrer, une sensation de malaise physique insupportable.

Elle me raconta Legueret, l'explorateur qui croyait au paradis sur terre, elle évoquait son optimisme, sa foi dans l'homme nouveau. " A la beauté vivante, religieusement ", je trouvais ça d'un pompier abominable, pour un adepte du progrès. Un sentiment de rage me prit, j'ai voulu lui faire mal. Je lui ai dit que le monde avait changé, que les hommes d'aujourd'hui ne pouvaient plus se contenter d'adorer les femmes à genoux, que depuis il y avait eu les camps de concentration et que, comme disait Jean-Paul Sartre, un artiste n'a pas le droit d'entrer en contemplation devant un bouquet de fleurs si, dans le même temps, des hommes souffrent et meurent. Je lui récitai en vrac tous les principes qui, avant de la connaître, me paraissaient faire partie du juste credo de l'homme moderne. Je lui parlai du Viêt-nam, de l'engagement politique. Elle m'a regardé un long moment sans rien dire, puis soudain elle s'est redressée, furieuse :

— Taisez-vous ! m'a-t-elle jeté, vous ne savez rien, vous ne connaissez rien, tout juste ce que vous lisez dans les journaux. Vous croyez que l'histoire a un sens, qu'elle va toujours tout droit ! Elle n'a pas de sens, l'histoire, ça je peux vous le jurer. Si elle en avait un, depuis le temps je m'en serais aperçue. L'histoire, la seule qui tenait un peu debout, celle des rois et des reines, on l'a bousillée avec la guerre de 14... L'Europe du sang bleu, celle qui existait depuis le Moyen Âge, elle a fondu aux canons, comme un gâteau de communion. Rien, il n'est plus rien resté de tout ça, Guillaume, l'empereur Guillaume, Alphonse XIII, Léopold le Belge... J'ai bien fait d'en profiter. Je suis une femme d'avant la Révolution, je suis une femme de l'Ancien Régime, j'aime les rois et les princes. Aucune reine n'a connu ce que j'ai vécu. Une reine, une vrai, avec combien de rois couche-t-elle ? Un, peut-être deux... Tandis que moi, j'en ai eu des dizaines. La fin de la civilisation je peux la dater, la dater très précisément, la fin de la civilisation elle a sonné le 2 août 1914, le jour de la déclaration de guerre entre la France et l'Allemagne. Depuis, ce sont les barbares qui mènent le monde. »

La pénombre qui envahit la pièce empêche Georges Reiller de continuer à écrire. Une pénombre acide du mois d'avril où le jour avant de mourir s'offre un dernier miroitement étincelant, une lumière gris-vert qui enveloppe les êtres et les choses d'une clarté métallique immuable. Le lit gît dans la part d'ombre, comme oublié pour toujours. Georges allume la petite lampe de chevet. Une lueur chiche se répand sur les feuilles du bloc, rappelant au journaliste les soirs d'étude à l'école, quand les arbres du préau disparaissaient dans la nuit et que la classe, telle un vieux rafiot, brillait de cette même lumière désespérée.

« Bientôt ce sera la nuit complète, je vais dormir sur la chaise ou peut-être sur une couverture à même le sol, demain je me ferai apporter un lit pliant. J'avoue que j'ai un peu peur. Surtout à cette heure. On m'a dit que les malades rendaient leur dernier soupir au crépuscule ou à l'aube. Me rendrai-je compte de l'instant, s'extraira-t-elle de son coma avant ? Tout à l'heure, j'irai manger un morceau vite fait. Mais dois-je prendre ce risque ? J'ai faim, pourtant. On pensera que je me suis dévoué au-delà des limites convenues. Quelle erreur, je ne me dévoue pas, je suis à ma place, voilà tout. Le dernier cavalier de cette dame, cette grande dame. Celui qu'elle attendait dans son insondable, incommensurable, absolue solitude depuis des années et des années. Ce quelqu'un, le hasard a voulu, mais en la circonstance peut-on parler de hasard, que ce fût moi. Les années d'après la gloire n'ont pas commencé d'hier. A la fin de la première grande guerre, la Belle Otero avait disparu du paysage. Le monde nouveau, celui des jupes courtes et de l'automobile sans chauffeur, n'avait que faire d'une courtisane. Alors commença une vie entière de solitude, vouée au chagrin quotidien des souvenirs, une seconde vie, comme une punition en mémoire de la première.

— Je n'ai pas besoin de la réincarnation, m'a-t-elle dit, la réincarnation je l'ai vécue de mon vivant, et ça n'a pas été une réussite. Je ne remercie pas le bon Dieu. J'aurais pu me réincarner en fleur, en chat, que sais-je ? Pensez-vous, je suis revenue telle quelle pour me souvenir, pour souffrir. Merci du cadeau. La damnation sur terre.

Elle se plaint rarement, mais à force de lui poser des questions, à force de l'écouter, je sais que toute cette partie de sa vie fut un partage entre la solitude et le jeu, un va-et-vient entre deux formes de petites morts. Durant des années, le voyage quotidien de Nice à Monte-Carlo, d'abord avec voiture et chauffeur, puis en taxi, enfin en train : " J'y serais même allée à pied, s'il avait fallu ! " Caroline a joué jusqu'à ses ultimes forces. Au début elle flambait, jouait grand jeu, tant que la vente des bijoux parvint à combler les pertes, puis ce fut le déclin, le jeu des petites pièces, des jetons malingres. Elle joua les chances simples pour doubler sa mise et pouvoir placer un jeton sur un numéro plein, le système des gagne-petit, des décavés qui tentent de survivre coûte que coûte. Elle conserva la manière jusqu'au bout, pas repentante pour un sou, aussi fière de ses pertes que de la liste de ses amants, les deux tellement imbriquées !

— J'ai perdu plus de trente millions de francs-or ! Je ne peux pas vous traduire ce que cela ferait aujourd'hui, ça représente trop de zéros. Je ne regrette rien. La passion du jeu abolit le temps, la conscience et, aussi incroyable que cela puisse paraître, l'argent lui-même. Je crois n'avoir jamais joué pour gagner, je voulais toujours plus, reculer les limites.

Oui, reculer les limites, c'est cela le jeu, faire reculer les limites, toujours plus loin au cœur du mystère. Un vrai joueur vous dira que le premier plaisir au monde est de gagner, puis il ajoutera que le deuxième est de perdre. Moi je dirai que le plaisir suprême est de jouer, jouer à en perdre la raison ; gagner, perdre, c'est secondaire. La dernière fois que je suis allée à Monte-Carlo, je savais que je n'y reviendrais plus. Ce jour-là j'ai gagné, et pourtant jamais je n'ai été aussi triste de ma vie. En quittant les salons, on me saluait comme à un enterrement, mais c'était moi la morte.

Maintenant il fait nuit totalement, la lumière n'éclaire plus assez pour que je puisse continuer à écrire. Je reprendrai la plume demain. J'entends son souffle. Elle vit toujours. »

« Ce matin peu avant la visite du médecin je l'ai entendue tousser, je me suis redressé, tout endolori et frigorifié, le poêle s'était éteint durant la nuit, ses premiers mots ont été :

— Je suis encore vivante !

Puis sa tête est retombée sur l'oreiller, je me suis précipité, l'ai embrassée, entourée de mes bras. Le docteur n'en est pas revenu. En la voyant, il paraissait plus dépité qu'étonné.

— Hum hum, bon bon, grognait-il, eh bien, nous sommes passés à côté une fois de plus. Elle me semble rétablie, la tension, vu les circonstances, est bonne, le cœur aussi.

Elle allait beaucoup mieux, retrouvant même des couleurs et la vivacité de son œil qui voit tout. Elle m'a demandé :

— J'ai dormi longtemps ?

— Presque deux jours...

— Vous êtes resté tout ce temps avec moi ?

— Oui.

— Il me semblait bien, aussi, j'ai eu un si doux sommeil...
Aurais-je pu lui répondre que le bonheur avait été pour
moi ? Peut-être, je n'ai pas osé. Plus tard, elle m'a dit d'une
voix douce, si douce, un chant de sirène, qu'il fallait que je la
laisse :

— Vous vous êtes suffisamment occupé de moi, Georges,
je vous remercie pour tout, vous êtes un garçon adorable.
Oui, oui, adorable est le mot juste. Aucun amant n'aurait fait
cela pour moi, ni peut-être aucun fils. Je sais que vous
m'aimez, Georges. Moi aussi je vous aime... Profondément.
Profondément. En descendant l'escalier rempli d'odeurs
de cuisine, j'avais un voile devant les yeux. Elle m'aimait
profondément ! Une sensation de tristesse infinie m'envahit.
J'avais le sentiment que ce " profondément " contenait un
message indicible, quelque chose qui me dépassait et m'at-
tristait. Elle m'a invité à déjeuner pour le lendemain, me
jurant qu'elle sortirait elle-même faire les courses, je lui ai
proposé que nous les fassions ensemble, elle a refusé avec
obstination :

— Ce ne sera rien, je prendrai tout chez le traiteur. Je
vous assure, cela me fera du bien. Le retour à la vie.

Je doute qu'elle y arrive. A-t-elle perçu que ce sera notre
repas d'au revoir ? Écrire " adieu " me fait trop mal. Bien
sûr, puisqu'elle sent et sait tout. Avant que je ne disparaisse,
déjà un pied dans le couloir, elle m'a lancé :

— N'oubliez pas le champagne ! »

CHAQUE pas suscitait une douleur affreuse qui partait du genou pour remonter le long de la cuisse. Elle gémissait sans desserrer les lèvres, il aurait fallu s'approcher très près pour saisir la plainte de jeune chiot qu'elle laissait échapper. Cent mètres ! Elle avait beau se persuader que ce n'était rien, une distance ridicule, elle crut n'y arriver jamais. Mme Ivaldi, la concierge de l'immeuble d'à côté, voulut l'aider.

— Non, merci, ce sont les genoux, ils me font souffrir.

— Pensez, avec ce temps humide, vous devriez rester bien au chaud, madame Otero. Je pourrais vous aider.

— Non, non, je me débrouille.

D'un coup de canne sur le sol elle mit fin à la conversation, avançant de quelques centimètres, jetant une jambe devant, ramenant l'autre, jetant, ramenant, jetant. La concierge la regarda s'éloigner désolée : une centenaire vivant toute seule !

Caroline pensait que c'était certainement son ultime sortie, qu'elle faisait les courses pour le dernier homme de sa vie. Deux jours il était resté à la veiller. Elle lui avait dit avoir bien dormi mais, dans cette léthargie qui l'avait clouée à son matelas, elle avait senti sa présence, comptabilisé tous les mouvements dans la chambre, sans pouvoir intervenir. Il avait été si gentil. Trop, tout cela n'avait pas de signification.

Elle n'avait plus assez de force pour aimer ni même remercier. Les autres devenaient des fardeaux, maintenant elle ne désirait que le silence et le sommeil, un profond, profond sommeil, sans réveil. Il allait partir et c'était tant mieux. Ainsi elle pourrait disparaître plus facilement. Rien, définitivement rien, ne la retiendra plus. Elle poussa un soupir de soulagement qui l'obligea à s'arrêter au mieux du trottoir. Mais avant, elle voulait cette petite fête à deux. Un déjeuner d'adieu. De définitif adieu. Il refermera la porte et elle s'endormira, le sourire aux lèvres en signe de reconnaissance aux hommages de ce beau jeune homme, son dernier amant. Son bel amant platonique, l'unique. Elle partira avec en viatique pour le grand voyage son sourire, sa belle bouche, toute cette jeunesse de la chair, cette innocence de l'âme. Elle fermera les yeux, il sera là. Pour toujours. Et cette fois, il n'y aura plus de réveil pour vérifier.

Les derniers mètres, les derniers pas. Chez Marcel, on la laissa passer la première, elle se redressa, esquissa un sourire, Marcel la salua.

— Alors, madame Otero, on ne vous avait pas vue depuis un sacré bout de temps, ça va, je vois. Toujours gaillarde.

Marcel gloussait tout en continuant de trancher le foie de veau de la cliente précédente.

— Toujours, répondit Caroline de sa voix haut perchée.

— Alors, qu'est-ce qu'il vous faut ?

— Du civet de lapin pour deux et un pot-au-feu pour deux.

— Bien, madame Otero, encore des invités à ce que je vois.

— Oui, un beau jeune homme.

— Quelle coquine, dites donc...

Caroline claqua sa canne, Marcel se tut.

— Bon appétit, madame Otero.

Elle mit à réchauffer le civet à petit feu, et se demanda ce qu'elle allait faire du pot-au-feu. Tant pis, elle ne l'avait pris que pour embêter Marcel. Une bonne odeur se répandit dans la pièce, elle ajouta une goutte d'huile d'olive pour lier l'ensemble. Bientôt il serait là... Épuisée elle se laissa tomber sur la chaise près du réchaud, ôta ses chaussures et resta ainsi, faisant bouger ses doigts de pieds dans les bas, des bas trop épais, des bas de vieille, songea-t-elle.

La sirène retentit, annonçant midi, un vol de pigeons vint cogner contre la fenêtre. Un peu de soleil perça les nuages. Il allait faire beau. Une belle journée d'avril. Elle ferma les yeux, le soleil chauffait ses mains et son ventre. Elle soupira. Il ne fallait pas s'endormir. Pas encore. De la casserole s'échappait le crépitement onctueux de la chair rissolée. Elle baissa le gaz, se cala le dos sur le dossier de la chaise et attendit. Maintenant un grand soleil éclaboussait le balcon et la pièce.

Lentement, imperceptiblement, les yeux de Caroline se fermèrent.

Le soleil chauffait si fort de l'autre côté du fleuve qu'une brume épaisse engloutissait l'horizon. Legueret lui tendit la main :

— Nous approchons, mon adorée.

— Croyez-vous, enfin ?

— J'en suis certain.

Ils reprirent la route, juchés sur leur éléphant, tandis que les indigènes de plus en plus apeurés les suivaient à bonne distance.

Le paradis ! Le paradis sur terre se trouvait de l'autre côté des arbres, caché par les nuages de brume. Une journée de marche au pas lent des éléphants, peut-être deux, et puis ce serait le pays des fruits d'or, des palmes douces, de l'eau ruisselante, des hautes herbes, des arbres en fleurs, le bonheur enfin à portée de la main.

La tension du voyage avait creusé les traits de l'explorateur, sous la poussière son visage apparaissait aminci et endurci de cette beauté que seules l'immense fatigue et la tragédie confèrent. Ils marchaient depuis des semaines, ils avaient traversé des plaines, des jungles, des forêts épaisses d'où la nuit ne disparaissait jamais, grimpé des montagnes où le soleil fendait la pierre. Ils arrivaient... laminés par l'effort. Legueret lui avait promis le paradis. Elle avait accepté de se racheter par la boue et la chaleur. Maintenant elle voulait se purifier dans les lacs, se laver sous les cascades promises. Redevenir la jeune fille virginale des montagnes andalouses. Legueret lui disait que c'était possible, qu'il suffisait d'aller de l'avant, toujours et toujours. Et ainsi ils allaient, au milieu des indigènes fiévreux. Là-bas, de l'autre côté du fleuve tumultueux, se trouvaient la paix et l'oubli des impuretés, là-bas le pardon n'existait pas, car il n'y avait plus rien à pardonner. Il le lui avait juré. Elle lui promettait l'amour en échange. Un amour immense et sans partage. Là-bas, si seulement ils y mettaient le pied un jour. Tous les soirs, une fois le grand feu allumé, Legueret lui demandait de renouveler sa promesse, et tous les soirs, enroulée dans une couverture pour se protéger du froid, elle lui promettait et promettait encore. Parfois un animal sauvage hurlait, un cri qui lui glaçait le sang.

Legueret sans pitié lui récitait la litanie de ses vilenies, les villes où elle avait donné son corps : Londres, Berlin, Venise, Zurich, Budapest, Bucarest, Munich, Bruxelles, Stockholm, Naples, Florence, l'Amérique du Nord et celle du Sud, Buenos Aires, Rio de Janeiro... Le monde. Ce monde qu'ils quittaient sous un soleil de feu, au cœur des nuits glacées, ce long voyage du repentir. Oui, avouait-elle, je regrette, je regrette les valses et les tourbillons, les lits profonds par centaines, l'amour tarifé au cours des rivières de diamants. Elle regrettait les perles, les parures. Regretter, regretter. Je veux redevenir pure, une enfant. Il venait l'embrasser sur le front. Il disait : « Ma petite fille, ma toute petite fille, mon adorée... » Elle n'arrivait à s'endormir que sur le matin, à l'instant où les bêtes se taisent enfin, où sa peur s'anéantissait, broyée par le sommeil.

Ils traversaient des villages où on leur offrait le manioc, le lait de chèvre et les noix de coco. Pour ce voyage, le dernier, elle avait ôté ses atours, ses fards, elle portait une culotte d'homme et une vareuse trop grande dans lesquelles ses seins et ses fesses se dissimulaient. Elle avançait vers le paradis dépourvue de sexe, sans désir ni séduction. Je suis un être humain, simplement un être humain, se répétait-elle tout le long de l'interminable journée chauffée à blanc. La sueur qui exsudait d'elle emportait le passé et ses miasmes. La souffrance continue la confirmait dans sa volonté d'expier tout le mal en elle, tout le mal charrié par ses veines, son ventre, ses cuisses, son âme même. Oui, son âme dépravée par le mal. Legueret lui promettait qu'une fois de l'autre côté elle se sentirait libérée, légère, pure, immaculée, comme au premier jour. Mon Dieu, pourquoi ai-je péché ? Par quelles turpitudes de mon caractère... Avais-je déjà le mal en moi quand, petite fille, dans les montagnes, je traquais les lapins, pêchais les truites à la main ? Pourquoi ne me suis-je rendu compte de rien ? pourquoi papa ne m'a-t-il pas prévenue ? pourquoi ne m'a-t-il pas dit : « Prends garde, le mal est en toi » ?

— Jacques, quand serons-nous au Paradis ?

— Sentez, voilà le fleuve, sentez cette odeur d'humidité, de marécages, de broussailles trempées, sentez, mon amour, le vent frais qui vient de l'eau. Cette eau qu'il nous faudra traverser vous et moi. Ici, notre escorte nous quitte, nul n'a franchi le grand fleuve, aucun de ces indigènes n'a idée de ce qui se trouve là-bas, de l'autre côté des arbres, sur l'autre rive.

Ils passent leur dernière nuit dans les bras l'un de l'autre, chastement. A l'aube, au premier chant des oiseaux, ils descendent pieds nus la pente douce qui les mène à la berge. Le fleuve gronde, sur ses rives une écume blanche délimite l'eau du sable spongieux. « Déshabillons-nous, mon adorée, nous pénétrerons au Paradis comme nous sommes venus au monde, vêtus du seul habit de la nature. » Elle s'exécute... Les voilà tous les deux se tenant par la main. Le soleil naissant vient les caresser. « Avançons, mon amour... » Un pied, l'autre, ils s'enfoncent dans l'onde glacée qui fait frémir leur chair. De la rive on aperçoit leurs épaules et leur dos léchés par le flot mousseux. « Bientôt il nous faudra nager, mon adorée... » Soudain, elle sent ses poumons se révulser, comme si l'air lui manquait, elle veut tendre un bras, bouger les jambes, les pieds, en vain, elle s'enfonce droite, toute droite, dans l'impossibilité de se plier, de fendre le courant, de nager, d'aller là-bas... si loin, encore si loin... L'eau monte, le cou, le menton... « Legueret ! Legueret... » Elle crie en silence, l'eau coule dans sa bouche, descend dans sa gorge, elle étouffe. « Legueret ! Legueret... » Elle le distingue à peine. « Legueret ! » Mais ce n'est plus Legueret, c'est Georges Reiller, l'aimable Georges. Elle veut lui sourire, lui tendre la main, qu'il la ressuscite, la sauve ! « Georges, Georges... » Sa bouche remue à peine... Il ne l'entend pas, il ne peut pas l'entendre. Le flux la renverse... Lentement, lentement, infiniment, elle descend, des herbes bleues la frôlent, des poissons aux écailles dorées viennent la reconnaître. Elle étouffe... étouffe... Impossible de tenir les yeux ouverts sous le poids énorme du fleuve, du gigantesque fleuve. Ce fleuve à l'étrange odeur de roussi... Rouvrir les yeux ! Rouvrir... Un voile noir, un grand voile noir... Et l'odeur de brûlé.

L ES pompiers étaient déjà là. On les avait prévenus, à cause de l'odeur de brûlé et de la fumée qui s'échappait sous la porte du numéro onze. Un monde fou dans le couloir, la femme de chambre, la propriétaire, les locataires, tous s'entassaient pour voir.

— Il se passe quelque chose, le feu, je ne sais pas. Venez, lui avait lancé Asunta.

Il suivit la serveuse, se refusant à penser, se refusant de toutes ses forces à envisager ce que tout son être savait déjà.

La tête affaissée sur la poitrine, elle semblait dormir. Les pieds dans leurs bas noirs reposaient à même le sol, elle portait encore l'ensemble revêtu pour faire les courses, un ensemble gris usagé. De la casserole sur le réchaud montait un mince filet de fumée noirâtre, à l'intérieur le civet ressemblait à du carton carbonisé. Les pompiers déclarèrent qu'il n'y avait plus rien à faire. La vieille dame était morte. Certainement une crise cardiaque. Le médecin confirma. On allait, on venait. Georges allongea Caroline sur le lit. Il n'eut besoin de personne. On allait, on venait, on cherchait dans les tiroirs, on disait des papiers, mais on pensait à l'argent. Elle laisse un trésor... la rumeur dans tout l'hôtel, jusque dans la rue. Qui allait hériter ? Avait-elle prévu quelque chose pour ses obsèques ? Oui, oui, elle possédait un caveau au cimetière de l'Est. Elle l'avait acheté il y a des années.

La Belle Otero était morte. Elle était trop vieille pour que la nouvelle suscite de la peine. Le journal du soir titra sur la fin d'une légende.

Georges resta seul avec elle, une fois de plus.

— Je la veillerai.

Les autres s'envolèrent, dans les tiroirs on n'avait rien trouvé, sinon des monceaux de paperasses et des bijoux fantaisie. Il rangea la chambre, remit les affaires à leur place. Où tout ce bazar finira-t-il ? chez quel brocanteur ?

— Il aurait été triste, de toute façon, ce déjeuner, vous avez bien fait de partir sans qu'on ait le temps de se dire au revoir, en pensant adieu. Vous avez bien fait de filer sans prévenir, sans ambulance, sans rien. Vous êtes morte comme vous avez vécu, en liberté, en indépendante. Pas de larmes, pas de mensonges, pas d'hypocrisies. Là où vous êtes, vous devez sourire comme vous saviez si bien le faire, avec ce pétillement au fond des yeux qui voulait dire : croyez ce que vous voulez, moi je ne suis dupe de rien.

Sur la petite commode, il saisit le rouge à lèvres et la boîte de poudre.

— Je suis sûr que vous n'avez pas eu le temps, sinon vous ne seriez jamais partie sans vous poudrer le nez.

Il contrôla un mouvement de répulsion, puis ses mains frôlèrent la peau parcheminée, les joues creuses déjà glacées. Il pensa à Legueret, au prince, aux hommes qui s'étaient approchés au plus près du mystère, ceux qui l'avaient aimée, autant qu'elle s'était laissé aimer. Alors, délicatement il palpa la peau, l'enduisit de crème, doucement, qu'elle pénètre l'épiderme figé, il insista jusqu'à ce que l'absorption fût parfaite. Puis il étala la poudre, une poudre légère au parfum de cerise. Une poudre comme on ne devait plus en trouver beaucoup dans le commerce, une poudre d'autrefois, pour faire rêver et chavirer les mâles. Avec le rouge, il dessina un cœur comme il le lui avait vu faire des dizaines de fois. Le rouge paraissait plus rouge sur ce visage apparenté déjà à la

311

terre grise, comme une dernière étincelle, une fulgurance de passion. Il s'assit à sa place habituelle, regarda son œuvre et alors seulement il pleura, étouffant les sanglots dans sa gorge.

— De tous les hommes qui t'ont aimée, je serai le seul survivant, celui qui détiendra ton souvenir, le roucoulement de ta voix, le clignotement moqueur de tes yeux. Plus tard, beaucoup plus tard, je pourrai dire : Je suis le dernier homme de la Belle Otero, le dernier qui l'a aimée, que peut-être elle a aimé. Oh ! crois-moi, il n'y a aucune vanité de ma part, pas même de l'orgueil, juste le bonheur d'avoir été celui-là. Mon article ne paraîtra jamais, Caroline. Tu emporteras dans la mort tes secrets, tes amours, tes chagrins, ta solitude, la brisure en toi qui te rendait si belle, si exigeante, si irréductible. Je serai ton dépositaire amoureux, tous les deux nous vivrons cachés, tels deux amants fuyant la société, échappant au monde. Je laisserai la légende aux autres, moi je serai le gardien de ton âme.

La nuit vint avec ses cauchemars, ses terribles images de la mort à l'œuvre, l'odieuse, l'insoutenable pourriture. Il se redressa, ouvrit la fenêtre, la douceur le surprit, dehors le printemps régnait. Une nuit pour la rêverie et l'amour, une nuit de jeunesse, une nuit d'espoir. Il sentit le sang en lui, le sang vibrer. Il eut envie de s'échapper, de s'envoler par-dessus les toits, de gagner le ciel sans nuages, de survoler la mer plissée d'étoiles, les plages ruisselantes et blanches. Il était jeune, la vie, là, imperturbable, l'empoignait. Il referma la fenêtre. Cette nuit, cette nuit qui l'appelait, qui lui disait : pars, sauve-toi, viens avec moi, cette nuit était son dernier message à elle. Elle lui disait : quitte ma carcasse, ne perds pas ton temps auprès de ma dépouille, je n'y suis plus. Je suis là où ça scintille et rutile, laisse la mort aux embaumeurs et aux croque-morts, va et cours. Va et aime. Va et mords dans la vie. Jusqu'au sang.

Il quitta la pièce en courant, sans un regard pour le corps

de la vieille femme, descendit les escaliers quatre à quatre, surgit sur le trottoir et, tel un diable joyeux, s'éloigna en dansant. La lune le suivait.

Deux jours après l'enterrement de Caroline Otero, Georges Reiller reçut à Paris un bref mot d'Asunta lui expliquant qu'elle avait retrouvé par hasard dans le tablier de la vieille dame une lettre à lui destinée. Elle pensait la lui remettre aux obsèques mais, comme sans doute il avait été empêché de venir, elle la lui faisait parvenir au journal.

Cher Georges Reiller,
Quand vous lirez cette lettre, je ne serai plus de ce monde. L'envie m'en a pris aujourd'hui, sans doute parce qu'il fait beau et que je suis d'humeur joyeuse. Puisque je suis morte à l'instant où vous lisez, vous devez savoir que je ne laisse rien, ni fortune, ni trésor caché, ni compte en banque. En vérité, je subsiste depuis des années grâce à une petite rente que la Société du casino de Monte-Carlo a eu la bienveillance de m'octroyer, sans doute en signe de reconnaissance pour les millions-or que j'ai laissés sur leurs tapis. Voilà, je vis avec ça. Bien peu. Mais ça n'a aucune importance, je n'ai besoin de plus rien. En revanche, si vous le pouviez, j'aimerais que vous sauviez du désastre les quelques souvenirs de ma trop longue vie. Photos, lettres, affiches. C'est tout ce qu'il restera de moi et, ma foi, j'ai la vanité d'y tenir au-delà de ma disparition. Je sais que vous en ferez bon usage. J'en profite pour vous remercier des instants que vous avez eu la gentillesse de m'accorder. Ils m'ont fait chaud au cœur. Sans doute, Georges, vous aurais-je connu cinquante ans plus tôt, vous aurais-je fait souffrir. Le privilège qui nous a fait nous rencontrer trop tard vous a épargné la douleur, sans m'abstraire du sentiment.
N'est-ce pas mieux ainsi?

Otero.

*La composition de cet ouvrage
a été réalisée par l'Imprimerie BUSSIÈRE,
l'impression et le brochage ont été effectués
sur presse CAMERON dans les ateliers de B.C.A.,
à Saint-Amand-Montrond (Cher),
pour le compte des Éditions Albin Michel.*

*Achevé d'imprimer en mars 1994.
N° d'édition : 13597. N° d'impression : 659-94/142.
Dépôt légal : mars 1994.*